1977

Il mio tempo

GIUSEPPINA D'AMATO

Libri D'Amato DA ME

IL MIO TEMPO

1977 Vol. II

Giuseppina D'Amato
Chiara Messina

Libri D'Amato DA ME

ASIN: B07GDBQXFY
ISBN-13: 9781087343280
ISBN-10: 1087343283

Copertina: Giuseppina D'Amato
Fotografia: Jeremy Bishop - Unsplash
Fotografia della Collana: Il mio tempo di Joseph Szabo

Contatta l'autrice - Libri D'Amato DA ME
e-mail: pinadamato@icloud.com
tel: 0039 3388017712
Google Site: https://www.libridamato.com

Pubblicazione Indipendente: Libri D'Amato DA ME

DEDICATO AGLI SPIRITI RIBELLI E COSTRUTTIVI.

CONTENTS

PREAMBOLO

Il mille novecento settanta sette fu un anno terribile per l'Italia e molti studenti. Fu una data risolutiva per Margherita Fonti.

CAPITOLO 1

Gennaio 1977

MARGHERITA

Sono in ritardo, caspita. Non troverò posto a sedere. Dovrò ascoltare il relatore in piedi, pensò, mentre beveva l'ultimo sorso di caffellatte che aveva preparato in gran fretta.

Poggiò la tazza nel lavandino con un gesto brusco, vi fece colare dentro l'acqua corrente, richiuse il rubinetto, e uscì dal cucinino del bilocale da studentessa universitaria fuori sede.

Nello studio si accostò alla libreria ingombra di ceramiche a tinte pastello. Prese un blocco, e lo pose nella capiente sacca di cuoio che penzolava al pomello dell'appendiabiti. Tolse il pellicciotto in castorino sintetico, lo indossò, e fermò gli alamari. Staccò la Tolfa, fece scivolare la tracolla sul petto e la Catana sul fianco destro. «Ahia, accidenti», imprecò.

La specchiera rimandò la sua immagine impeccabile, l'unica nota dissonante: una ciocca arruffata sulla tempia sinistra. Quando indossava la borsetta era quasi inevitabile che i sottili capelli ramati rimanessero impigliati nella fibbia metallica. Pochi sapienti tocchi delle dita bastarono a sistemare la frangia e le bande laterali. La chioma incorniciò l'ovale ancora acerbo in cui spiccavano le vivaci iridi smeraldine.

Annodò intorno al collo la lunga sciarpa verde muschio che le aveva sferruzzato nonna Peppa. Serrò l'uscio dietro di sé, scese i gradini saltellando, aprì il portone, e fu in Via dei Sabelli. S'incamminò a passi convulsi, l'intento di arrivare all'inizio della lezione. Doveva passare a ogni costo l'ultimo esame. La tesi di laurea era quasi pronta, e la sua natura rigettava persino l'ipotesi d'un increscioso rinvio della dissertazione. L'indugio era un lusso infruttuoso e disonorevole per lei che anelava a finire il percorso accademico e iniziare al più presto la specializzazione.

3

Avanzava decisa fendendo e urtando lo sciame di matricole, laureandi e fuoricorso. «Scusa, permesso», ripeteva mentre proseguiva indifferente agli sguardi avidi degli uomini attratti dalla sua esile figura di una morbida armonia.

Abitava a poche decine di metri dalla sede del Corso di Psicologia dell'Università La Sapienza di Roma. Anche quella mattina, salì di corsa la scalinata e riuscì a giungere ansimante sul principio della spiegazione.

L'aula rigurgitava studenti, come aveva previsto. Adocchiò una seggiola libera in fondo alla classe e la occupò senza indugi, ritenendosi fortunata. Si concentrò sulla voce del docente di Organizzazione e gestione delle risorse umane. Escluse il sommesso brusio circostante, impugnò la penna e il bloc-notes, e iniziò a scrivere, la solita precisione diligente.

Tuttavia faticò ad applicarsi, poiché lo studente vicino a lei si agitava sulla seggiola. All'improvviso sollevò un braccio, il gomito schizzò verso il suo zigomo. Istintivamente scostò la testa di lato ed evitò la gomitata per un soffio.

«Stai attento», lo redarguì, ma quello continuò a gesticolare per attirare l'attenzione di una biondina smunta, l'aria insofferente, la schiena poggiata contro lo stipite della porta. Appena lo vide, gli lanciò un'occhiata d'intesa. Continuarono il dialogo a distanza scambiandosi dei cenni ora indagatori ora complici, a cui ella diede scarso peso. Si sforzò di seguire il discorso del docente nonostante l'irrequietezza del tizio che, a un tratto, raccolse dal pavimento alcuni libri e un eschimo dall'aspetto vissuto, si alzò, e sgusciò accanto alla tipetta magra sulla soglia. Mentre i loro corpi si sfioravano, le bisbigliò qualcosa all'orecchio, prima di sparire nel corridoio.

La ragazza, il volto teso, la pelle liscia di cera, i lunghi capelli setosi, s'affrettò a sedersi accanto a lei. Sfilò dal collo la borsetta frangiata, la mise per terra, e alzò su di lei le pupille: un cielo chiaro e lo sguardo strafottente. L'evenienza la infastidì: provò un intenso imbarazzo misto a una inspiegabile inquietudine. Sentirsi minacciata o in pericolo nei dintorni dell'ateneo era una costante. Negli ultimi tempi sognava misteriosi soggetti incappucciati che l'accoltellavano alle spalle. Incurante, attribuiva i sogni e le sensazioni minatorie alle fobie sociali.

Il professore spiegava la Teoria della Gestalt. Ella si volse verso la sconosciuta, sollevò il mento senza sorridere, e la fissò, i cigli socchiusi. Era interessante: l'aria assorta e misteriosa le conferiva un fascino particolare. Decise di salutarla per capire il motivo di tanta insistenza. L'altra accennò una risposta.

"Mi pare di conoscerla, l'ho già vista in giro", si disse.

Intanto la mnesi fotografica passava in rassegna i visi noti di colleghi incontrati in mensa, alle riunioni politiche, oppure ai collettivi.

«È interessante», asserì la tipa.

«Sì, l'argomento è complesso e avvincente», soggiunse, e lasciò intendere che voleva ascoltare.

«Non riuscirò a preparare l'esame per il prossimo appello», comunicò la Biondina.

Le sfuggì la finalità. "Che me ne frega se fa l'esame", le passò per la mente. «Come mai?» domandò invece per pura cortesia, forse la nuova arrivata era in vena di chiacchierare per solitudine o qualche altra ragione a lei ignota.

«Troppa roba da studiare, manca il tempo», la scrutò.

Il suo istinto insano rimosse il disagio, lo faceva sempre davanti alle situazioni ansiogene per buona educazione o evitamento. «Hai problemi? soffri? lavori?» offrì un'ampia gamma di risposte belle a udirsi. Del resto molti studenti di provincia erano costretti a lavorare per mantenersi.

«Mi occupo d'altro, inoltre sto per partire», la spiò di sottecchi, ma lei continuò ad annotare.

«A me manca un esame, penso di laurearmi la prossima sessione estiva», ammise senza staccare gli occhi dalla pagina. «Così credi tu», proruppe la Biondina.

La velata minaccia la stupì. "Vaneggia", l'anima impacciata, come quando la situazione le sfuggiva di mano. Poi si convinse d'aver frainteso. «Sono obbligata a superarlo, altrimenti posso dire addio alla laurea. I testi sono già pronti, aspetto l'approvazione della docente prima di batterli a macchina», quasi si giustificò, poiché le spiaceva sembrare un'arrogante con la pretesa di passare al primo appello.

«Pensi di laurearti a giugno?» insistè la tizia.

«Sì», replicò in tono perentorio. "Ha rotto le balle, questa", ormai era incavolata

«Lo vedrai», minacciò l'altra.

S'aggrondò. «Di che cosa parli?» attese invano una risposta, poi le suggerì una gamma di opzioni. «Intendi la Circolare Malfatti? ti riferisci a quello che è successo in Sicilia?» la scrutò speranzosa.

«Non solo», sibilò. Poi tacque un istante, l'aria pensosa. «C'ero anch'io», ammise infine.

«Hai partecipato alle manifestazioni del venti dicembre scorso?» si accertò.

«Sì, eravamo almeno in diecimila a chiedere l'abolizione della circolare. I baroni di ogni colore e tendenza politica se ne vadano», sentenziò con livore.

«Perchè eri laggiù? fai politica?» insistè.

Le iridi s'accesero di una luce minaccios. «Sono un'attivista», la voce scintillò di fierezza.

«Di quale area?»

«Mah, mi occupo di politica in senso anti convenzionale», nicchiò reticente.

«Ho sentito le notizie al telegiornale. Certo, la normativa ha suscitato rabbia e ha provocato una reazione decisa da parte degli studenti siciliani», commentò.

«È intollerabile la circolare del Ministro della Pubblica Istruzione che limita la possibilità di ripetere gli esami», confermò la tizia.

«Anche tu hai partecipato all'occupazione?» suppose.

«Sì, il mio fidanzato è palermitano», le confidò.

«Ah, ora mi spiego», aggiunse laconica.

«Ti spieghi che cosa? un bel niente», riprese con rinnovata cattiveria l'enigmatica bionda.

La guardò senza proferire parola, lo stupore crescente. Siccome le sfuggiva lo scopo, evitò di pensare. La osservò con dedizione, e rilevò una durezza inusuale nei suoi lineamenti e nelle rughe intorno agli occhi gelidi che la fissavano severi.

"Che cos'ha? che cosa vuole da me?" avvertì una chiara minaccia nel comportamento intimidatorio, tuttavia rimase tranquilla.

«Come ti chiami?»

«Margherita, e tu?»

«Marina. Il tuo cognome?» incalzò.

«Fonti», colse un lampo, la bocca stretta si tese di lato, sollevandosi.

«Sei la figlia del magistrato?» finse indifferenza.

«Magari, mio padre è morto in un incidente sul lavoro, faceva l'autista, sono figlia del proletariato», si voltò imbarazzata. La sua risposta sincera la sorprese, mai prima d'allora aveva rivelato a un'estranea quell'evento tanto intimo e doloroso. Precisò chi era, seguendo l'istinto naturale. Il suo inconscio sottile le suggerì di dubitare. L'essenza profonda le indicò due vie: essere se stessa e raccogliere altri indizi.

Scelse di stare al gioco per scoprire gli scopi della slavata di fianco a lei.

«Ah, credevo», la osservò interrogativa. «Di dove sei?» diffidava ancora.

«Sono d'Aquino», ribatté con voce calma.

«Hai un accento diverso.»

«Ho vissuto fuori regione», specificò.

«Ho capito», chiuse l'altra.

"Che cos'ha da capire? chi la conosce? Se continua, mi alzo e vado via", giurò, ma l'espressione aspra della nemica si stemperò in un'assenza muta e disinteressata. Infine la vide raccogliere la borsa, alzarsi, sgusciare nel capannello e svanire, come un fantasma. Solo allora provò un'intensa sensazione di sollievo. Un altro studente sedette al posto che si era liberato e lei tornò alla dissertazione. Quando la lezione finì, raccolse i fogli e la penna dalla ribaltina e li infilò nella borsa. Uscì e fu nello spazioso corridoio del secondo piano illuminato da un tiepido sole precursore della dolce primavera.

FORME

S'avviò subito verso casa, mai s'attardava con gli altri studenti. Ogni tanto, attraverso le vetrine, lanciava occhiate nelle sale interne dei bar, la speranza d'intravedere un'amica, un collega, un professore o un conoscente, non per unirsi a loro, ma per il piacere d'osservare la gente ignara. Ella amava l'umanità intorno a sé, ne studiava i gesti, le posture, i comportamenti e le forme comunicative. Non si trattava di pura curiosità o invadenza. Era piuttosto una deformazione professionale, un esercizio da cui imparava a penetrare l'anima delle persone.

Spesso si sorprendeva a scrutare le ragazze e a paragonare il loro stile al suo. Subiva il fascino della moda: le tinte e le fogge degli abiti, gli accessori stravaganti e le acconciature elaborate la incuriosivano. Ammirava le coetanee che la incrociavano nelle vie del quartiere, strizzate in mise pop con i colori psichedelici e vitaminici, le figure geometriche stilizzate, o i delicati decori a fiori, o i ricami folk. Temeva il loro incedere incerto sugli zatteroni nascosti dai pantaloni a zampa d'elefante aderenti sui fianchi, la vita alta sorretta da larghe cinture.

Sembravano splendidi trampolieri dal busto minimo, tanta le maglie, o le giacche corte, e le zeppe alteravano le proporzioni fisiche. Molte indossavano minigonne vertiginose sulle parigine o gli stivaloni oltre il ginocchio. Altre portavano larghi gonnelloni fioriti, secondo la moda più fantasiosa e stravgante, i boccioli nella chioma e gli occhialoni rosa sul naso.

Pareva tutto ammesso, ognuna interpretava la moda a proprio piacimento attraverso l'ostentazione di un particolare.

Margherita giocava coi colori e le fantasi dei tessuti: abbinava fiorellini e righe, quadretti e pois, disegni, fumetti e stampe.

Il gusto personale le consentiva di trasformarsi in una figlia di famiglia con la pelliccia finta e la borsetta similpelle.

Godeva la bellezza e la libertà di cambiare stile. Ora era una hippy, ora una gitana, o anche una donna aggressiva ancheggiante sulle zattere, i pantaloni aderenti sul ventre sorretti da un vistoso cinturone, sul petto un'appariscente collana in plastica variopinta a motivi geometrici.

I valori, i modelli, il comportamento e l'esteriorità facevano di lei una ragazza del suo tempo. Portava i capelli sciolti in un caschetto fluente, la frangetta e la riga centrale. Osava anche nel trucco: stendeva uno strato d'ombretto e contornava le rime oculari con mascara nero, eye liner, o kajal a far risaltare e rendere profondo lo sguardo. In quel periodo, apprese l'arte di esprimersi attraverso la cosmesi e l'abbigliamento.

Imparò anche a tacere, dopo aver straparlato in un'età di cui ancora il corpo e la psiche serbavano le tracce.

Tacque e studiò la natura di quella varia umanità che la circondava, finché fu in grado di comprenderne l'essenza.

All'università un vortice di gente le girava intorno, ma la maggior parte svaniva senza lasciare traccia, dopo una fugace comparsa nella sua vita. Aveva capito subito che tanti visi anonimi di oggi sarebbero divenuti i fantasmi del proprio futuro, e se ne rammarivava. Le amicizie si dissolvevano, simili a nuvole in primavera, messe in fuga da un nuovo grecale, una recente tendenza, o sospinte verso compagnie più allettanti con cui condividere intenti comuni, armonie di vedute e consonanze nello stile di vita. Attraverso l'esercizio del silenzio divenne abile nel comprendere la complessità degli individui. Possedeva un istinto d'osservazione innato, una mente analitica, ed elevate capacità di giudizio. Presto scoprì le sue doti, e si autodefinì "indagatrice dell'animo umano."

Capiva e assegnava una forma all'altro e, se la forma si confaceva alla propria, si lasciava avvicinare, altrimenti rimaneva solitaria guardinga. Conservò sempre la rassicurante aria ingenua. Mai mostrò la rabbia interiore. La pudicizia autentica e le arie da monachella erano il suo scudo indispensabile a tenere alla larga i tipi pericolosi. L'aspetto da santarellina, l'umiltà e la modestia costituivano un travestimento, una tecnica mimetica, prima inconscia, ma via via più consapevole.

Si sentiva un agnello vulnerabile e furbo, che sfuggiva ai lupi bramosi, grazie ai travestimenti metamorfici. Soprattutto si vedeva come una foca mite, morbida, l'anima libera nell'oceano esistenziale. L'autogestione le era indispensabile per vivere, studiare, realizzare i propri desideri ed essere felice.

Sentiva che i termini chiave di quel tempo, contraddistinto dalla riscoperta del privato, non erano rivoluzione, lotta di classe, marxismo, com'era stato negli anni precedenti. Piuttosto erano bisogni, libertà delle pulsioni, crollo della ragione, modificazione delle ideologie, illusioni, trasparenza, verità, desiderio, rabbia, fede, morte. Tutte passioni legate da comuni e sottili parentele. Se la ragione era in crisi, che cosa rimaneva? L'esaltazione degli impulsi in politica, nell'arte e nell'assunzione di sostanze chimiche per ogni via.

La psicologa sapeva che la celebrazione degli impeti mai dà i risultati sperati. Di conseguenza alla delusione sopravviene la rabbia, oppure il desiderio si orienta in direzioni oscure, e diventa voglia di fede mortifera. Fede in una religione che predilige i sacrifici umani, ferisce al cuore il potere e lo stato, e individua altri modelli di cultura: la festa, la rivolta, il massacro. A tutto ciò ella voleva rimanere estranea.

RABBIA E DESIDERIO

Estranea, ma non indifferente o avulsa dal contesto sociale e politico in cui viveva.

Gli ultimi mesi del 1976 avevano visto un crescendo di manifestazioni dei circoli giovanili e dei centri sociali.

La prima domenica di novembre *"nel cinema Diana a Milano si attua il primo tentativo riuscito di autoriduzione; quattrocento persone entrano in sala pagando un biglietto cinque volte inferiore al prezzo di listino. L'evento è l'inizio di una pratica che dilagherà, immediatamente, negli altri cinema milanesi per arrivare a Roma e in altre città di provincia (Bergamo, Brescia e Verona)[1]."*

La settimana seguente i giovani diventarono tremila. Il terzo episodio di autoriduzione, il quattordici novembre, ne coinvolse settemila: una marea che trascinava i giovani dell'hinterland e della città, moralmente uniti ai proletari sul diritto al lusso, sulla critica ai lussi, come privilegi dei borghesi. Ma se gli operai nelle fabbriche ne discutevano e si dichiaravano d'accordo, il PCI era imbarazzatissimo. I circoli proletari, che avevano disertato le riunioni perché c'era troppa violenza e competitività nelle discussioni, riuscirono a essere maggioritari nelle decisioni e in piazza. La presenza di AO, scarsa ma «qualificata», propose di limitarsi a distribuire un volantino nei cinema di prima visione, forse per convincere i borghesi delle loro ragioni. Poi si cercò di inscrivere il movimento nella sua paranoia di cultura alternativa: autogestione di quattro sale e la solita assemblea coi luminari della cultura di sinistra. La provocazione si estese ai teatri e alle sale da ballo, mentre la polizia fu costretta fisicamente a retrocedere. In questo dibattito del coordinamento emersero almeno due dati nuovi. *"Il primo è il rifiuto della politica intesa come acquisizione di livelli di coscienza ideologica; la lotta, l'atto in sé dell'autoriduzione è il massimo valore culturale che si può esprimere e non il cinema da autogestire.Il secondo dato è l'insofferenza a partecipare a riunioni dove ci sono vibrazioni di violenza, competizione, furberia. Forse perché i giovani proletari la subiscono quotidianamente questa violenza, le nostre riunioni sono molto più tranquille, inframmezzate da risate, tazze di te, spinelli, giochi, poche parole ma più creative, semplici, senza partire dall'analisi su tutto, la linea politica ecc[2]."*

Il testo letto nei cinema dichiarava: *"I giovani rifiutano i «sacrifici necessari». Oggi, per la terza volta consecutiva, scendiamo in piazza nel cuore della città dalla quale siamo stati espulsi. Siamo qui oggi per riaffermare il diritto di tutti i proletari di prendersi ciò che i borghesi hanno riservato per sé: lussi, privilegi, cinema, teatri, sale da ballo. Siamo qui a denunciare la «società dei sacrifici», come nel '68 eravamo davanti alla Bussola e alla Scala a denunciare la «società dei consumi». Sacrifici per i proletari, privilegi per i borghesi: ma stiamo imparando a colpire e a prenderci ciò che ci spetta. Ci prendiamo i cinema, i teatri, le sale da ballo, così come ci prendiamo le case e i posti di lavoro. I sacrifici li facciano i padroni... Riaffermiamo la nostra volontà di contare, di trasformare il mondo, e non di finire in pasto all'eroina, alla disoccupazione, a otto ore di sfruttamento salariato. Vogliamo criticare anche la qualità dei film, di film che diseducano i proletari ai rapporti personali, che mercificano il corpo della donna e ogni rapporto umano. Con questa forza, coscienza ed esperienza, prepariamo dal basso un creativo happening nazionale del proletariato giovanile e di tutti gli organismi giovanili e autonomi di quartiere il 27/28 novembre a Milano[3]."*

Il comunicato dei circoli ripeteva: *"Cinquecento lire è il prezzo di tutti i cinema di prima visione alla domenica. Ribadiamo la volontà di conquistarci ciò che la borghesia tiene per sé a prezzi proibitivi: cinema, teatri, sale da ballo, discoteche, stadi e regali di Natale, così come case, posti di lavoro, migliori condizioni di lavoro. Abbiamo una gran voglia di giocare, di stare bene, di conquistare la gioia a viva forza: è un bisogno radicale, senza limiti, necessario per* cambiare il mondo di merda che ci hanno lasciato da vivere. Ed è con gioia e a viva forza che riaffermiamo la volontà di estendere e portare fino in fondo la lotta per ottenere l'autoriduzione nei cinema di prima visione. Questa lotta continuerà fino a che la giunta rossa meneghina non imporrà al Prefetto il prezzo politico di cinquecento lire nei cinema di prima visione la domenica, per cominciare... Ribadiamo il diritto di poter usufruire degli stessi privilegi che la borghesia tiene per sé. Il diritto al lusso, al piacere, alle rose e non solo al pane, è per noi un'affermazione di principio e un concreto programma di lotta. Questa è la realtà che ci propone la borghesia, e noi giovani, isolati ed emarginati nelle fabbriche e nelle scuole, ci troviamo la domenica pomeriggio a sfogare le nostre frustrazioni e repressioni con film che ci propongono una falsa liberazione sessuale... Il movimento delle donne e dei giovani sta riscoprendo un nuovo modo di stare insieme, di vedere il sesso come comunicazione di soggetti creativi e uguali... Con l'autoriduzione portiamo avanti l'obiettivo di darci la possibilità di vedere quei film che sono in qualche modo partecipi dei problemi della discussione attuale.... Siamo stufi di vivere come topi... Partendo da questo, dal fatto che siamo stufi della società dei sacrifici, che le cose cambino da ora, subito, da tre settimane migliaia di giovani sono andati in centro prendendosi quei film che non hanno mai potuto vedere in quei cinema in cui non sono mai potuti entrare. Ci siamo visti Novecento, L'ultima donna, ecc. Domenica padroni e poliziotti inkazzati contro di noi volevano vietarci di scendere in piazza. Migliaia di giovani hanno sconfitto questo piano girando per il centro, entrando in cinema e teatri a leggere comunicati, bloccando dimostrativamente alcuni film... Ma tutto questo non è che l'inizio! Non basta prenderci il centro, dobbiamo anche cambiare volto a questo quartiere in cui viviamo. Non basta prenderci il cinema, dobbiamo prenderci il diritto alla vita, alla felicità, al divertimento. Non basta vederci un film fatto da altri, dobbiamo fare una nostra cultura che parta dalle nostre esigenze, dai nostri bisogni e dalla nostra voglia di divertirci[4]."

Gli slogan più sentiti:

Dove passano i circoli la borghesia non cresce, l'erba sì.
Ci tolgono la gioia, ci tolgono la vita. Con questo sistema facciamola
finita.   Cosa diciamo compagni? basta! cosa vogliamo? tutto!
Organizziamo la nostra rabbia.
Sabato e Domenica, 27/28 novembre 1976 c'era stato
l'Happening nazionale del proletariato giovanile all'Università
Statale di Milano. Il testo del documento confermava: *"Mentre*
l'autoriduzione si allarga ai ristoranti, I Circoli Proletari Giovanili
di Milano impongono, il 27 e 28 novembre '76, l'«Happening
nazionale del proletariato giovanile». L'incontro sancisce,
nell'incoerenza dei dibattiti, degli interventi sull'eroina, nella
scollatura ideologica dei partecipanti e nei silenzi, una conquista
intellegibile: la morte dell'ideologia. Né i «camaleonti» del Mls
(Movimento Lavoratori per il Socialismo, ex MS) né gli spontaneisti
contro-politici reduci dal Lambro, né le varie commissioni hanno
potuto egemonizzare il dibattito alla Statale. Nessuna proposta
ideologico-politica se non quella, fondamentale, della propria
presenza e dei propri bisogni, è uscita vincente dalla Statale[5]".
Altri motti: Cosa mangiano i padroni a natale? caviale caviale! Cosa
mangiamo noi? Cossiga al forno, caramba di contorno. Compagni,
questo non è più il '68, questo è il 1977.
Il manifesto di convocazione del convegno chiariva le
rivendicazioni: *"Happening a Milano il 27 e 28 novembre.*
Riflessione sul periodo delle feste fino al Lambro, la contestazione
dei revisionisti di inglobare il movimento con il festival della FGCI a
Ravenna. Le occupazioni di case, la lotta all'eroina, l'autoriduzione
dei cinema e la contestazione e il rifiuto della cultura borghese,
la disoccupazione giovanile: piano di preavviamento, mercato nero,
super sfruttamento, lavoro precario. L'estensione della creatività sul
luogo di lavoro e nei quartieri, la critica alla «vecchia militanza», la
rivoluzione culturale; il bisogno e la voglia di potere e di contare che
sempre più esprimiamo e rivendichiamo. Le tribù degli emarginati,
freakkettoni, giovani proletari di tutta Italia calano su Milano. Due
giorni di gioco, discussione, musica e la voglia di vivere, di darci
tutta la nostra esperienza... Le giacche grigie ci hanno negato tutto,
ci tengono affamati, ci spogliano con i loro occhi spenti, ci vorrebbero

disperdere nel cemento di queste città, con le loro bocche di porci vorrebbero inghiottirci nelle putride viscere dei ghetti. D'ora in poi il vento della nostra disperazione urlerà ogni attimo nelle orecchie delle giacche grigie. La nostra rabbia sconvolgerà le loro menti di latta. I colori della nostra dolcezza tingeranno il loro terrore. Il loro disprezzo aumenterà la nostra forza. La loro presunzione li perderà. Abbiamo dissotterrato l'ascia di guerra! Non fumeremo più il calumet della pace con le giacche grigie[6]".

"Il 27 e 28 novembre si è svolto a Milano il convegno dei Circoli del Proletariato Giovanile. Ha segnato la fine dell'Ideologia, della delega, del volontarismo. Ha segnato anche la crisi delle forme di comunicazione e di linguaggio predicatorio. Il soggetto non vuol più delegare al linguaggio la rappresentazione (volontaristica) della vita. Vuole vivere. Ed è stato l'happening... Il rifiuto, l'estraneità la rivolta sono la possibilità di una nuova storia, di rendere emergente quello che urge: un altro Sessantotto con altre armi[7]."

Il testo della mozione conclusiva affermava:

"Dopo il 20 giugno del '76 i giornali hanno scatenato una campagna contro i giovani. Dopo il Lambro hanno detto che i superstiti isolati si scannavano fra di loro. La conclusione di questo convegno è che invece il nuovo sta emergendo. Il Parco ha prodotto una vasta discussione sulla drammaticità della condizione giovanile. Il Lambro è stato lo specchio fedele di una realtà di emarginazione, solitudine, assenza di forza per cambiare le cose... In questa situazione è nata a Milano, una città violentissima e disaggregante, la lotta sui cinema[8]."

E ancora frasi pervasive: *Contro il capitale, sciopero selvaggio, blocco assenteismo, sabotaggio. Nulla di questo mondo ci appartiene, solo la rabbia nostra, la voglia di vivere e questo tempo senza ritorno. Creatività non è solo balli e canti, ma comportamenti devianti. Muoia la borghesia e con essa la noia e l'apatia.*

Martedì, 7 dicembre 1976

Assalto al Teatro alla Scala, dopo otto anni.

"Il 7 dicembre '76 i «circoli del proletariato giovanile» dell'hinterland vollero riprovare la contestazione della «prima»,

15

ma furono caricati dalla polizia, massacrati di legnate, inseguiti per tutta la città. Una decina furono incarcerati, processati e condannati[9]."

"Il 7 dicembre, a Milano, è Sant'Ambrogio, la festa del Patrono della città: la borghesia milanese inaugura in questa data con la prima della Scala un anno nuovo di sfruttamento e di dominio, ostentando la sua ricchezza e i suoi privilegi... Il proletariato giovanile andrà alla Scala, ha bisogno di andare alla Scala: sarà molto difficile andarvi creativamente, ma faremo il possibile, saremo lì a gridare che vogliamo vivere e che non siamo disposti a fare sacrifici. Perché quest'anno e non l'anno scorso alla prima? Perché quest'anno la prima alla Scala è - per la borghesia milanese - un'occasione di affermazione politica sul proletariato, è l'ostentazione di una forza che si sta ricostruendo, è l'insulto al proletariato costretto a fare sacrifici per mandare i borghesi alla prima. La prima della Scala è oggi una scadenza politica.

Il proletariato giovanile si pone, insieme con le donne, come detonatore e come avanguardia culturale dell'esplosione degli attuali equilibri di forze fra le classi, ma c'è qualcosa di più dal 1968. La logica dei sacrifici è la logica borghese che dice: ai proletari la pastasciutta, ai borghesi il caviale. Noi rivendichiamo il diritto al caviale; perché siamo arroganti (forse perché è caratteristica dei giovani); perché nessuno potrà mai convincerci che in tempi di sacrifici i borghesi possano andare in prima visione e noi no, che loro possano mangiare il parmigiano e noi no o addirittura costringerci a digiunare. I privilegi che la borghesia riserva per sé sono i nostri, li paghiamo noi. Per questo li vogliamo conquistare e ne facciamo una questione di principio. Vogliamo tutti i proletari con la pelliccia? No, vogliamo semplicemente prenderci le pellicce che i borghesi portano a nostre spese e ostentano per umiliarci; per il resto siamo dalla parte dei visoni, appoggiamo la loro giusta lotta per non farsi scuoiare da chi domina sul genere umano. Il diritto di impossessarci dei privilegi della borghesia è un elemento nuovo dal 1968: ieri uova marce, oggi autoriduzione. Otto anni dopo c'è un nuovo soggetto sociale, imprevedibile ed estremamente nuovo, le cui lontane radici possono essere riconosciute nel 1968 giovanile, nella ribellione e con tono dirompente sulla scena della lotta di classe o meglio della vita quotidiana. E' il proletariato giovanile, quello vero e non le etichette che tanti vanno appiccicando come nel caso dei comitati antifascisti, repentinamente trasformatisi in circoli giovanili. Il proletariato giovanile è un'altra cosa, è un movimento la cui forza si basa sulla creatività (che non è accessorio più o meno superfluo, ma è la sostanza) la cui sopravvivenza è vincolata alla capacità di usare la forza, perché la questione è per i giovani: o l'emarginazione totale, o il potere totale. Nonostante la giunta rossa, il privilegio della prima è stato dato ancora alla borghesia milanese, perciò ci mobiliteremo per impedire ai borghesi di entrare nella Scala: visto che è stata negata a noi faremo di tutto per negarla a loro. Se non riusciremo ad autoridurre, autoridurremo gli spettatori. Paolo Grassi, socialista e direttore della Scala ci ha detto che è giusto far pagare 100.000 lire un biglietto ai borghesi che vogliono andare alla prima, perchè così si finanzia la produzione culturale; noi gli rispondiamo che l'incasso della prima deve andare ai centri di lotta contro l'eroina, che la cultura deve essere dei proletari. L'appuntamento per tutti è martedì sera alle 17,30 in centro con le nostre bandiere viola[10]".

Altre grida concettuali: *Sviluppiamo l'illegalità di massa.*

Potere operaio.

Viva la rivoluzione ludica permanente.

Gastronomia operaia, cannibalizzazione, forchetta, coltello, mangiamoci il padrone, viva l'irresponsabilità del movimento.

LETTERA 35

Nell'anticamera appoggiò la Tolfa sulla cassapanca. Sciolse la sciarpa avvolgente e l'appese al gancio, sfilò il cappotto e ve lo mise sopra. Afferrò la borsa e si diresse verso lo spazioso tavolo, l'altare della sua sapienza. Prese il blocchetto, e lo collocò sul ripiano, vicino alla macchina da scrivere.

Mise la bic tra i denti e, senza sedersi, incominciò a voltare le pagine del bloc-notes fitte d'appunti. Lesse le annotazioni e i commenti, sfogliò avanti e indietro per ponderare la mole di lavoro. Sedette, inalò ossigeno, e dispose la Olivetti davanti a sé, le dita scivolarono leste sulla struttura metallica. I polpastrelli leggeri accarezzarono i simboli, e lei si perse in ammirazione della linea essenziale e moderna della tastiera.

"Mia pregevole e operosa Lettera 35 mettiamoci all'opera", mormorò, quasi a blandire l'oggetto e convincerlo a collaborare. Parlò al marchingegno cooperante o riottoso, secondo l'umore. Infilò il foglio candido nel rullo, ruotò la manopola per farlo scorrere, lo raddrizzò fra indici e pollici, facendo combaciare i quattro angoli.

Aveva acquistato la Lettera per scrivere la tesi, ma la novità si rivelò uno strumento indispensabile per riordinare il materiale didattico. Ricopiò le note e i concetti scritti a penna, picchiettando sulle lettere, il ritmo serrato. Le tracce mnestiche vive e veloci la aiutarono a integrare le chiose al ritmo incalzante del ticchettio. La mente fu costretta a rallentare per procedere in sincronia con le dita. Proseguì il lavoro sino a perdere la cognizione temporale. Succedeva sempre così: si lasciava assorbire dallo studio, e scacciava ogni altro spunto. Dimenticava persino di nutrirsi, fare un riposino, o bere un succo dolce per rifornire di nuova energia le membra e il cervello super impegnati. Continuò a trascrivere il manoscritto, finché un crampo allo stomaco e un lieve brontolio del ventre le ricordarono che aveva un corpo. Un corpo sovente bistrattato. Guardò l'orologio. Era tardi, digiunava da ore, e doveva ancora cucinare. Si levò in piedi, e accese il televisore. Aprì il frigorifero, tolse una bistecca e un cespo d'insalata e iniziò a lavare le foglie. Poi mise a scaldare la piastra di ghisa sul fornello a gas. La voce del conduttore d'un programma d'attualità le giunse a sprazzi fra lo scroscio e gli sfrigolii sovrastanti. Partì la sigla del tiggì. Il telecronista commentò un servizio sulle sommosse nei penitenziari.

«L'inizio dell'anno è stato segnato dalle rivolte nelle prigioni italiane e da numerose evasioni, sia di detenuti per reati comuni, sia di attivisti armati. Il primo gennaio, durante una sommossa nella prigione di Piacenza, uno dei rivoltosi fu ucciso dalle guardie. Il giorno successivo dalle carceri di Treviso evasero tredici detenuti tra i quali un membro delle Brigate Rosse. A queste sono seguite molte fughe, favorite dall'azione di commandi armati.»

Il flusso del rubinetto e il crepitio dell'olio disturbavano l'audio, perciò spense l'apparecchio.

Arrostì la fettina di carne sulla bistecchiera, tagliuzzò, e condì l'insalata, srotolò una tovaglietta all'americana, e apparecchiò la tavola.

Tenne a portata di mano una risma di carta e l'operosa Olivetti di cui andava fiera. Le venne in mente l'articolo di un numero dell'anno precedente del Readers Digest, che l'aveva molto coinvolta. Narrava la storia di un ragazzo sconosciuto, un hippy, figlio dei fiori, ignaro del senso ultimo della vita, che aveva dormito per strada, e si era nutrito alla mensa degli Hare Krishna. Poi era volato in India, dove aveva iniziato il suo viaggio mistico nel buddismo e aveva conosciuto il suo karma.

Quando ritornò in California, nel garage di casa, decise d'inventare il futuro con un amico. In un'autorimessa di Cupertino, i due assemblarono un computer in una scatola di legno: trenta chip e una tastiera, che battezzarono Mac Uno. Quel folle visionario si chiamava Steve Jobs. Questo era tutto ciò che sapeva di lui e del suo Mac.

Smarrita nel passato certo, assaggiò il primo boccone, immaginando la vita, il duro presente, il nebuloso futuro. Le capitava spesso di valutare il pubblico per spiegare il privato e la storia personale. Allora ripercorreva alcuni momenti della propria esistenza, legati a ricordi precisi, per capire quanto la storia e la civiltà avessero influenzato il suo modo di essere e un'intera generazione. Tuttavia trovava arduo valutare con obiettività le implicazioni del vecchio sul nuovo e i riverberi sulla gioventù.

Mara si era affacciata alla pubertà negli anni sessanta, di cui aveva respirato le atmosfere gioiose e innovative, e aveva assorbito i positivi fermenti socioculturali e politici.

La maturazione, ancora incompleta, evolveva, e si compiva in un'atmosfera tesa, foriera di radicali mutamenti e pericolose ideologie. Come un clima siffatto avrebbe plasmato le giovani menti e la società era inimmaginabile.

Margherita viveva una fase fondamentale dell'esistenza nell'incertezza disperata. L'essenza, il carattere, la personalità, la sensibilità e i problemi erano il frutto di molti fattori: il patrimonio genetico, l'educazione famigliare, le esperienze fanciullesche, il vissuto giovanile, la formazione culturale e politica.

Talvolta l'antico prevaleva. Allora ella ripercorreva gli avvenimenti, ricostruiva la cronistoria personale, e ricomponeva le impronte dei tempi inconsapevoli sino a creare un legame, un filo narrativo, unione e vincolo tra la fanciulla e la donna.

La memoria e la scrittura erano ponti tra la giovinezza e la maturità. La compilazione pressoché quotidiana del diario costituiva lo spazio e il luogo dei ricordi, lì l'inconsapevolezza lasciava il posto alla volontà e alla coscienza.

La mente indugiò nel passato, ed ella si rituffò nei ricordi di fanciulla. Nella foschia riemerse la fantastica immagine del dolce biondino riccioluto che l'aveva fatta palpitare.

Sal, il primo amore, le aveva provocato turbamenti inimmaginabili, sconquassi profondi e ingarbugli spaventosi. Erano iniziati da poco gli anni sessanta, quando s'invaghì di lui, ancora pura e infantile. Provò un sentimento breve, conflittuale, inespresso, che finì nell'istante in cui comprese che nell'amore c'erano anche sofferenze, tormenti e una discreta dose di aggressività.

Accadde una sera d'estate, la prima volta che lo vide.

La maestra l'aveva promossa a pieni voti in quinta elementare. Trascorreva le lunghe giornate estive coi compagni, trastullandosi nelle aie delle fattorie e nella piazzetta della contrada.

I fortunati, che possedevano una bicicletta, giravano per le stradine del villaggio, dandosi arie da adulti. Alcuni avevano costruito il monopattino a rotelle e con quello si lanciavano a capofitto giù per le discese.

Un pomeriggio, dopo aver giocato a boccette sul Regio Tratturo, la combriccola sedette a riposare sul muro che circondava la masseria. Faceva caldo.

Nell'afa fumigante in lontananza, scorse un bel ragazzo, un ciuffo cotonato in fronte. Indossava pantaloni di tela blu e una camicia bianca coi fiori azzurri. Era diverso dagli altri bambini in calzoncini corti. Salutò e si fermò a chiacchierare con loro, sedendosi sul muretto. I ragazzini lo conoscevano e lo apprezzavano. Era grande. Questo contava.

Lei mai prima d'allora l'aveva incontrato, perciò s'incuriosì, e lo osservò senza spiccicare una parola: anche a quei tempi era una taciturna e attenta osservatrice. Decise che le garbavano poco le sue pose spavalde, l'abbigliamento vivace e l'insolita pettinatura. «Che bei pantaloni. Dove li hai presi?» lo lusingò Glauco, un bambino pestifero, suo coetaneo, impertinente persino con le insegnanti.

«Li ho comprati al mercato dei panni usati americani. Sono pantaloni da lavoro e negli States li chiamano blue-jeans», si vantò.

«È bella anche la camicia», l'ammirò la sua amica intima.

«Ti piace?» chiese soddisfatto.

«Molto», la bambina assentì, e i boccoli scuri oscillarono.

«Ho preso anche questa al mercato della roba usata, è un modello hawaiano», rivelò.

I ragazzi tacquero, ignoravano il significato di quell'aggettivo. Carmen per l'imbarazzo chinò il capo, e si esaminò la punta dei piedi nei sandali estivi.

Lui ignorò il silenzio impacciato dei bambini e continuò il suo racconto. Disse che da grande voleva fare il cantante rock, come Elvis, un mitico chitarrista e cantante statunitense.

Alcuni strinsero le labbra e le curvarono all'ingiù. I più spigliati scuotevano le dita a cuneo chiedendosi: «Ma chi è?»

«Mi vesto e mi pettino come lui. I professori ce l'hanno a morte con me», precisò, l'aria convinta.

«Davvero?»

«Certo, mi hanno pure bocciato», ripeté risentito.

«Strano, queste cose non succedono alle elementari», valutò Lello, un ragazzino coi capelli rossi, pieno di efelidi sulla cute chiara, spesso, nera di botte. Il babbo lo pestava se l'amante lo mandava in bianco. Frequentavano tutti la medesima classe: proibitivo parlargli nei giorni in cui le mazzate paterne lo incattivivano. Lele e Glauco a scuola pretendevano di dettare legge, ma le bambine si alleavano tra loro e alla bisogna gliele suonavano. Fuori dalla pluriclasse erano più gentili, secondo la tramontana.

«È vero, i professori hanno tanti pregiudizi, e tengono le loro preferenze, vedrai», esibì disdegno e una risatina acuta.

«Le preferenze?» si meravigliò una ragazzina grassottella.

«Fanno i favoritismi, hanno le simpatie e le antipatie», ribadì assertivo.

«Gli stai antipatico per il ciuffo e i jeans?» suppose la stessa.

«Beh, certi giorni preferivo frequentare le lezioni di chitarra», si lasciò sfuggire. La bambina, sorpresa e poco convinta delle sue ragioni, spalancò la cavità orale.

«Devo ripetere l'anno, accidenti che fregatura; se la prendono con me», rafforzò il concetto, affermando che comunque fossero andate le cose, avrebbe continuato a imitare lo stile del suo idolo a dispetto delle discriminazioni e dei pregiudizi degli adulti.

«Perciò ti hanno soprannominato l'urlatore?» presunse Lele. Egli si stupì, ignorava il proprio nomignolo. «Forse. Chissà che cos'hanno in mente?» replicò sorpreso dalla sfacciataggine del bamboccio, che gli aveva sbattuto in faccia la nomea.

Comunque Rita lo giudicò poco serio, inaffidabile, riottoso e pessimo alunno. Lei, figlia obbediente e scolara diligente, provava fastidio, ma la incuriosivano i suoi insoliti saperi. La disturbavano i termini stranieri astrusi e privi di senso coi quali si esprimeva: rock and roll, blue-jeans, hawaiana, sound, rhythm and blues, kiss, love, baby.

Carmen sorrise felice. «Cantaci una canzone», lo pregò, gli occhioni spalancati.

Dissentì. «Non canto senza musica», si schermì.

«Vai a prendere la chitarra», suggerì Lele, agitando un ramoscello di olmo con cui scacciava le mosche e si faceva fresco.

«Sì, si. Vi accontento», saltò giù dal parapetto e corse verso una casuccia colonica. Fremeva dalla voglia d'esibirsi, era chiaro.

Così Mara scoprì che Sal viveva con la madre vedova e la sorellina minore nei pressi del podere della sua famiglia. C'era vita oltre il muro.

Salvo ritornò di corsa con una chitarra a tracolla. I ragazzini applaudirono, lanciando gridolini gioiosi.

«Che cosa ci canti?» urlò Glauco, la Pulce.

«Vi faccio Rock around the clock», proclamò beato.

«Chi la canta?» volle sapere il più audace, senza timore di ammettere la propria ignoranza di musica americana.

«I Comets», rise i suoi curiosi «ih, ih» stizziti.

Con lo strumento in spalla, aveva un'aria fascinosa, si dava poche arie, era disponibile al gioco, analizzò Margherita.

«Chi sono?» Pulce appuntò le falangi a muso di cammello.

«Un mitico complesso rock», si pavoneggiò, il mento alto e fiero.

«Boh, chi li conosce», ammise una bimbetta occhialuta.

«Sono famosi in tutto il pianeta», disse ai piccoli campagnoli ignorantelli.

«Tse, li sai solo tu», azzardò Lello, il naso arricciato, per lui erano dei perfetti sconosciuti. Lo ignorò, mise la tracolla, strinse la chitarra e la penna, una sottile goccia di plastica colorata fra le dita, pizzicò le corde vibranti. Allestì un concerto nella piazzola, un canto incomprensibile e il ritmo sfrenato. I bambini iniziarono a danzare, sollevando un polverone dal suolo riarso. Ballò persino il monco, al quale una granata inesplosa aveva tolto una manina. Alla cadenza ritmata del rock, il moncherino uscì dalla tasca dei calzoni, ma nessuno vi badò.

I più scalmanati vollero cantare *Con ventiquattro mila baci* di Adriano Celentano, piegati sulle ginocchia, ancheggiando e contorcendo il bacino, sembravano diavoli urlanti, ora sfrenati, ora rabbiosi. Poi con voce impertinente, quasi eccitata, emettevano l'urlo d'amore.

Ma solo baci chiedo a te, ie, ie, ie-ie-ie.

Sal era un chitarrista modesto e li accompagnava a orecchio.

La scenografia e la musica furono una scoperta eccitante per lei, turbata dal dondolio delle anche e dalle notazioni esplicite e sfrontate. Si vergognò, s'incollò alla recinzione nel crepuscolo infuocato di luglio, avvolta nel suo vestitino di cotone bianco, l'ampia gonna svolazzante sulle ginocchia e le trecce lunghe fino al petto. Da allora sperò in un cenno, un richiamo d'amore, che mai giunse.

Frequentava la prima media, quando la sorella di Salvo le recapitò una sua fotografia con dedica. L'anno seguente le giunse un bigliettino di San Valentino e una frase affettuosa senza firma. In terza media le spedì una cartolina raffigurante una coppia di bambini in posa su un'auto sportiva rosso fuoco.

Mai gli rispose per pudore.

Intanto che lui sperimentava le prime storie amorose, lei viveva chiusa in casa, e studiava come una forsennata. Si vedevano in chiesa durante le messe domenicali, natalizie o di Pasqua. S'incontravano ai rari balli privati, durante le feste in piazza, o nelle fiere paesane.

L'ammirazione per Margherita cresceva in proporzione all'età. Lei invece s'irrigidiva dinanzi a lui, e perdeva ogni spontaneità.

Soffriva l'incapacità di vivere in maniera serena la loro amicizia. Mascherava i sentimenti meglio d'una mummia imbalsamata. Il nomignolo Mummiona era proprio meritato. Le reminiscenze del passato riemergevano, ella se ne lasciava sopraffare persuasa che andassero riviste alla luce dell'esperienza e rilette da una prospettiva diversa.

Nell'estate del 1967, sostenne gli esami di Terza Media. Fu promossa con voti discreti, malgrado le crisi esistenziali e i conflitti amorosi la distogliessero dallo studio organico e continuo. Lasciò le fantasie meravigliose, il vissuto e gli sfondi su cui si era dischiusa la crisalide. Ripensò alla famiglia, ai ruoli parentali, al futuro distacco. Nel tempo si era ricreduta su molte convinzioni erronee, aveva maturato la consapevolezza d'essere amata, soprattutto era conscia del suo affetto per i familiari. La mamma, i nonni, zia Lidia, il marito Toni e la loro piccola Luana costituivano il punto fermo della sua esistenza, le radici profonde e la garanzia di accoglienza.

MATRIMONIO, NO!

A sedici anni si trovò a un bivio.

Un giorno, non per caso, ma per scelta altrui, Mara seppe che Angelo desiderava ammogliarsi. Glielo suggerì la sorella minore, sua coetanea. «Vuole sposarsi, non può aspettare.»

«Anch'io lo desidero, ma ho in mente di laurearmi. Se mi ama, dovrà attendere», fu la sua risposta.

«Quest'anno si diploma, vorrebbe trovare un impiego e poi sposarsi.»

«Ma ho gli esami», obiettò.

«Puoi studiare anche da sposata, te lo permetterebbe», l'ovvia questione.

Inorridì. «A me sembra prematuro», chiarì. «Come mai me lo dici tu?»

«Perché a voi manca l'occasione di stare da soli, siamo spesso in comitiva, oppure tu esci con tua madre, lui è rispettoso», pretese lei.

«Mi rispetta», ammise titubante, pensando che le sarebbe piaciuto essere adorata di meno e desiderata di più. Sino a quel momento aveva ignorato i desideri di Angelo, che considera un filarino o poco più. Misconosceva la sua anima e le convinzioni profonde.

La prossimità amorosa si manteneva a un livello superficiale.

I piccoli progetti comuni erano inconsistenti, e lei anelava vicinanza e complicità. Talvolta si chiedeva se l'avrebbe sposato per il bell'aspetto nel caso in cui la vera essenza le fosse rimasta sconosciuta, e la mente estranea. Era doloroso amare il guscio, l'esteriorità attraente, e ignorare la sostanza dell'amato. Mal tollerava le ingerenze dei clan d'appartenenza che s'impegnavano in loro vece. Mai avrebbe assecondato il desiderio dei parenti di vedere lui ammogliato e lei giovane sposa cieca.

Era insufficiente anche il turbamento sensuale di un ballo per decidere di trascorrere la vita con lui. Desiderava conoscere intimamente l'essere con cui avrebbe condiviso l'esistenza. Angelo invece appariva un affascinante teorema che la faceva tremare, ma la distanza emotiva e intellettuale precludeva la partecipazione, la somiglianza e le affinità.

Incapace di esprimere le suggestioni dell'intuito e i segnali del subconscio, avvertiva la necessità di conoscerlo intimamente prima di vivere nella comunione coniugale.

«Porta rispetto, ma dovrebbe idolatrarti per anni, come una santa vergine», esordì l'altra, guardandola di traverso, le ciglia aggrottate.

Margherita era candidamente furba. «Lui a che cosa aspira?»

«Vuole un impiego e la famiglia.»

«Potrei essere sposa a breve», dedusse a voce alta, e un fremito le pervase la spina dorsale.

«È maschio», alluse. «Se trova una disponibile, magari rimane invischiato», chiosò l'amica, riferendosi a certe ragazze che, in virtù di una presunta emancipazione, giocavano sporco e rendevano la pariglia a generazioni di seduttori.

«Ci penserò», promise affatto convinta.

«Rifletti, ti ama, è disposto ad aspettarti fino alla maggiore età, poi si vuole sistemare.»

Anche lei lo voleva, ma il suo concetto di sistemazione comprendeva la laurea, le specializzazioni, l'apertura dello studio di consulenza psicologica e un buon numero di pazienti.

«Che cosa cambierebbe se proseguissi gli studi?»

S'immaginò libera di dormire insieme con lui nel suo letto di matricola.

«Tutto, è geloso, mal sopporterebbe l'assillo che tu viva da sola, fuori paese», sentenziò la futura cognata.

«Potrebbe frequentare anche lui», obiettò, ma l'altra controbatté che il fratello lo escludeva.

Rimase delusa. «Beh, comunque potremmo vederci», suppose

speranzosa.

La compagna dissentì. «Vedi quel che succede: molte si sposano con la pancia. Vuoi rischiare anche tu? è sconveniente. Alcune hanno il coraggio d'indossare l'abito candido e il velo», rise all'archetipo delle vergini pregne, il casto velo di tulle sul capo e il vestito stile impero per nascondere il ventre rigonfio di vita.

«Queste cose capitano a chi si ama», replicò Margherita, che si giudicava né più furba, né più salda delle altre.

«Mai succederà a me e neppure a mio fratello», ribadì lei, la faccia tronfia e la stolta sicurezza di chi ancora ignora le delizie dei sensi, le tempeste ormonali, la tentazione del fuoco in una notte d'amore. Mara ammirò la sua determinazione e la certezza di aggirare gli accidentali cedimenti carnali.

Un giorno Angelo l'attese davanti ai cancelli del liceo, ne fu molto felice: era là per trascorrere con lei pochi attimi di gioia e spensieratezza. Voleva godere la sua compagnia e la vicinanza. Al piacere iniziale seguì una cupa insoddisfazione quand'egli toccò la questione matrimoniale. «Desidero sposarti dopo la maturità. Che cosa ne pensi?» esordì.

Deglutì. «Sappiamo poco l'uno dell'altro, ignoro le tue attese, le idee, la fede politica. Siamo estranei, distanti», convalidò le ovvie verità.

Il suo ardire lo sorprese. «Che cos'altro vuoi sapere? sono qui davanti a te, sono come mi vedi», replicò irritato, poiché mal tollerava le impudenti che pensavano troppo e si esprimevano in maniera sfrontata.

«Sei davvero bello, e mi piaci. Tuttavia mi sfuggono tanti aspetti del tuo carattere. Pensi di conoscermi?» chiese.

Alzò le spalle. «Sai che sei strana, pensi troppo per i miei gusti», esplose in uno scatto inatteso.

«Sono fatta così.»

«Per risponderti, voglio una donna in grado di crescere i figli. Penserò io a portare lo stipendio. Tu potrai fare i concorsi per diventare maestra o impiegata, anche se preferirei che fossi una brava casalinga», le confessò.

Un pugno colpì l'addome, violento e devastante quanto uno

schiaffo in pieno viso. Le piaceva, la sua vicinanza le provocava un forte turbamento, non voleva rinunciare al suo amore caro, bello, biondo, azzurre le iridi. Solo per lui l'anima fremeva, molle cedeva nella frenesia del sentimento amoroso.

«Voglio fare la psicologa», proclamò.

«Vuoi andare all'università?» una grigia delusione offuscò le sue pupille.

«Ehm, è il mio progetto», confermò annuendo.

«E le nozze?»

«Possono attendere, prima voglio un lavoro. Desidero vivere nuove esperienze, anche tu vuoi questo? Iscriviti, potremmo frequentare entrambi», propose nell'illusione di persuaderlo a seguirla nella sua avventura.

«È escluso, detesto studiare. Spero di trovare subito un buon impiego. Mi voglio sistemare, dimmi che cosa ne pensi. Sei d'accordo?» il grande dilemma.

Margherita anelava a un amore sensuale e rassicurante ma, davanti alla scelta obbligata, preferì la carriera e rimandò i piaceri a favore di se stessa. La sua vocazione era diventare psicologa e aiutare gli altri. Sognava anche di narrare storie contemporanee, e vivere di scrittura.

Angelo rinunciò a lei, ché mai avrebbe rinnegato i propri principi. Correva l'anno 1971, era maggio, quando conobbe una quattordicenne alta, bruna, le cornee di carbone infuocato.

«Si vede che le suppliche del fratello piccolo erano impellenti», commentò in famiglia, la madre e Lidia sorrisero. Impensabile attendere: aveva deposto il lievito nel ventre di quella ragazza. Dopo pochi mesi la portò ai genitori.

«Le piace farlo», riferì la vicina, betonica velenosa. «Ci gioca sempre. La suocera si lamenta che Angelo si è sciupato. Dice che gli prepara lo zabaione tutte le mattine. Le uova del pollaio sono finite», vociferò la comare. Le pettegole lo ridissero, e l'intero contado seppe.

Rise di gusto tutta la popolazione al salace racconto erotico. La coppietta sparì dal giro. Ricomparve che lei aveva la pancia di sette mesi, lui pareva un palloncino risucchiato, il profilo smagrito e le guance sottili da faina.

Così anche il secondo amore finì miseramente. Ad Angelo faceva difetto la pazienza e ingravidò un'altra.

EQUILIBRIO E STABILITÀ

L'equilibrio e la stabilità emotiva vacillavano ancora, ma lei lo ignorava. Era ferita e fragile, si difendeva celandosi dietro la maschera del distacco. Lo studio intenso la tutelava, il paravento del sapere le infondeva sicurezza: leggeva, studiava, s'impegnava con ardore, ma l'affettività congelava negli abissi. Le emozioni rimanevano sospese nel territorio dell'inconscio, non trovando modi per esprimersi, le locuzioni morivano nel subconscio. Le vie comunicative tra il subconscio, l'io cosciente e l'intelletto erano interrotte dalle fratture ed ella, inconsapevole delle proprie fragilità, tendeva alla negazione.

Le capitava di avere dei tremiti incontrollabili, il fiato mozzo, sospiri improvvisi, morse allo stomaco e rossori immotivati.

Il malessere traspariva nella fisionomia emaciata, indizio delle pene interiori; l'evidente stanchezza svelava l'abitudine allo studio incessante e all'impegno mentale ai limiti della tortura. Però il significato di quei segnali, difficili da gestire, era oscuro.

Molti la percepivano altezzosa, snob, arrogante nell'ostentare le proprie doti intellettuali, altri la descrivevano eterea e insicura. Era tutto ciò, e molto altro. Era fiera e sospettosa per autodifesa. Rinnegava i compromessi per natura. Vivere da sola le aveva insegnato a stare all'erta, la vita comunitaria e multiculturale l'aveva messa in contatto con persone di altre etnie, obbligandola a una convivenza serena con abitudini, mentalità e costumi diversi dai propri. La conoscenza e i nuovi stimoli avevano allargato i suoi orizzonti; avvertiva un abisso fra lei e i coetanei d'Aquinto pervasi di malizia prosaica e valori arcaici, che conferivano certezze sconfinate. Le relazioni seguivano le tracce prestabilite.

I primi tempi frequentava i corsi con Nico, un concittadino col quale si profilava un flirt. Anch'egli matricola, nel passare da Via dei Sabelli, scampanellava tre volte. Al segnale, se era pronta, scendeva le scale di corsa e lo raggiungeva. Preferiva uscire in compagnia: era sicura e lieta d'avere un buon amico.

Un giorno, mentre procedevano discorrendo dei corsi e dei libri di testo da acquistare, egli la squadrò con un misto d'imbarazzo e disapprovazione e criticò il suo abbigliamento.

Sgranò le pupille e s'irrigidì. «Perchè? cos'ho che non va?» eruppe, passandosi in rassegna dal petto fino ai piedi.

«Sei fuori contesto», sparò lui. Lo fissò offesa, le iridi di ghiaccio, senza proferire parola. Con un gesto nervoso, lui si strofinò la punta del naso arcuata e imponente, e rallentò l'andatura. «Non si porta la pelliccia all'università», sentenziò.

Reclinò il capo all'indietro, furiosa. «È finta», sospirò.

«Fa lo stesso, ma è di lusso», la piegazione.

«Qual è il problema?» obiettò, il mento proteso.

Abbassò i cigli e la soppesò di traverso. «Sei troppo elegante, rischi.»

S'arrestò impietrita, e protese un braccio costringendolo a guardarla. «Che cosa? spiegati», incalzò a denti stretti. L'altra mano reggeva la tracolla della borsetta penzoloni sul fianco. Egli si fermò, l'indice sulle labbra. «Attiri i borsaioli», bisbigliò.

Seguendo un impulso improvviso, portò la borsetta sul petto. Annichilì nel trovare aperte la chiusura e la cerniera della tasca interna, le banconote, che dovevano servire ad acquistare i testi, in bella vista. Comprese d'avere schivato un furto per un fiato, lieve come il tocco dei borseggiatori. Richiuse la tasca e il fermaglio e diede un'occhiata al suo amico senza spiccicare parola. Chinò il capo interdetta e sistemò una ciocca dietro l'elice. Si voltò, ma non scorse nessuno alle sue spalle. Due ghigne camminavano affiancate sul marciapiede davanti a loro. Erano i mariuoli sbucati dal nulla.

«Vieni, entriamo», la esortò Nico, trascinandola in una sala da gioco. Lo seguì, i passi timidi, e si fermò accanto alla porta. Sbirciò fuori e vide i due giovinastri appostati a un incrocio, davanti alla vetrina d'un esercizio pubblico. Si sentì confusa e incerta: mai prima d'allora era entrata in un locale per giocatori, si guardò intorno smarrita. Per fortuna c'erano pochi avventori. Le pareti erano dipinte con forme geometriche, le tinte vivaci, si sentì precipitare in un quadro cubista. Nico scese una rampa di scale e affiancò il proprietario. Dovevano conoscersi, suppose, data la confidenza con cui conversano. L'anziano lanciava occhiate furtive in direzione dei tipi e ammiccava. L'amico tornò da lei, e le propose una partita a flipper. Accettò, nonostante fosse imbranata e perdesse subito la pallina. Trascorsero una manciata di minuti davanti al biliardino elettrico.

Poi lui uscì sul marciapiedi e annuì. «Andiamo, che ne dici?»

S'incamminarono, ma all'incrocio i borseggiatori riapparvero: stazionavano in un angolo, schiena al muro, e la fissavano. Giuda iscariota bisbigliò: «Ti saluto, devo incontrare un amico, ci vediamo.» La piantò in mezzo alla strada in balia dei delinquenti. Lei evitò di pensare per non rattristarsi, e proseguì con la borsetta ben stretta al petto. Oltrepassò i mariuoli, tenendoli d'occhio nel riflesso della vetrina. Parevano stupiti dai risvolti inattesi del borseggio. Lei desiderava seminarli, loro volevano il bottino. Capì che erano decisi ad attendere che si distraesse quel tanto che consentisse loro di derubarla o che deviasse in un vicolo per aggredirla al riparo dagli sguardi dei passanti. L'istinto le suggerì d'inoltrarsi nelle via più popolata e di rifugiarsi sul primo tram che passava. Si fermò e attese. Giunse un autobus con pochi passeggeri, salì a bordo. Il paradiso dei borsaioli semivuoto non dissuase i delinquentucoli. Montarono anche loro. Lei s'accomodò dietro al conducente e, con un gesto plateale, mise la borsetta sotto i glutei. Sfilò una manica del pellicciotto, prese la borsa e sistemò la tracolla di traverso sul seno. Rimise il cappotto e chiuse gli alamari. Sbirciò i furfanti di sottecchi, vide che uno ammiccava, e l'altro faceva spallucce. Alla prima fermata, saltarono giù dal predellino, e lei tirò un respiro di sollievo. All'incrocio fra Via dei Marsi e Via dei Liburni scese anche lei. Infine poté acquistare i volumi alla libreria universitaria San Lorenzo.

Comprò anche un eskimo antifurto, poi andò a seguire i corsi.

Quel giorno dovette ricredersi su alcune convinzioni: in primis era troppo ingenua rispetto ai coetanei d'Aquinto. Ignorava le malizie della strada e le strategie per difendersi dai brutti ceffi e dai compagni codardi. La realtà, congegno misterioso da scoprire e decifrare, in quell'unica esperienza fu rivelatrice e didattica più di mille tomi.

Sopravvisse in lei la convinzione di poter primeggiare in molti campi: materia culturale, buongusto, eleganza, conoscenza delle regole salottiere, utili nelle case borghesi, inutili o persino dannose altrove.

Il sospetto e le strategie preventive erano doti che le mancavano. Però comprese di possedere ottime intuizioni strategiche e di autodifesa. Reputò l'esperienza altamente formativa e scoprì l'impagabile vantaggio di premunirsi di fronte alle circostanze frenetiche della capitale. Molte matricole avevano subito di peggio, ma lei ne era all'oscuro. Il comportamento di Nico fu inspiegabile, mai gli perdonò d'averla lasciata in balia dei malintenzionati, né attese futuri scampanellii. Relegò un altro ectoplasma nel limbo dell'inconscio.

A quei tempi ignorava le mode universitarie, ed era incapace di travestirsi da hippy o sottoproletaria. Il camuffamento e l'omologazione le erano estranei. Apparteneva a una famiglia benestante, i suoi erano agricoltori da generazioni, e lei ne andava fiera. Era consapevole della propria unicità di persona dotata di autocoscienza e identità proprie, e intendeva preservarle. Tuttavia avvertiva un disagio antico, un indefinito malessere, che tentava di contenere, e s'illudeva di farcela senza l'aiuto della famiglia o dei consorti.

L'angoscia esistenziale e lo sforzo di sublimarla attraverso la scrittura era fallito. Il bisogno di tenere un diario si era affievolito, le mancava l'inventiva e la serenità per creare intrecci romanzeschi, racconti e favole. Aveva abbozzato l'incipit di un romanzo realista e lo aveva passato a Luana, ormai cresciuta, che lo aveva divorato e, guardandola con gli occhioni scuri, le pupille dilatate di gioia, le aveva chiesto il seguito.

«Boh, sono indecisa», replicò. Mai superò le dieci cartelle. Però custodì il manoscritto, vergato da una calligrafia piccola e puntuta, in attesa di un vago sviluppo.

Visse poco, studiò troppo. Rivolse a fini elevati le pulsioni e i traumi. Aderì attivamente ai problemi politici, sociali, culturali. Pose un grande impegno nelle attività scolastiche e sportive. Divenne la prima in ogni campo. Desiderava essere vista, anelava alla perfezione. Eccelse nell'eleganza e nel giornalismo. Con Matilde, la compagna di banco intellettuale, femminista, impegnata nel sociale, fondò un mensile scolastico, il nome pretenzioso: Il Corriere d'Aquinto, eloquente il sottotitolo: Organo del Liceo Classico Statale. Pochi maschi si proposero come collaboratori, e solo un paio di secchioni brufolosi furono inclusi nella loro cerchia. Tilde, tanto intelligente e brillante, quanto *cozza-fondista*, secondo l'appellativo dei malevoli, che invidiavano la sua ricchezza direttamente proporzionale ai suoi difetti estetici, non attraeva i ragazzi. In verità, tolta l'eccessiva peluria sul labbro superiore, gli occhiali spessi, come fondi di bottiglia, e il generoso culo a mandolino, poteva sembrava finanche carina. Era ospite al Conservatorio Femminile d'Aquinto, poiché al suo paese mancavano le scuole superiori. Margherita ripensò ai titoli degli articoli rilevanti e constatò la loro attualità. "Ci sentivamo necessarie, tutt'altro che disimpegnate e qualunquiste, eravamo schierate, avevamo idee innovative e le esprimevamo sul nostro giornale", ammise critica.

I commenti maschili erano caustici. «Sono brave, però quanto se la tirano», il più benevolo tra i giudizi rivolti alle redattrici del Corriere.

«Andate a fare il sugo», l'invito dei maschilisti.

«Chi vi credete d'essere?» il quesito degli invidiosi.

«Ritornate a fare la calzetta», apparteneva ai trogloditi.

«Toh, guarda le femministe dei miei coglioni», spettava ai

cavernicoli.

«Scendete dal piedistallo», la prerogativa dei possibilisti.

Questi epiteti e altri impronunziabili erano indirizzati allo sparuto gruppetto di secchie. Le loro personali utopie: la felicità, l'indipendenza, l'emancipazione attraverso la cultura. Gli articoli del giornale, di cui aveva conservato le rare copie, affrontavano temi complessi e ancora attuali. Talvolta la nostalgia la coglieva, allora ne sfogliava le pagine, i gesti amorevoli. Anche quel giorno fu presa dal rimpianto dei bei tempi andati. Si accostò al ripiano dello scaffale su cui erano allineati i giornali, li prese tutti, e ritornò a sedersi davanti al piatto colmo d'insalata. Sfogliò le pagine e lesse gli occhielli di alcuni pezzi.

Inquinamento ed Ecologia. Che cosa fare prima che sia troppo tardi? lesse a voce alta. "Il titolo pone un dilemma tuttora irrisolto. Chissà se mai i potenti prenderanno seri provvedimenti per salvaguardare la natura e l'umanità?" le labbra si arricciarono in una piega dolente.

Italia depressa. Il problema delle regioni sottosviluppate dell'Italia Meridionale, lesse senza pensare a quella storia infinita.

Sesso, pornografia e censura. Viaggio nella pornografia dalla Grecia arcaica al mondo contemporaneo. "Questo l'aveva scritto un ragazzo", ricordò, scorrendo l'articolo fino in fondo per leggerne la firma.

La donna oggi. Riflessioni di una sedicenne. "È un pezzo mio", ricordò le opinioni che avevano ispirato l'articolo.

La violenza nelle scuole. Agitazioni studentesche e riforma scolastica. A che punto siamo? "Ecco un argomento d'attualità, le manifestazioni si susseguono ancora in tutta Italia."

Il lavoro minorile. Bambini ai quali è precluso il gioco, lesse, e dissentì turbata. I titoli dei quotidiani esposti nelle edicole quel giorno erano nella sostanza gli stessi d'allora.

Purtroppo il periodico ebbe vita dura. Riuscirono a pubblicarlo tra mille difficoltà a scansione trimestrale. Si vendevano poche copie e, se sopravvisse, fu grazie ai risparmi delle redattrici e agli esigui contributi del fondo d'istituto e, quando le due fondatrici

si maturarono, il giornalino chiuse.
Conseguì la Maturità Classica nel mese di luglio del settantadue.
A ottobre si trasferì a Roma. L'Università La Sapienza aveva attivato il Corso di Laurea in Psicologia.
Partì da sola il primo venerdì del mese a bordo di una Giulietta Alfa Romeo, stracolma di valigie, guidata da un autista privato.

STILI DI VITA

Aveva attraversato un'epoca di straordinari cambiamenti socio culturali, economici e politici: la musica rock, la pop art, ispirata alla civiltà dei consumi, il boom economico, la beat e la love generation, la rivoluzione del sessantotto, il conflitto nel Vietnam, i cui orrori avevano schierato gli studenti e gli intellettuali, e l'austerity del settantaquattro.

Era cresciuta in un ambiente provinciale, legato ai retaggi della civiltà contadina e agli insegnamenti dottrinali, e si smarriva nell'anelito di comprendere le aspirazioni deliranti di alcuni, i miti letterari, le dinamiche delle agitazioni studentesche e operaie, le culture alternative, le mode d'oltreoceano, l'urgenza dei problemi emergenti. Le sfuggiva finanche il senso dell'amara locuzione società dei consumi, la cui natura oscura era riconducibile al divario esistente fra lo sviluppo industriale dell'Italia Settentrionale, affacciatosi da poco alle soglie del benessere e già in crisi, e il Meridione agricolo, l'economia limitata al settore agroalimentare e alle piccole imprese a conduzione familiare. Siccome le era preclusa l'essenza di molti avvenimenti, si documentava e, quanto più apprendeva, tanto più le barriere difensive erano forti. Conobbe gli hippy, anche se ai tempi era improbabile incontrarne qualcuno nella provincia italiana. Scoprì i valori in cui credevano leggendo i volumetti in pillole ai quali era abbonato Luigi, il nonno materno. Seppe che il movimento culturale alternativo era nato in America, come forma pacata di contestazione al consumismo e alla guerra del Vietnam, e che i flower children predicavano l'amore e la pace universale. "Fate l'amore, non la guerra", il loro motto.

Nel sessantanove, la Love Generation diede vita alla memorabile manifestazione musicale e artistica nota come *Festival di Woodstock*. La Convention si svolse nella cittadina di Bethel: gli organizzatori affittarono alcuni terreni agricoli, da venerdì quindici agosto fino a domenica diciotto, l'intento di riunire i giovani in *"Tre Giorni di Pace e Musica Rock"*, e diffondere la cultura hippie.

In un clima infuocato, e sotto una pioggia torrenziale, quattrocentomila persone giunsero ad ascoltare i maggiori musicisti: i Grateful Dead, Joe Cocker, Jimi Hendrix, Richie Havens, Joan Baez, Janis Joplin, Carlos Santana, The Who.

Woodstock divenne il luogo simbolo della contestazione pacifica, lo testimoniavano la mancanza di incidenti, la meravigliosa cooperazione e la premura reciproca. A detta di chi c'era, la pace e l'amore imperavano in un'atmosfera sorprendentemente solare e cosmica.

Durante le manifestazioni di protesta, gli hippy bruciavano le lettere di leva obbligatoria, distribuivano fiori ai poliziotti, mettevano petali nelle canne dei fucili e nei cannoni.

Vivevano in stile naturale e credevano nel *flower power*, il potere dei fiori che si riferiva sia all'ideologia pacifista, sia alle proprietà allucinogene di alcune piante dotate di alcaloidi stupefacenti. La loro norma era beneficiarne per ampliare le pecezioni sensoriali e unirsi alle vibrazioni della natura. Rita dubitava dei compromessi impliciti nei loro valori. Dubitava e leggeva. Leggeva e imparava.

Gli hippy rigettavano le regole, i ruoli, i divieti, e aspiravano a vivere in sintonia con il cosmo, ma l'anelito si traduceva in sesso libero, corpi nudi e promiscuità nelle comuni tra improbabili guru e litri di soma, la divina bevanda che gli indù consumavano nei riti sacri collettivi.

L'esistenza naturale si realizzava in viaggi pseudo mistici alla ricerca di un dio, una fede spesso incontrata nella droga rullata, fumata, aspirata, mangiata, bevuta in qualche sperduto paradiso indiano, cittadino, o nelle ferrigne periferie urbane. L'istinto le suggeriva che un'esistenza votata all'incessante ricerca del piacere e delle droghe aveva poco di naturale.

Le pillole di saggezza elargite dal Reader's Digest le aprirono la mente con largo anticipo, rispetto alle cronache italiane, circa i rischi della dipenza da sostanze stupefacenti.

Marita scoprì le imprevedibili conseguenze di una vita priva di freni inibitori e i devastanti effetti del consumo di droga. Seppe che presto i paradisi artificiali si trasformavano in un inferno coercitivo e innaturale, che conduceva all'eccesso, la negazione della vita. La tossicodipendenza, esito ignorato e inatteso dell'illusione, si rivelò un percorso circolare e compulsivo che conduceva alla morte. Ma, prima di mostrare il contrappeso devastante e atroce, la droga mieté molte vittime.

Lo stile hippy giunse in Italia in ritardo di qualche decennio, svuotato dei valori ispiratori. La gioventù ne assunse gli aspetti più esteriori e marginali: i capelli lunghi, i camicioni colorati, le gonne gitane, le ghirlande nei capelli, le tinte sgargianti, le collane, la musica, il sesso libero e la marijuana. Anch'ella adottò la moda hippy, fatta eccezione per le droghe e il sesso libero. Smise persino di fumare le sigarette. Alcuni compagni si persero nei trip psichedelici multicolori. Molti sparirono semplicemente dalla sua vita, la distanza emotiva, o la lontananza geografica, chissà?

Ognuno inseguiva l'utopia personale: pace, lavoro, opportunità, arte, droga, viaggi, amore, protesta, politica. Lei percorreva la propria strada, rimaneva in carreggiata, prossima al luogo più intimo e alle cose essenziali.

Uno dei pochi amici che rimase nella sua vita fu Salvo. Sal suonava ancora la chitarra, ma preferiva la musica di Jim Morrison e le ballate di Donovan alle canzoni di Elvis. La chioma bionda, riccia e versatile, gonfia sulla cocuzza, lo avvicinava a molti cantanti in voga. Alcune sue groupie vedevano in lui il redivivo Morrison dei tempi di *Light my fire*. In effetti, quando assumeva certe posture, esibiva un indiscutibile fascino casereccio, ma ricordava il re lucertola neanche alla lontana. Le pupille chiare e acquose avevano un'espressione dolce, molto diversa dall'impetuoso linguaggio non verbale del leader carismatico e front man della band statunitense, The Doors.

Jim era morto il tre luglio del mille novecento settantuno, e aveva portato nella tomba la passione, la spregiudicatezza e la seduzione. Negli anni, il musicista e poeta della rivoluzione culturale degli Anni Sessanta era un divenuto un dio. Le folle impazzivano per lui e lo consideravano il profeta della dea Ecate. Le sue poesie, la musica evocativa e seducente inneggiavano l'amore, la sensualità, il delirio sfrenato. La gioventù si riconosceva in lui e nelle sue inquietudini, ma era difficile emularlo. Neppure Sal, carino e seduttivo, riusciva a reincarnare il carisma e la forza dirompente della personalità di un idolo.

Il mitico campagnolo aveva studiato poco: a quindici anni ottenne il diploma di scuola media, e bissò ciascun anno del commerciale, finché lasciò definitivamente gli studi e si dedicò alle scale ascendenti e discendenti.

«Ho deciso, farò il cantate!» aggiunse che voleva vivere d'arte.

«Ce ne sono troppi, è difficile sfondare, a meno che non si possieda un talento unico e precoce», gli fece notare che era in ritardo sui tempi. Suggerì con garbata cortesia che a mala pena padroneggiava il pentagramma, la chitarra e la voce, troppo sottile e flebile.

«Non voglio diventare famoso, mi accontenterei di suonare nelle sale da ballo: feste, cerimonie famigliari, piccoli eventi», pose dei limiti, consapevole delle modeste doti.

In quel periodo il suo appellativo era Moustaki, merito dell'amore per il brano *Lo straniero*, il successo del celebre cantante e chitarrista greco George Moustaki, che egli eseguiva spesso in pubblico, accompagnandosi con la chitarra.

Sal era eccentrico, un personaggio singolare, una sagoma. La madre lo assecondava, lo proteggeva, e ne approvava le scelte, senza obiezioni. La vedova lavorava la piccola proprietà e manteneva la famiglia, ma i soldi scarseggiavano. Per questo motivo, un triste giorno, il figlio partì, la chitarra nella custodia e un grosso zaino in spalla. Tentò la via dell'emigrazione.

Divenne *Lo straniero* in Svizzera.

Passarono sei mesi, e lui ritornò cambiato. Aveva qualche chilo in eccesso intorno ai fianchi, si capiva che gustava la birra e mangiava troppi cioccolatini. Un taglio netto aveva sacrificato i capelli gonfi a fascina di grano. La vita del migrante dovette dispiacergli parecchio. «Non ci torno, pretendono. Sono precisi. Hanno ritmi di lavoro troppo veloci. Io sono lento. Mi piace prendermela comoda. Noi italiani siamo sgraditi agli svizzeri, e loro non piacciono a me», lo confessò ridendo, ma doveva aver patito qualche gesto di razzismo e discriminazione.

Si stabilì definitivamente ad Aquinto e decise di fare l'agricoltore, nel senso che la mamma andava nei campi all'alba, mentre lui meditava fino a tardi. Eseguiva volentieri qualche lavoretto in giardino, la solita flemma. Lavorando lemme lemme scoprì una recondita e insospettata passione per le piante. Riorganizzò l'orto, secondo i moderni criteri di coltivazione, e piantò ortaggi d'ogni genere per le quattro stagioni. Creò alcune aiuole e le arricchì di fiori pregiati. Infine pensò di proteggere le colture dagli sguardi indiscreti, e piantumò il perimetro della proprietà con arbusti di bosso.

Dopo un po' incominciarono a girare certe voci. «Quel ragazzo è particolare», disse a nonna Peppa un vicino. «Cresce certe piante alte, le foglie palmate e resinose. Ha anche un distillatore per estrarre i succhi. Vuole fare l'erborista, le prova tutte.» In quel periodo, qualcuno lo soprannominò il filosofo.

«Moustaki gira poco», osservò Fede un giorno.

«Dorme sempre. Cura le piantine e le sperimenta. Prima o poi s'avvelena», sentenziò Lidia, super aggiornata sulle vite degli altri, grazie alle chiacchiere con le pettegole del villaggio.

«La vedova lo lascia dormire?» s'incuriosì.

«Sgobba, manda avanti la baracca», usò un tono critico e uno di commiserazione per la povera donna ancora a lutto.

«Mi vestirò di nero per il resto della vita», promise sul sarcofago del compianto, e sembrava intenzionata a mantenere il giuramento.

Un giorno d'estate Marita uscì per andare a trovare un'amica, imboccò il Tratturo, la strada tagliava in due l'intera contrada. Quando passò davanti all'abitazione di Sal, gettò un'occhiata al brolo, che affacciava sulla via. Scrutò attraverso l'alta siepe per cercare di scorgere oltre, vide nessuno e si sorprese.

Durante la bella stagione, l'amico aveva l'abitudine di esercitarsi alla chitarra nell'ampio cortile antistante la casetta. Spesso gli echi degli accordi fluttuavano nel cielo di Fievo. Quel giorno neppure una nota mosse la vampa. Si attardò nell'attesa di un bemolle, un vocalizzo, uno strimpellio di corde, ma neanche un suono o un assolo uscì dal recinto.

Rimase delusa perché il compagno da tempo si isolava nella sua dimora da hobbit. Non si faceva vedere in giro, la Tre Erre sul dorso. Aveva persino smesso di frequentare il suo socio, Lele Terremoto, che ovunque andava portava lo sconquasso. Aveva allontanato sinanche il fidatissimo vicino, detto la Pulce per la statura bassa e il caratterino pulcioso.

Le bettoniche supponevano evenienze bizzarre, ma la più quotata riguardava gli alti papaveri, le grosse capsule centrali circondate da petali variopinti. Alcune capse piangevano stille biancastre e resinose, raccontavano le donne.

Rita era un'adolescente attenta, ricordò un vecchio film *Il papavero è anche un fiore* e capì che l'artista contadino aveva deciso di provare ogni frutto della natura, pure i fiori del male.

Aveva iniziato una nuova fase della vita, e nessuno ne prevedeva la durata. Di prima mattina, andava a cercare le erbe spontanee nella macchia, sui greti dei fiumi o nei campi.

«Le piantine si raccolgono col fresco», spiegava a chi domandava i motivi delle sue camminate per prati e boschi, all'aurora. Macinava chilometri a piedi e ritornava con la gerla ricolma di bacche, funghi, castagne, noci, foglie, fusti e radici. Poi riposava fino al crepuscolo.

Il piccolo mondo di Fievo scoprì le sue doti taumaturgiche. La fama di guaritore si diffuse, e molte signore incominciarono a rivolgersi a lui per curare gli acciacchi di stagione, le vampate della menopausa, l'artrosi, la gastrite e le coliche. Sal preparava le tisane, o forniva le erbe essiccate, secondo il caso. Girovagava mesi interi alla ricerca dell'erba giusta per questo o quel disturbo, e si dava pace quando l'aveva trovata. Preparava il decotto, o le erbe da infusione e le portava all'interessata.

Avrebbe potuto chiedere un compenso, mai lo fece.

«Non mi faccio pagare», spiegava. «Mi piace aiutare la gente.»

«Ci rimetti», gli disse Fede, quando le donò un intruglio per le coliche renali.

«Sono contento. Non posso intascare soldi per un macerato», si schermì. Intrecciò la passione per la fitoterapia e la medicina naturale ai benefici di una dieta sana. Incominciò a nutrirsi di ortaggi, frutta, legumi, uova, miele, derivati di farina integrale e latte. Riprese la consuetudine contadina di fare il pane, la pasta e i biscotti in casa. Il mondo andava avanti, verso il consumismo sfrenato, lui ritornava indietro alla vita degli antenati. L'urlatore chitarrista cantante migrante contadino giardiniere filosofo erborista distillatore guaritore divenne il vegetariano.

COMUNICAZIONE
LIBERATA

Finì il pranzo tra una reminiscenza e l'altra. Sparecchiò la tavola, e ripose la tovaglia nel cassetto della credenza. Posò lo sguardo indagatore sui ripiani a caccia di oggetti impolverati da risciacquare sotto l'acqua corrente. Osservò i ninnoli uno a uno, erano tutti puliti.

"Che pessimo gusto!" La vista dell'arredamento la nauseò. "Per fortuna la casa è nuova e ha tutte le comodità."

Mentre lavava le stoviglie pensò che era fortunata ad avere un'abitazione per sé, poiché certi proprietari, adoratori del dio danaro, stipavano mezza dozzina di studenti in una camera. Lei invece aveva incontrato un'insolita donnina che cercava una matricola ineccepibile alla quale affidare la conduzione del bilocale, purché lo tenesse pulito, rispettasse il mobilio, fosse l'unica inquilina, e non ricevesse maschi.

Erano fatte l'una per l'altra e fu simpatia a prima vista. La signora andò in visibilio quando Margherita le assicurò che detestava la sporcizia e la promiscuità. Così si sottrasse a una complicata convivenza fra piatti sporchi e cicche di sigarette sparse ovunque. Si salvò dai litigi per la pulizia degli ambienti, l'utilizzo dei servizi e delle suppellettili. Evitò d'imbattersi in coinquiline svogliate, facinorose, o guerriere pronte alle zuffe. L'avvizzita ultra cinquantenne aveva mescolato arredi di vario stile ed epoca, il tutto con pretenziosa eleganza kitsch. Aveva collocato un gran numero di statuine in ceramica dentro le angoliere della dispensa, sui ripiani della libreria e nella cristalliera. Le maioliche occupavano ogni angolo e toglievano aria alla stanza. Margherita ne era oppressa, le avrebbe riposte in magazzino se non fosse che la locataria faceva delle capatine clandestine.

I soggetti erano putti coi visi e i sederini rosei accanto a coppie di vecchietti grigi seduti su sgabelli color ocra nell'attesa d'interventi risolutori. Uniche eccezioni in quella moltitudine di bimbetti e nonni erano due statue in stile Capodimonte.

Una raffigurava un'aquila minacciosa, le ali spiegate e il becco semiaperto, colta nell'atto di ghermire la preda, l'altra un maschio di mezz'età intento a risuolare una vecchia scarpa.

Durante l'ozio pomeridiano, Mic formulava congetture bizzarre sul significato inconscio delle statue. Nella sua crudele immaginazione, le coppiette anziane erano gli inflessibili genitori della zitella, vigili custodi delle sue virtù; i putti i figli mai partoriti; l'ignaro e vigoroso calzolaio il padre dei piccoli. Il rapace era l'alter ego al quale la vergine attempata ambiva somigliare, ma dell'animale le mancavano la bellezza e la nobiltà, sebbene anche lei avesse il naso adunco e le iridi scure. Dell'aquila possedeva la rapacità sotto forma d'eccessivo attaccamento al denaro e agli oggetti. Si mormorava che avesse gli artigli affilati da usuraia, e i gesti arraffanti, che mostrava nel momento in cui riceveva il canone mensile, confermavano le voci. Mara poneva il denaro in una busta e glielo portava nell'appartamento attiguo. Le consegnava l'involucro e lei, scocciata dalla raffinatezza, estraeva le banconote con le dita ossute, le unghie laccate, le contava due volte, lasciandola in piedi. Non le permise mai d'oltrepassare l'ingresso e, controllati i soldi, l'accomiatava in fretta. In principio, durante le sue assenze, l'arpia entrava di soppiatto e faceva le pulizie generali non fidandosi della sua igiene. Al ritorno, se ne accorgeva: i ninnoli splendevano; la cerata sul tavolo era linda, sparite le briciole e le impronte circolari. Non ebbe a lamentarsi di queste ingerenze giacché gradiva il servizio gratuito e la discrezione: mai un furto o un oggetto fuori posto. La maniaca dell'ordine e dell'accumulo era onesta!

Dopo pranzo riposò. Si distese sul letto e sintonizzò la radio sulle frequenze di Radio Libera per ascoltare Disco Hit. Il disk-jockey mandò in onda, un annuncio bello tonico, quel *Don't go breaking my heart* di Elton John & Kiki Dee, popolare in tutto il mondo. Proseguì con *Love to love you baby* di Donna Summer, *All by myself* di Eric Carmen. Seguirono *Svalutation* di Adriano Celentano, *That's the way, I like it* di K.C. and the Sunshine Band e *Dancing queen* degli Abba.

"Tra poco mette l'ultimo successo di Lucio Battisti", profetizzò. Invece partì l'attacco di *Margherita*, la voce rauca di Riccardo Cocciante e, subito dopo, *Ancora tu*, un brano denso di dolore e romanticismo. In quel periodo prediligeva i cantautori italiani: Battisti, Branduardi, De Gregori, Vecchioni, De André, Guccini, Pino Masi, gli Area, la PFM, e Battiato, poeti e grandi interpreti capaci di andare oltre l'amore e l'intimità per soffermarsi sui temi sociopolitici e i problemi esistenziali.

Le radio passavano spesso *Lilly* di Antonello Venditti. Il testo affrontava il dramma della droga con un linguaggio innovativo: la crudezza della cronaca, la denuncia degli spacciatori, il ricordo nostalgico, la perdita di una persona cara, il dolore del lutto.

Quando fu stanca di ascoltare quell'emittente, si sintonizzò su una delle tante radio della comunicazione liberata, la voce libera gestita da una compagnia di poeti, idealisti e filosofi mossi dall'illusione di demolire e rinnovare gli assetti sociopolitici. "Forse non cambieranno la struttura sociale, la politica, la morale, l'arte, ma a me piace la loro modalità comunicativa", ammise. "Noi donne abbiamo poco spazio, dobbiamo lottare per conquistarcelo e lavorare per inventare la comunicazione al femminile. Certi speaker, volgari e maschilisti, sono triviali. Finiscono col parlare dei genitali, dimostrando scarsa fantasia e una spiccata preferenza per la vagina."

Udì trillare la campanella, andò alla porta. Il videocitofono mostrò il viso di Brigitta. Aprì e la invitò a salire.

L'amica frequentava la Facoltà di Lettere e Filosofia. Si erano incrociate nei corridoi e nelle aule dell'ateneo. Tuttavia fu il caso ad avvicinarle.

«Ti disturbo se rimango con te?» La sovrastava in altezza di almeno dieci centimetri senza tacchi.

«No, sei sempre la benvenuta.» Si spostò per lasciarla entrare.

«Se stai studiando, vado via subito.»

«Ero distesa sul letto e ascoltavo la radio.»

«Sono stanca morta. Ho dato un esame mezz'ora fa. Sono una corda tesa. Non riesco a scaricare la tensione, accidenti», si passò le dita tra i capelli scuri, l'indice accompagnò una ciocca vaporosa dietro l'elice. Sfilò il giaccone di pelo ecologico, clorofilla brillante, lo mise sull'appendiabiti, e lisciò il tessuto fluorescente nel verso della lunghezza. «Ho appeso la Scimmia Verde nell'ingresso. Non ti spaventare», le pupille scure si dilatarono d'allegria. La simpatica uscita suscitò l'ilarità di Rita. «Complimenti, sei da mille punti», notò stupita nel vederla fasciata in una minigonna vertiginosa e un maglione dolce vita, poiché di solito indossava i jeans o i calzoni aderenti a vita alta.

«Dici?» a capo chino si guardò gli arti da fenicottero e fece scorrere le palme sui fianchi nel tentativo d'allungare la gonna.

«Sei bella.»

«Grazie», l'abbracciò curvandosi un poco.

«Hai preso trenta, scommetto.»

La fissò, l'aria interrogativa. «Come hai indovinato?» s'allontanò continuando a cingerla.

Margherita ammiccò. «Il professore doveva darti la lode», lanciò un bacino.

«Ha, ha, il merito è del cervello, non ho avuto mica la lode», puntualizzò seguendola.

«Ah! Però, se la coscia è lunga e il docente buongustaio e abbocca, ben venga un voto in più», ironizzò per provocare una reazione piccata, conosceva i suoi principi.

Sedettero sul letto, una accanto all'altra, la musica di sottofondo.

«Me ne frego del professore. Nessuno deve giudicare una donna per gli abiti che indossa o, ancora peggio, assumerla, regalare un esame, un voto migliore per l'aspetto fisico. Ho messo la mini ché m'andava», puntualizzò mentre sistemava il maglione sul bacino e allargava il collo aderente.

«Fa caldo qui! E poi non la sbatto in faccia a nessuno, mi vesto secondo l'umore», la piccata precisazione.

Margherita assentì, piccoli cenni, il sorriso ironico e soddisfatto.

«Ti preparo un napoletano o una camomilla?» propose, prevedendo la risposta.

«Una camomilla doppia.»

«Ok.»

«Stai ascoltando la radio?» realizzò Bitta, interessandosi alle voci in onda.

«Seguivo le telefonate in diretta.»

«Oh, è già un anno.»

Marita inarcò le sopracciglia. «Un anno di cosa?»

«Le trasmissioni libere.»

Si diede un colpetto in fronte. «Ah, iniziarono a sperimentare in gennaio, lo avevo dimenticato», ammise. La sua memoria, sorretta dalle note sull'agenda, era lo strumento personale per fermare il presente e ritrovarlo nel futuro, quando le sarebbe piaciuto fare un salto nel passato sulle ali dei ricordi sostenuti da un sottile foglio di carta. Le piaceva volare sugli aeroplanini a quadretti, ritrovare e rivivere gli avvenimenti che furono. Equivaleva a volteggiare nello spazio, su navicelle di righi o astronavi a griglie fra asteroidi di annotazioni, comete di dati e stelle pulsanti. Amava plasmare il presente per eternarlo.

In una sfornita soffitta cittadina, alcuni sognatori avevano dato vita a una piccola emittente locale, i mezzi empirici. In pochi mesi era diventata il punto di riferimento di studenti, operai, gente comune e, persino, bambini.

Altre radio libere erano spuntate sul territorio italiano. Alcune erano l'espressione creativa del Movimento e si facevano portavoce della comunicazione liberata: avevano aperto il microfono a chiunque volesse esprimersi senz'alcuna censura.

Ricordò la sorpresa e l'entusiasmo esplosi ai primi segnali captati della sua radiolina a transistor. Dalla neonata emittente le erano giunte le voci limpide tese a descrivere la neve, la poesia, il novilunio sopra i tetti, il cielo cristallino di quella notte invernale. Erano seguiti i divertenti siparietti satirici, le canzoni strampalate, le aspirazioni, le poesie drammatiche e vere, e tanta musica: rock, italiana, folk. I presentatori prediligevano il linguaggio giovanile fra un pezzo impegnato, un gioco ironico, provocazioni pacifiche e tanta satira politico-sociale. Usavano i microfoni per esprimere la disillusione serpeggiante ora con aggettivi rabbiosi, ora poetici, ironici, autentici. La messa in onda di tante voci di varia umanità costituiva la recente forma. Ai redattori bastarono poca tecnologia, tanta inventiva e partecipazione per sperimentare la potenza dei mass media e innovare i modi comunicativi.

«Certo gli speaker sanno parlare alla gente», Bitta esibì un'espressione ammirata.

Lei dissentì. «Secondo me se ne fregano. Mandano in onda di tutto, anche gli insulti, pur di fare ascolti.»

Bitta ironizzò. «Sono figli della latina Libertas, la voce di tutti. Amano gli ascoltatori anche se li mandano a cagare o gli suggeriscono di smettere di fare gli stupidi», rincarò.

«Tanti lo sono», ribadì.

«Sono simpatici, politicizzati, ma pacifici e hanno saputo creare una sinergia fra l'antico telefono, i dischi e i nuovi impianti stereofonici, che garantiscono la ricezione dei suoni di eccellente qualità. I DJ sperimentano nuove tecniche, mixano la musica e ottengono effetti gradevoli e sorprendenti», osservò Brigitta.

«Tutto quello che manca a Radio Rai che fa trasmissioni noiose e ripetitive», affermò Marita alzandosi dal materasso.

«Non mi stupisco se la gente ascolta le radio libere. Sono divertenti, portano una ventata di freschezza e spontaneità. Un bel contrasto coi programmi che sanno di vecchiume», proseguì Bitta.

Rita uscì, la compagna la seguì continuando a parlare. «Gli ascoltatori possono interagire coi conduttori: richiedere i brani preferiti, fare una dedica, esprimere la fede politica, leggere una poesia. È meraviglioso il contesto delle radio private e, a pensarci, rappresenta il futuro dell'informazione tecnologica.»

Entrarono in cucina, Margherita si avvicinò al lavandino, aprì il rubinetto e riempì il bollitore.

Bitta alzò il tono di voce. «Certo gli ascoltatori attivi intervengono nel flusso comunicativo, lo modificano e lo plasmano attraverso il telefono, gran bella conquista, non trovi?»

«Verissimo», confermò ponendo la chicchera sul fornello. Accese il fuoco, soffiò sul fiammifero, e lo lasciò cadere nel portacenere. Poi la scrutò e s'aggrottò. «Sei stanca?» l'insolito pallore la preoccupò.

«La tensione dell'esame si sta allentando, mi sento esangue.»

«L'idea della camomilla ha già fatto effetto», ironizzò. «Mettiti a letto, ascolta la radio e riposa», la esortò supponendo che avesse bisogno di stendersi. «Ti porto l'infuso appena è pronto.»

«Ehm, grazie. Scusa, ma vado, sennò svengo», uscì dal tinello e fu in camera in un istante. Tenne l'uscio aperto per vedere la compagna ed essere certa che l'udisse. Tolse le scarpe, si buttò sul letto, emise un respiro di sollievo, strinse le rime cigliari, e si lasciò cullare dalla musica eseguita in diretta negli studi radiofonici. I musicisti stavano improvvisando un testo di protesta sui temi della riforma scolastica e lo sfruttamento della classe operaia.

«La radio è anche la voce della rivolta degli studenti e degli operai. È la voce di tutti», commentò Mara allungando il collo.

«Ho provato a telefonare, impossibile prendere la linea, è sempre occupata», osservò l'altra.

«Oh, la gente vuole esprimersi, gioire, criticare.»

«Però certi interventi sono deliranti, alcuni farebbero bene a tacere», pontificò dal letto.

«Perché? tutti possono delirare ed esprimere i personali vaneggiamenti. La possibilità di farneticare sinora è stata appannaggio dei politici, degli scrittori, degli artisti, o degli ospiti dei canali ufficiali, intendo TV, radio e carta stampata. Ora, le persone possono sognare in diretta, sedute in salotto.»

«Telefona, delira anche tu in onda», la provocò Bitta.

«Prima bevi la camomilla, poi proviamo a prendere la linea.»

«Ma che cosa diresti?» insisté l'amica.

Marita rispose d'istinto. «Parlerei delle vite e delle sofferenze racchiuse dietro le mura di un carcere, dell'uso dei letti di contenzione, dell'elettroshock, dei manicomi giudiziari per le persone fragili che meno si adattano alla vita da reclusi e alle sue regole. E tu?»

«Mi piacerebbe dire, boh! Vorrei un parlamento in rosa.»

«Eh, domani», alzò la palma in un gesto di saluto.

«Vorrei lanciare una provocazione, una specie d'inchiesta tra gli ascoltatori.»

«Quale?»

«Tra quanti secoli l'Italia eleggerà una donna presidente della repubblica?» Tale evenienza era un'utopia, un delirio femminile lontanissimo a venire.

«Eh, figurati. Una donna alla presidenza? sogni, mia cara», Brigitta dubitò del suo ingenuo miraggio. «Passeranno ancora molti decenni. La tua fantasia di parità è utopia», aggiunse.

Margherita portò il vassoio con le camomille, lo appoggiò sul copriletto. Tolse le pantofole, sedette a ginocchi incrociati sull'altro lato dell'ampio letto matrimoniale. Sorseggiarono la bevanda bollente e dolcissima, accompagnata dai migliori biscotti sul mercato, come assicurava la pubblicità.

Mara dedusse che le radio private stavano cambiando il linguaggio: radio e telefono, operando in sincronia, mandavano in onda il carisma italico e facevano informazione in tempo reale. I redattori impostavano le dirette sull'ironia, la trasversalità dei linguaggi, l'improvvisazione, la messa in onda degli audio registrati durante le manifestazioni e mixati con altri suoni, i discorsi coi personaggi pubblici, ospiti negli studi, e i privati cittadini.

«Hai pensato a che cosa dire nel caso ti trovassi davanti a un microfono?» s'informò.

«Non ci ho mai pensato. Vorrei una bella canzone impegnata. Farei una dedica alle compagne e le inviterei alla prossima celebrazione dell'otto marzo per deprecare la violenza di genere, gli aborti clandestini e irresponsabili. Chiederei loro di partecipare al movimento di liberazione della donna e di ricordare il nostro motto: *Io sono mia, d'ora in poi decido io.*"»

«Mi pare corretto. Io preferisco il motto "Tremate, Tremate, le streghe son tornate", è più minaccioso», dichiarò Margherita.

«A parte gli slogan, che cosa diresti se riuscissi a connetterti?»

«Mah, sono felice d'essere donna. Vivo la femminilità in una condizione di grazia, una sfida gioiosa e originaria, e ho il vantaggio dell'utero per fare un figlio. Non invidio gli uomini, checché ne dica il vecchio Freud», sentenziò Mara.

«Bellissimo. Mi ci ritrovo», s'entusiasmò Brigitta.

Marita rifletté sul suo genere, le piaceva essere femmina. Esplorò il profondo e vi trovò la pace: l'appartenenza al sesso femminile escludeva l'insopprimibile misandria. Avrebbe potuto percorrere un tratto di cammino accanto a un giovane con cui condividere la vita, allevare i figli e invecchiare, purché ciò avvenisse nei tempi e nei modi opportuni.

Invece Brigitta aveva in mente le femministe arrabbiate e combattive, che erano scese in piazza a gridare i loro diritti. L'ardimento scaturiva dall'avere subito millenni di prevaricazioni psicologiche e culturali e spesso gravi violenze fisiche. Le femmine erano stanche di essere subordinate e sottomesse al potere patriarcale, si ribellavano all'arcaico presupposto della superiorità del maschio, e rivendicavano la liberazione sessuale, i risultati sconfortanti. Si sentivano definire puttane, se asserivano di voler vivere la sessualità liberamente. L'autodeterminazione, racchiusa nell'espressione: "lo decido io", era vista con sospetto. Sopravvivevano troppi pregiudizi: una donna ancora non poteva scegliere se fare l'amore e con chi.

«Tanti preconcetti devono essere abbattuti», esordì Bitta. «Io sono mia e mi concedo a chi decido io non vuole mica dire che la do a tutti, scelgo come vivere, rifiuto i ruoli imposti e il pregiudizio di donna-oggetto», chiarì.

«Giusto», confermò Marita, che mai aveva supposto altrimenti.

Brigitta mise da parte le rivendicazioni e ripensò al primo amore.

«Ricordi il giorno che ci conoscemmo?»

«Come potrei dimenticare il sedici aprile di due anni fa. Eravamo una marea nelle vie e nelle piazze. Volevamo dimostrare solidarietà al compagno ucciso dai fascisti, chiedere la riforma del sistema educativo e universitario e la partecipazione alle decisioni riguardanti le attività didattiche.»

«Purtroppo in quell'occasione ci scapparono altri morti», rammentò Brigitta.

«Ehm, la repressione fu particolarmente violenta.»

«Ero in compagnia di Gianni.» Marita annuì, prima d'allora l'aveva notata per la bellezza. «Poi ti ritrovasti spalla a spalla con lui.»

«Che ci presentò», aggiunse Rita.

«Eravate colleghi, ma lo ignoravo», Bitta desiderava parlare di lui, la scuffia ancora bruciava.

«C'era anche Andrea», disse Marita e lei si rabbuiò. L'indomani aveva convegno con Gianni in facoltà. Tra loro esisteva una specie di patto equo e solidale per cui lui registrava le lezioni e lei le trascriveva. Giovanni distribuiva le fotocopie agli studenti fuori sede. Forse aveva messo in piedi un commercio di dispense per rimpinguare le tasche, ma la questione la riguardava poco: a lei interessava preparare gli ultimi esami, scrivere la tesi, e stare al sicuro.

«Sono sempre uniti quei due», notà Bitta con gusto amaro.

«Vengono dallo stesso paese, condividono l'appartamento, e tu sei gelosa.»

«Gelosa io? affatto. Era seccante avere Andrea sempre con noi, ma ci siamo lasciati perché lui provava ribrezzo per le manifestazioni della mia femminilità. Che uomo è se si spaventa dalla mia natura? Tutti i mesi la stessa storia. "Che schifo, che disgusto", senza parlare degli strani discorsi sulle tendenze sessuali.»

«Quali discorsi?»

«L'orientamento è etero-omosessuale, ripeteva, esistono anche le persone bisessuali. In alcune fasi della vita prevale l'uno o l'altro. L'amore esiste anche tra persone dello stesso sesso e via dicendo.»

«Beh, nulla di nuovo. L'omosessualità era diffusa e accettata nell'antichità. La poetessa Saffo di Lesbo era orientata verso il suo stesso sesso per emotività e passione sensuale, perciò l'amore fra donne si chiama saffico.»

«E le partner lesbiche», aggiunse Brigitta.

«Ignoro l'etimo della parola frocio, tu lo sai?»

«Sì, però è brutto definire un ragazzo frocio, checca, ricchione, finocchio, femminiello», arricciò il naso.

«Dove origina frocio? spiegami, linguista!» insistè Mara.

«È la pronuncia volutamente errata dell'aggettivo di nazionalità francese, la protrusione delle labbra fa uscire l'aria fra i denti serrati, producendo la fricativa sorda "sce" di franscè, o fronscè. I romani avevano l'abitudine di canzonare gli stranieri giunti a Roma, chiamandoli fronscè da cui derivano froscio e frocio.»

«Ah, pensa l'isoglossa di una parola.»

«Non chiedermi l'etimologia degli altri appellativi, perchè la ignoro.»

Annuì. «Posso domandarti se pensi di riprovarci con lui?»

Scosse il capo. «Mi ha fatto soffrire, ha devastato la mia autostima. Incominciavo a detestare la mia essenza femminile.»

«Mai più, ne sei certa? », insisté Mara.

«Sicurissima, è finita anche se brucia, eccome.»

Prese il vassoio con le tazze vuote e si diresse in cucina, le lavò e le asciugò, prima di riporle nella credenza. Quando ritornò trovò Bitta immersa in un sonno profondo. Tolse una coperta di lana pesante dall'armadio e gliela pose addosso, avendo cura di coprirla bene. Lei si rincantucciò, farfugliò un ringraziamento per la premura e seguitò a dormire.

Rita riprese a studiare. L'amica avrebbe trascorso la notte da lei e si sarebbe svegliata tardi l'indomani.

BRIGITTA

Il gesto affettuoso di Rita l'aveva disturbata quanto bastava a ricondurla nel dormiveglia, lo stato in cui il sogno e la consapevolezza si confondono. Nella semi-coscienza, ripensò a Gianni. Rivide la sua capigliatura divinamente mora, l'epidermide abbronzata, il fisico aitante, come gli era apparso quando si era avvicinato al bar del lido in mezzo a una squadra di calciatori improvvisati.

Il muscolo cardiaco aveva guizzato nel petto al pari di un delfino innamorato nelle acque del Tirreno.

«Un Mercury», le aveva chiesto, e lei era rimasta imbambolata, senza sapere che cosa fare. «Hei, mi dai un Mercury, per favore», la reiterata gentilezza.

Era rimasto ad arrostirsi sotto i raggi UVA insieme con la comitiva. Dopo una vigorosa partita di pallone, i giocatori avevano sentito il richiamo di uno spuntino fresco. A guardia dei beni collettivi avevano lasciato una coppietta che da ore stava appiccicata sugli stuoini di paglia stesi sulla sabbia rovente sotto l'ombrellone, vicino ai frigoriferi portatili colmi di panini e birre oramai schiumanti calura.

Si erano precipitati al vicino chiosco a prendere qualcosa di dissetante. A turno, accalcati al bancone, avevano ordinato un ghiacciolo, una gassosa, un'aranciata, un cornetto, una coppa del nonno. Lui voleva mangiare un gelato sostanzioso, quel nuovo tipo racchiuso tra due biscotti, e desiderava gustarlo in pace, perciò era rimasto in disparte.

«Certo», aveva risposto porgendogli il pacchetto.

«Grazie, te lo pago dopo. Posso sedermi qui?» indicò un tavolino libero. Gli altri erano ritornati di corsa agli ambrelloni per portare i gelati ai due corpi fusi.

«Accomodati. Sei sulla spiaggia libera?» s'incuriosì.

«Sì. Tu fai la stagione?»

«In un certo senso.»

«Quale?»

«Lo stabilimento appartiene alla mia famiglia», specificò.

«Peggio della stagione, dunque.»

«Peggio?» fu lei a domandare.

«Lavori senza stipendio», il secco commento.

«Contribuiamo tutti, il guadagno rimane a noi.»

«Basta per viverci un anno?»

«Mio padre fa l'operaio metalmeccanico, durante le ferie aiuta la mamma.»

«Il lido è suo.»

«Sei un tipo sveglio, eh!» rise.

«Grazie, il liceo scientifico mi ha maturato, ti pare?» l'espressione spavalda.

«Ti sei diplomato quest'anno?»

«Sì, tu?»

«Anch'io, siamo entrambi maturi», ironizzò anche lei.

«A quale facoltà t'iscriverai?»

«Farò Lettere e Filosofia, e tu?»

«Psicologia, ci rivedremo nella zona universitaria.»

«Direi di sì.»

«Come ti chiami?»

«Brigitta, Bitta per gli amici.»

«Strano nomignolo», si sorprese. Poi, alzatosi dalla sedia, si avvicinò, «piacere, Giovanni», e le strinse la mano. Era ritornato spesso a farsi ammirare. Dopo ventiquattr'ore consecutive senza vederlo, pativa, diventava triste e intrattabile. Un giorno, sul finire dell'estate, la massa dei villeggianti era già rientrata, le si presentò con un'aria diversa dal solito. «Devo parlarti», le bisbigliò.

Il cuore fece un tuffo nel petto, incurante di sistole e diastole impazzite. «Di cosa?»

«Non te lo posso mica di' così, vediamoci stasera al parco.»

"È fatta", gioì lei. Se le chiedeva un incontro, era per quello, non per guardare il firmamento. Aveva desiderato quel momento romantico tutta l'estate, perciò accolse l'invito, la voglia di stare con lui una notte, lunga l'intera vita. Dovette inventarsi delle occupazioni inesistenti per resistere sino alle dieci e cinque. Si fermò accanto alla fontana coi pesci, come convenuto. Lui l'aspettava seduto su una panchina, la sigaretta tra le dita, fumava con scatti nervosi. Appena la scorse, gettò la cicca, la spense con movimenti rapidi della punta della scarpa. Si avvicinò, si fermarono uno di fronte all'altra e si persero nei reciproci sguardi. Neppure un suono nella bolla magica che li conteneva.

Le accarezzò un braccio, il polso, la palma gelida, nonostante ci fossero trenta gradi. «Ho voglia di fare l'amore con te», sussurrò, le labbra le solleticarono l'orecchia.

Lei tacque, cercò le sue dita, e le strinse. Si avviarono verso la spiaggia nella notte luminosa colata dalle spume del mare, profumata di salsedine, alghe e resine di macchia mediterranea. Camminarono abbracciati sulla battigia, sotto le stelle curiose dei loro amplessi. Si distesero sulla rena ancora intrisa del calore diurno e già umida del turgore della celeste notte. La misteriosa cacciatrice si specchiava nel mare cupo e illuminava i loro volti. Il desiderio risaliva le oscure profondità e si rifletteva nell'argentea scia lunare e nei riverberi astrali. Le anime anelavano allo stesso piacere, si cercavano, ansimi impazziti nel cosmo, dopo l'esplosione primigenia.

«Mai fatto, l'amore», gli confessò.

«Sei vergine?»

Si vergognò e cercò conforto nelle onde che lambivano la costa.

«Sei sicura di volerlo fare?» assentì. «Anche se non ti prometto niente?»

«Neanch'io», ammise sincera sfoggiando un'insospettabile sicurezza. Poi scattò in piedi, strofinò i pantaloni con le palme per far cadere la rena. «Vieni con me», lo condusse verso il casotto degli attrezzi, tolse dalla tasca una piccola chiave e la girò nella serratura. S'infilarono nel capanno. Lei richiuse l'uscio, accese una torcia elettrica per la pesca notturna, che trovò su una mensola. Tolse dal mucchio un lettino, lo aprì e vi distese sopra il suo telo.

«È la prima volta anche per me», ammise lui, il capo chino.

«Mi farai male», s'angosciò lei.

«Se senti dolore dimmelo che mi fermo», mormorò Gianni dolcemente. Lei annuì, lui eseguì dei movimenti lievi, lei sentì un po' di dolore. Dopo l'amore, rimasero abbracciati, ognuno immerso nel proprio piccolo orgasmo. La delusione fu l'unico rimpianto. La sera successiva, il godimento sarebbe stato più intenso, ne erano entrambi convinti.

Bitta riposò fino alle nove di sera, vestita di tutto punto: mini, collant e maglietta accollata. Nel ricordo onirico assaporò i fantasmatici effluvi amorosi, finché nuovi stimoli la indussero a schiudere le palpebre. Si vegliò, i sensi vigili, l'umore ottimo, e provò un intenso desiderio di nutrimento e vita. Marita stava preparando la cena, l'odore inondava le narici. Dal letto gridò un energico e voglioso: «Che cosa si mangia?»

Marita ebbe la prova che aveva dimenticato di nutrirsi. «Pollo arrosto e patatine», la informò. "Chissà da quante settimane digiuna?" conosceva i suoi comportamenti masochistici in vista d'un esame.

«Ehm, ottimo», replicò precipitandosi in cucina. Sedette e si avventò sulla pietanza.

Non toccava cibo cucinato da una settimana, confessò.

«Come si mangia in mensa?» domandò Rita.

«Boh, c'è sempre la fila e i pasti fanno schifo, ho rischiato di morire avvelenata», farfugliò col boccone in bocca.

«Si sono intossicati anche altri studenti?» s'informò dato che cui erano giunte voci sull'episodio.

«Sì, tanti. Ho vomitato l'anima, da allora preferisco mangiare chips, merendine, toast, minestra in busta e formaggini. Sai che detesto cucinare. Tu sei brava, complimenti; sarai una moglie perfetta», rise, certa di farla incazzare.

«Ha, ha. Intanto cucino per me, poi si vedrà, magari avrò voglia di famiglia. Desidero partorire una figlia», affermò.

«Se nasce maschio che fai, glielo tagli?» ironizzò.

«Poverino, no, ma preferisco una bambina.»

«Datti da fare, trova il compagno ideale», la invogliò.

«Il marito ideale è inesistente nei miei sogni. Vorrei un bambino senza sposarmi, fuori dal contesto tradizionale», fantasticò, nel suo sguardo passò un barlume di fede.

«Più che altro ti servirebbe un donatore», valutò Brigitta. «Dove lo trovo?»

«All'estero esiste l'inseminazione artificiale: i donatori sono anonimi. Però, c'è un ma, devi essere sposata e sterile», specificò Bitta.

«Eh, faccio prima a sedurre un ragazzo in quei giorni», Margherita si sentì determinata.

«Fai sul serio?» suppose un preciso volere o un progetto imminente. «La ladra di spermatozoi», annunciò spalancando le braccia.

«Ci penso spesso, farò il mio rito di fertilità quando sarà il momento, iniziare una gravidanza adesso è inopportuno.» Bitta s'aggrondò. «Non ti scoccia se ti chiamano ragazza-madre?» «Sì, molto», fu sincera.

«Ti brucerebbe vedere la commiserazione sulla faccia delle persone?» tentennò. «Immagineranno che l'hai data a uno stronzo che ti ha rifiutato dopo aver combinato il guaio», soggiunse conoscendo la bigotta mentalità provinciale.

«La gente mi penserebbe sedotta e abbandonata e mi tormenterebbe. Mah, vedremo. Aspetterò tempi migliori, la condizione femminile cambierà.»

«Sembri una monachella, però sei avanti. Sei persino più emancipata di me. Io desidero il lavoro prima di tutto, già mi vedo professoressa di Lettere in qualche liceo, ma voglio dei figli. Ho ancora fede nella famiglia», confermò.

«Ho visto l'esempio di mia madre: è rimasta vedova da giovane e mai si è risposata, tiene alla propria posizione privilegiata.»

«Qualcuno la voleva?»

«Tanti l'hanno chiesta in moglie, ma lei li ha respinti. Non poteva rinunciare all'indipendenza», provò un senso d'orgoglio per la mamma coraggiosa, precorritrice dei tempi. Parlarono dei ruoli sociali e familiari, del recente diritto di famiglia, che annullava secoli di sottomissione. Fantasticarono di lavori interessanti, stipendi guadagnati con l'attività intellettuale, viaggi, automobili, cultura e libertà. Libertà e impegno.

Presto Brigitta ebbe di nuovo sonno, Margherita le diede uno dei suoi pigiami, le stava corto, ma lei si mise sotto le coperte e s'addormentò all'istante, come chi veglia da una vita.

Mara ascoltò il notiziario della notte di quel lunedì, 17 gennaio.

"Napoli e Salerno: settimana di mobilitazione all'Università. All'Università di Napoli viene decisa una settimana di mobilitazione contro la circolare Malfatti nelle facoltà di Lettere, Economia e commercio, Istituto Orientalistica. Il 19 inizierà una settimana di occupazione anche a Salerno."

Studiò altre due ore. Poi raggiunse Bitta nel tepore del letto.

Si assopì pensando al futuro e a quella figlia desiderata e già scorta chiara e gentile nei suoi sogni più puri.

La mattina successiva, doveva incontrarsi con Gianni, dargli il manoscritto, e prendere la recente registrazione su audio cassetta. Lo considerava un tipo valido, in regola con gli esami, la media del trenta e la tesi pronta. Arrivava in anticipo alle lezioni per occupare un posto in prima fila e ottenere un ottimo audio. Lei invece era una grande ritardataria: le piaceva vegliare fino a tarda notte e dormire la mattina, così giungeva sempre un istante prima dell'inizio del corso, finendo confinata sulla soglia. Aveva appuntamento alle nove, ed erano già le otto e quaranta. Piegati in ordine sulla sedia accanto al letto c'erano i vestiti del giorno precedente, li mise, diede un'occhiata a Bitta, che dormiva saporitamente, e uscì senza fare colazione. Aveva intenzione di mangiare un paio di cornetti caldi.

"La troverò nel letto quando ritorno. Ronfa quarantotto ore di fila dopo un esame, neanche s'accorgerà che sono uscita.»

Si affrettò, le dispiaceva deludere Gianni. Ipotizzò che l'avrebbe trovato in compagnia di Andrea, suo compagno in un pensionato studentesco. Rifletté sulla strana coppia. Mai aveva conosciuto individui così affiatati e inseparabili, eppure d'indole tanto diversa. Considerò lo stridente contrasto tra la bellezza di Gianni e le disarmonie dell'amico. Erano caratteri agli antipodi: Giovanni parlava tanto, un autentico estroverso. Andrea rifletteva, poi esprimeva contenuti indispensabili e sensati. Talvolta se ne usciva con frasi dure, di una veridicità insopportabile. Osservava, faceva congetture e le esprimeva se necessario.

Vanni doveva aver colto alcune somiglianze fra lei e il suo compagno e, una volta, sparò una battuta sorprendente. «Siete nati per stare insieme», seguì un silenzio imbarazzante.

Andrea proruppe in un'esclamazione colorita, la consistenza di un macigno. «Lascialo stare, straparla. È l'effetto della roba che manda giù per stare in piedi giorno e notte.»

«Perché tu?» aveva replicato Gian indifferente.

«Sì, ma evito di sparare cazzate.»

«Perché prendete robaccia?» aveva chiesto lei.

«Per concentrarci, la usiamo sotto esame, aiuta a rimanere lucidi», specificò Andrea.

«Sicuro?» dubitò. «Ma è dannosa», obiettò.

«Non prendi niente?» Gianni sbarrò le palpebre, quasi fosse impossibile studiare e sostenere esami senza un carburante speciale.

«Le vitamine», replicò, l'aria da finta ingenua, suscitando la loro ilarità.

Lo scorse dinanzi al portone in compagnia di un tipo biondo e basso, riconobbe Andrea anche se le dava la schiena.

"Sono indivisibili", ammise. Alzò il braccio in segno di saluto, Andrea si volse, un sorriso dolce sul viso smorto di studio e vita intensa. «Ti abbiamo costretto a una levataccia», fu il suo saluto.

«In effetti ho lavorato fino alle due.»

«Si vede, hai l'aria stanca.»

Scrutò Andrea. Anche lui la osservava attraverso l'azzurro cinabro, simile al cielo d'autunno, sorridente e benevole. Lo sguardo mite e malinconico contrastava con la spigolosità delle mascelle puntute. Il naso aquilino dantesco, sottile e ricurvo, lo faceva assomigliare a un piccolo rapace spaventato, che smuoveva le corde della tenerezza. Lo salutò ponendogli un braccio sulla spalla.

«Come stai?» le chiese lui.

«Bene, e tu?»

«Un po' stanco.»

«Non ho dormito», spiegò Vanni giocoso. Lei ammiccò per chiedere la spiegazione di tanta ilarità. Andrea le suggerì di non badargli, i cenni del capo eloquenti. Allora Rita notò delle piccole violacciocche bluastre sulla sua nuca scarna e sotto il padiglione auricolare: gli evidenti marchi della passione notturna, e la ragione dell'insonnia.

Si distolse, e passò gli scritti a Gianni *Mercury*, che raccolse lo zaino e ve li mise dentro. Poi le porse la micro-cassetta con le nuove registrazioni. «Dormiamo abbracciati se abbiamo bisogno di calore umano», ammise pacato. Andrea, il *Dantesco*, tacque, Marita deglutì.

«Che cosa ne pensi?» proseguì Giovanni.

Si ritrovò a corto di parole. «Nulla, se a voi piace così.»

«Tanto la tua amica ti avrà già raccontato tutto», insinuò strafottente. Andrea era impassibile fra loro.

«La mia amica, prima di essere tale, era la tua fidanzata. Diciamo quindi la tua ex. Ma che cosa doveva dirmi?»

«Nulla. Credevo.»

«Sbagliavi», tagliò corto. «Chiamami fra due settimane per le trascrizioni.»

«Passo io da te», la provocò: era a conoscenza del veto impostole. «Sai che non puoi, non sfruculiare», sibilò tra i denti. Gianni possedeva un pungiglione avvelenato, quando toccava i suoi punti nevralgici. «Piuttosto, vengo io», soggiunse.

«Davvero verresti a casa nostra?»

«Sì, se fosse necessario.»

«Non temi?» la stuzzicò.

«Chi, voi? ma fammi il piacere, risparmiati le cazzate.» Sorrisero divertiti, lei se ne andò lasciandoli a ridacchiare.

Davanti a una pasticceria l'avvolse il delicato profumo di

vaniglia. Sapeva per esperienza che sfornava brioche squisite e decise di entrare. L'atmosfera calda e la musica assordante la accolsero. Ordinò alla cassa un vassoio con quattro cornetti, e si mise in coda davanti al banco frigorifero.

A un tratto partì il notiziario radio mattutino.

«A Catanzaro è iniziato il quarto processo per la strage di Piazza Fontana. Ricordiamo che, il dodici dicembre del 1969, furono collocate delle bombe nella sede della Banca Nazionale dell'Agricoltura di Milano. Sono imputati Valpreda e i suoi accoliti, Freda e Ventura, Giannettini, Maletti e Labruna...», annunciò lo speaker fra le altre notizie di martedì diciotto.

"S'appurerà mai la verità?" quel genere d'inchieste giudiziarie difficilmente conducevano a risultati concreti e certi.

Ritirò i dolci, uscì e s'incamminò con l'involto appeso al medio, preceduta dall'irresistibile profumo di paste fresche. Intanto, rifletteva sulle parole di Gianni, indecisa se riferire all'amica i particolari dell'incontro o tacere per tenerezza. Aveva due scelte: spifferare la verità e omettere i particolari, oppure stare zitta, onde evitare domande indagatorie nelle quali sarebbe inciampata. Strada facendo decise di comportarsi secondo le circostanze e sperò di trovare Brigitta ancora addormentata. Nel caso in cui fosse stata sveglia avrebbe inventato una pietosa bugia del tipo: sono scesa a comprare i cornetti. Con questa scusa in mente allungò il passo: aveva appetito, lo stomaco ruggiva di fame. Aprì piano piano: gli argomenti sentimentali di prima mattina le erano indigesti, per fortuna le sue attese furono soddisfatte: *Scimmiaverde* dormiva profondamente, nonostante fossero le dieci. *Pratolinafurba* ringraziò il sonno arretrato. Pose le brioche sul tavolo, preparò l'espresso, contava di svegliare l'amica con l'aroma e garantire a se stessa una sferzata d'energia. Mise tanta polvere nel filtro poiché voleva un infuso forte, scuro, corroborante. Si sentiva depressa, il potere stimolante della caffeina le avrebbe ridato vitalità. Lo studio eccessivo la stancava sino alle lacrime.

"Per fortuna sono giunta al termine del percorso. Ci sono stati momenti difficili in cui ho temuto di fallire, ho resistito e ora sto per realizzare il mio sogno." Gonfiò il petto in un respiro liberatorio. Gli zampilli sgorgarono dalla cannula gorgogliando e spandendo un odore delizioso di mandorle tostate e cacao amaro. Aprì il coperchio, lo richiuse all'istante onde evitare gli schizzi bollenti. Abbassò la fiamma e attese. Appena il borbottio finì, la spense. Preparò due tazzine su un vassoio, scartocciò i dolci e ve li mise sopra. Entrò senza fare rumore, poggiò il piatto sul comodino vicino alla lampada.

«Svegliati, ho preparato il Moca», disse scuotendola.

Fenicottero mugugnò qualcosa. «Ciao, quante ore ho dormito?»

«Tante, alzati, si mangia.»

«Ehm, sento un profumino», vide il cabarè, si sollevò su un gomito. «Ehm, che meraviglia, grazie», si appoggiò ai cuscini del capezzale. Marita le pose il vassoio sul grembo, si sistemò al suo fianco e le porse la tazzina. Prese l'altra per sé, aggiunse un poco di zucchero, mescolò, posò il cucchiaio sul piattino e sorseggiò il caffè. Era bollente. Si scottò il labbro inferiore, subito lo bagnò con la punta della lingua, e riprese a girare.

Bitta addentò una brioche tra gridolini goduriosi. Appena finirono la colazione, Mara tornò in cucina, la compagna la raggiunse vestita di tutto punto. «Sei già pronta?» si meravigliò.

«Ehm, ho una conferenza pomeridiana. Faccio una doccia, mi cambio e vado in sede», pianificò.

«Non farmi aspettare un mese prima di ritornare, sali se passi di qua», la invitò.

«Prometto che verrò a trovarti spesso, mi piace stare con te.»

Margherita comprese la sincerità. «Sarò felice di averti.»

L'abbracciò e uscì.

L'assenza lasciò un buco bianco nella stanza e nella sua anima, un sentimento di privazione, un angoscioso distacco. Aveva poche amicizie per sua volontà e trascorreva troppe giornate solitarie. Si sentiva sola anche tra la folla, durante le feste, o le lezioni accademiche. La sua solitudine era una condizione spirituale che solo la vicinanza con persone affini riusciva a colmare.

Ella aveva percepito la sostanza di cui era fatta Brigitta e le corrispondeva.

Alcuni giorni dopo andò a seguire un'attività fondamentale. Nell'aula scorse Gianni seduto in prima fila. Vide dei posti liberi accanto a lui, lo raggiunse e lo salutò.

«Vieni vicino a me», la invitò e tolse la propria tracolla dalla sedia.

«Sono in anticipo», valutò osservando l'ambiente semivuoto.

«È in ritardo il professore.»

«In genere è puntuale, e gli altri?» s'informò.

«Saranno in assemblea, si riuniscono i collettivi stamane.»

«Ho visto degli affissi in bacheca.»

«Tira aria di protesta», finì col dire Gianni.

Il professore comparve sulla soglia, osservò la sala semi deserta, lasciò la porta spalancata ai ritardatari, come faceva di solito, affinché il cigolio dell'apri e chiudi non disturbasse la dissertazione. Salutò i presenti, sparse alcuni fogli sulla cattedra, accese la lavagna luminosa e introdusse l'argomento.

A un tratto qualcuno comparve nel riquadro dello stipite, si girò e vide la bionda col borsone di pelle a lunghe frange.

«Vedi quella laggiù?» Lui annuì. «Sai chi è?»

«No, perché?»

«È strana, qualche giorno fa mi ha sottoposto al terzo grado.»

«C'è tanta gente stramba», fu il suo commento conciso.

Stava per raccontargli il bizzarro battibecco, ma preferì tacere: il professore li guardava infastidito. Con la coda dell'occhio vide che Marina si stava sedendo in fondo all'aula. Si propose di riprendere il discorso, ma lui le disse: «Siccome sei qua, vado via, ho un impegno importante e voglio arrivare in orario. Registra tu.»

«Certo.»

«Ah, tieni. Leggiti questo ciclostilato», sfilò un foglio dal libro e glielo diede. Lei lo prese. Stava per domandargli di che cosa trattava, ma lui raccolse le proprie cose, la salutò e uscì.

Appena il relatore completò l'argomento del giorno, Marita tolse il giaccone dallo schienale, ne approfittò per guardare Marina, che s'attardava tra le fila di sedili deserti, annotando qualcosa su un'agendina. L'istinto le suggerì di raggiungerla. Indossò la giacca, raccolse il materiale sparso sulla ribaltina, lo mise nella borsa, e si avvicinò. La biondina si voltò e accennò un saluto. Il gesto la confortò. Di solito si teneva a distanza dalle persone sgradevoli, come l'atteggiamento respingente e criptico della bionda lasciava supporre, ma in quella circostanza disattese la norma. Incapace di frenarsi, si lasciò attrarre dal suo mistero e ricambiò il sorriso. La tipa infilò il poncho di lana, sistemò di traverso la tracolla, e si avviò all'uscita. Si ritrovarono davanti alla porta posteriore.

«Come va?» desiderava parlarle per squarciare il manto d'oscurità intorno a lei.

«Bene, e tu?»

«Come al solito. Siamo in pochi per via delle agitazioni», osservò.

«Può darsi», replicò l'altra a monosillabi.

«Chissà se ci saranno manifestazioni di protesta?» parlò senza riflettere, continuando ad assecondare l'intuito.

«Vari collettivi sono riuniti per prendere delle decisioni», la informò.

«È costruttivo che studenti, lavoratori e disoccupati si coordinino a livello nazionale.» Marita ci credeva.

La compagna assentì. «Ci provano», opinò.

«Vado, tu che fai?» Rita s'avviò verso le scale.

«Aspettami, scendo anch'io.» La richiesta la sorprese. Sui gradini, continuarono a conversare.

«È quasi ora di pranzo», notò Mara.

«Vai in mensa?»

«Di rado, il cibo mi fa venire l'ulcera.»

«Puoi anche dire che fa schifo», s'inasprì la bionda. «Purtroppo sono costretta a mangiare là. Mai rientro a casa.»

«Abiti in centro?»

«Sì.»

«Con altre studentesse?»

«No, vivo in famiglia. I miei genitori a quest'ora sono ancora al giornale.»

«Fanno i giornalisti?» Annuì. «Se vai adesso trovi le pietanze calde», le consigliò mentre attraversarono l'atrio. Quando raggiunsero il portone lei si guardò intorno. «Non posso.»

«Aspetti qualcuno?»

«Il mio ragazzo.»

«Ah, è qui. Credevo... » Margherita lasciò la frase a metà.

«Immagini troppo, è venuto perché ci dobbiamo sposare.»

«Congratulazioni, auguri.»

«Grazie, non siamo mica costretti, lo abbiamo deciso.»

«Qual è la differenza fra doversi sposare e deciderlo?»

«I miei parenti hanno immaginato che fossi incinta. Invece ci sposiamo con rito civile per vivere insieme senza scandalizzare nessuno. I miei sono borghesi, trovano inaccettabile la convivenza», chiarì.

L'esauriente spiegazione servì a prevenire altre domande, quindi si salutarono. Margherita si avviò, l'altra rimase. Via facendo ripensò ai natali della ragazza e ai particolari che le erano sfuggiti la prima volta: gli abiti firmati, l'aspetto fine, le sottili striature di sole fra i capelli, opera di un sapiente parrucchiere à la page, le dita affusolate, il manicure perfetto, le unghie smaltate rosso-epatico. I genitori intellettuali e i parenti erano intrisi di principi borghesi, e lei era una benestante abituata ad avere tutto. "Eppure è oscura, l'arcano s'infittisce", dubitò incapace di districare i nodi. Anzi, le trame s'ingarbugliavano sempre più nella sua mente razionale.

DOMENICA
D'AUSTERITY

La domenica mattina aveva un ritmo speciale. Rita si alzava tardi, metteva gli abiti della festa, secondo l'uso borghese, e si recava alla funzione sacra. Aveva mantenuto quell'abitudine consacrata, fatta eccezione per le mete. Prima di recarsi nella vicina parrocchia di Santa Maria Immacolata, entrava in un bar e faceva colazione con una brioche e un caffellatte schiumoso. A messa, il languore e i capogiri non la sfinivano, come ai tempi del catechismo. Le norme erano cambiate: i fedeli potevano mangiare prima di comunicarsi.

Dopo il rito, se ne andava in giro per le strade semideserte a causa dell'austerity.

Anche quella mattina, seguì il medesimo iter: mangiò un cornetto alla crema, bevve un cappuccio, e assisté alla liturgia cristiana. L'anima rasserenata dai cori e dagli incensi l'accompagnò in una lunghissima camminata in Via dei Volsci. Spuntò nel mistico Verano e proseguì fino al piazzale omonimo. Prese via Cesare De Lollis, imboccò un vicolo secondario e si diresse a Piazza Minerva. Quando si sentì affaticata, sedette sul margine della fontana dedicata alla dea sapiente, antistante la scalinata dei propilei. L'edificio le parve triste e inanimato, in quel giorno festivo, privo della moltitudine colorata e vociante accalcata sui gradini, sul bordo della piscina e in ogni angolo dello slargo. Si volse in giro, lo spazio si dilatò tutt'intorno, il vecchio e il nuovo si mescolarono, le davano la mano e la conducevano lontano fra le onde d'altri tempi, quando la capitale eterna imperava sul mondo.

Sollevò le pupille verso la cupola scura, sconfinata, densa di nuvole grigie e basse, e credette che un pezzo d'infinito stesse per caderle addosso. Si riscosse, riprese il cammino in direzione della Tiburtina, passando per Villa Mercede.

Giunse a casa che l'ora di pranzo era passata da un pezzo per la maggioranza del popolo italiano. Iniziò a preparare una salsa di pomodori pelati da versare copiosamente sui bucatini, schiacciò il pulsante di accensione del televisore per ascoltare le ultime notizie.

Partì la réclame della pasta "che tiene la cottura" per "il tuo uomo" della birra e la salsa "per i tuoi momenti speciali, così comoda anche in barattolo" e di una "lacca vitaminica" e di un mistico "elisir d'erbe amabili."

Rimpianse il Carosello, che aveva allietato gli anni dell'infanzia e che, il primo gennaio di quell'anno, era andato in pensione. Impugnò fra le dita contratte gli spaghetti, a mo' di mazzo di grano, li gettò nel liquido bollente, aggiunse un abbondante pizzico di sale grosso, le bolle di vapore impazzirono, e mescolò.

Lo spazio pubblicitario trasmise l'idilliaca visione di un bambino che faceva colazione in un'accogliente cucina. Beveva una tazza di buon latte fresco e mangiava dei biscotti genuini, impastati con ingredienti freschi e salutari, come quelli della nonna. Nel frattempo un uomo sellava un cavallo, e vi montava in groppa. Poi il piccolo usciva in cortile e correva incontro al cavaliere che gli sorrideva. Si capiva che era il suo papà. Infine il babbo afferrava per un braccio il suo meraviglioso figliolo, e lo tirava sulla sella. I due proseguivano insieme la galoppata intorno al candido mulino. Margherita percepì che quella pubblicità racchiudeva un messaggio promozionale infallibile. Era un concentrato di note positive in cui la bontà e la naturalezza dei biscotti sembravano un dettaglio rispetto a tale bellezza, la serenità del luogo e l'amorevole disponibilità paterna. Il quadretto georgico faceva venire voglia di mangiare soltanto quei frollini, perchè garantivano una vicinanza emotiva all'ambiente bucolico, tanto da far desiderare cibo sano e il ritorno alla natura.

Appena finì la réclame, udì la dirompente e inconfondibile sigla del notiziario.

«*Durante la notte, tre militanti sono evase dalla prigione in cui erano detenute in attesa del processo. Le organizzazioni terroristiche stanno conducendo un attacco al fulcro del paese attraverso una serie di attentati*», informò il cronista.

Fra i vari comunicati, quell'annuncio attirò la sua attenzione, poiché raccontava la scelta di tre donne che, diversamente da lei, credevano nell'azione. La politica doveva tradursi in attacchi frontali al paese per sovvertire il sistema, controllare la gestione del potere, e infine giungere all'instaurazione della dittatura del popolo lavoratore.

Disdegnava quella visione dura dell'azione politica, e stimava che gli organismi statali si potessero modificare dall'interno. Bisognava conoscerli e agire sui punti deboli attraverso la diplomazia, le scelte pacifiche e le vie democratiche. Era ingiusto ferire, uccidere l'altro; l'alter era sacro quanto il sé. Le sfuggivano i principi in base ai quali sceglievano la guerra per difendere i diritti e il benessere della nazione.

"Perché usano la violenza?" il panico la scosse. Era il panico di chi ha la sensazione di dirigersi verso un baratro. Risposte? Ve n'erano tante e andavano ricercate nelle ideologie malsane e nella confusione storica. La sensazione di correre incontro al nullus l'abbracciò in una stretta angosciosa.Era penoso leggere la storia prima che fosse scritta.

Mise da parte gli ideali malati, e si lasciò assorbire dalle piccole cose spicciole, Versò gli spaghetti nel colapasta, facendo attenzione a non scottarsi. Condì i vermicelli col sugo vermiglio e vi sparse sopra due cucchiai colmi di formaggio.

PREGIUDIZI

Quella sera doveva uscire con Roberto, un tipo che aveva conosciuto durante il viaggio in autobus da Roma ad Aquinto in occasione delle feste di Natale.

Viveva in un paese limitrofo e, come lei, tornava al nido nutriente. Le si era seduto accanto: ella leggeva un libro di psicologia, e lui le aveva chiesto se era una studentessa universitaria. Aveva risposto che era prossima alla laurea in psicologia, lui frequentava il quinto anno di medicina. Si erano scambiati i nomi, un copione invariabile: la prossimità invogliava a comunicare. In genere tutti parlavano al vicino di posto a prescindere da sesso, età, motivi per cui erano saliti su quella carretta malandata.

Mara evitava di prendere l'iniziativa. Se vicino a lei sedeva un ragazzo, mostrava indifferenza, ma se lui avviava una conversazione garbata, rispondeva secondo la circostanza. Se capitava una donna, intavolava un discorso sul clima, gli immancabili ritardi dei mezzi, il sudiciume dei sedili e la maleducazione di certi passeggeri.

L'incontro era avvenuto secondo i tradizionali canoni. Conversando scoprirono d'avere passioni comuni e d'amare il cinematografo. Ragionarono sui film, la promessa di recarsi a cinema al rientro dalle vacanze. Prima di scendere, le chiese il numero di telefono. La ragazza gli era parsa graziosa e ben disposta, magari rimediava un'avventura. Ignorava che lei lo aveva sottoposto a una minuziosa analisi e aveva dedotto non era il tipo che telefonava a una sconosciuta, perciò gli dettò le cifre, sicura che mai l'avrebbe chiamata. La salutò, infine scese. Il pullman ripartì. Lei socchiuse le palpebre e, sentendosi stanca per le troppe chiacchiere, cercò di riposare.

Passarono le vacanze, e lo dimenticò. Quando si fece vivo, faticò a ricordare chi fosse.

«Abbiamo parlato di cinema, rammenti?»

«Ah, il ragazzo della corriera», si sorprese. «Ho faticato a focalizzare quale Roberto fossi.»

Rise imbarazzato. «Ci siamo visti una volta. S'incontrano tante persone», ammise deluso. «Ci eravamo ripromessi di vedere un film insieme, sei d'accordo?»

«Andiamoci.»

«Ti andrebbe il ventitré, tra una settimana?»

«Ehm, che giorno è?»

«Domenica.»

«Allora, sì.»

«Passo a prenderti verso le otto.»

«D'accordo», fece per riagganciare, ma egli aggiunse: «Dovresti darmi il tuo indirizzo», rise dell'inusuale evenienza.

Gli diede le indicazioni. «Suona che scendo, non posso farti salire.»

«Sei una seria, tu?»

«Sta agli altri dirlo. Queste sono le regole della proprietaria.»

«Ok, a domenica.»

Trascorse il pomeriggio davanti alla TV, obbligata da quell'infinita trasmissione, ideata dal presentatore Corrado Mantoni su commissione della Rai per persuadere gli italiani a rispettare l'austerity. Passò dal divano al letto e dal letto alla sedia. Riposò malgrado si sentisse carica d'energia, cercò anche di studiare qualche capitolo per il prossimo esame.

La Domenica in con gli ospiti, i telefilm, le canzoni, il calcio e i vari presentatori le ottusero la mente per ben sei ore. Aspettava le otto per sgranchirsi un poco le gambe, prima di sedersi su una poltrona di velluto rosso e godere un buon film in compagnia del nuovo amico. Più che altro, si augurava che egli scegliesse un cinematografo distante per camminare e smaltire l'indigestione televisiva, cui stava per aggiungersi un'altra ora d'immobilità.

S'affrettò a sbocconcellare qualcosa. Subito dopo, aprì le ante dell'armadio, scelse gli abiti da indossare, sganciò dalla gruccia i pantaloni beige, che le stavano a pennello. Nel secondo cassetto del canterano, teneva i maglioni invernali piegati in bell'ordine, tolse un pullover di lana marrone, le trecce sul davanti, lavorato dalla mamma, si vestì e si dedicò al trucco. Stese un velo di cipria incolore per uniformare l'incarnato. Delineò le palpebre con un ombretto viola scuro e lo sfumò con gesti rapidi. Infine le labbra con una matita color albicocca e riempì i contorni con un rossetto opaco. Lo specchio le rimandò l'immagine della frangetta troppo lunga sulle sopracciglia, ali di colomba. Formò un ciuffo laterale e stese la chioma serica con una spazzola morbida. Finì di prepararsi in anticipo; per vincere il tedio domenicale, tornò a sedersi davanti al televisore. Vi rimase all'incirca mezz'ora.

Lui si presentò puntuale alle otto meno cinque. Andò al citofono con uno scattò nervoso. «Chi è?»

«Roberto.»

«Arrivo.» Appese la cornetta. Dopo aver sfilato il castorino dall'appendiabiti, lo indossò; mise la Tolfetana a tracolla e uscì sul ripiano, badando a chiudere la porta per evitare le lagnanze della zitella, nel caso avesse dimenticato di serrare a sei mandate. Scese le scale chiedendosi quale reazione emotiva avrebbe provato nel trovarsi di fronte al tipo che aveva visto solo di profilo e pressocché immobile. Appena giunse nell'atrio, lo scorse attraverso la vetrata fermo sul marciapiedi, lo squadrò: era discreto, bei lineamenti, statura media, in carne intorno al giro vita. Lo avevano foraggiato durante le feste, immaginò. Anche il giovane si accorse di lei e si accostò alla porta a vetri della guardiola. Pigiò il pulsante apriporta, e uscì. Si trovò a meno di un palmo da lui, il busto proteso in avanti e il chiaro proposito di abbracciarla e baciarla amichevolmente, ma la sua ritrosia bloccò lo slancio, sollecito stese il braccio.

«Piacere di rivederti», le strinse la palma.

«Grazie, hai trascorso delle buone feste?»

«Sì, peccato siano finite. Che cosa mi racconti?»

«Nulla di nuovo. Solita vita: studio e corsi.»

«Finirà questa vita di sacrifici. *Dammi tempo che ti perforo, disse il pappice alla noce*», sentenziò Roberto.

«Simpatico aforisma, ben rappresenta la fatica che siamo costretti a fare per realizzare i nostri progetti», apprezzò molto il detto popolare.

«Una vita di studi e poi chissà se troveremo lavoro?» dubitò lui.

«Mah», sospirò. «Hai già scelto il cinema?» preferì cambiare argomento.

«Considerato che siamo senza automobile, opterei per il cinematografo più vicino», propose.

«D'accordo.»

«Non è di prima visione, danno pellicole di qualche anno fa.» «Ti sei informato sulla programmazione?»

«C'è uno spaghetti western e *Ultimo tango a Parigi*», la scrutò di sottecchi. Lei scosse il capo, fingendo di guardare i sampietrini.

«I western non mi piacciono. L'altro l'ho già visto, comunque, non sono in vena di dramma.»

«Rimangono *Gruppo di famiglia in un interno* e *La prima notte di quiete*», elencò lui.

«Ah, il primo è profondo, intriso di morte, indaga le relazioni e l'animo umano», disse Rita.

«Tanto per stare allegri. Però mi piacerebbe», il suo parere.

«Andiamo, lo rivedo volentieri», acconsentì lei.

«No, è ingiusto. Vada per quello con Delon.»

«Come preferisci, un'amica ha detto che è commerciale.» «Almeno è nuovo per entrambi.»

Al botteghino, il bigliettaio staccò il talloncino d'ingresso per Roby, ma sollevò obiezioni sulla sua età e volle vedere la carta d'identità. Così appurò che la storia era vietata ai minori di diciott'anni. Tolse la tessera di riconoscimento dal porta documenti e la mostrò al cassiere, che si convinse a darle il biglietto.

«Dimostri dieci anni di meno», fu il commento imbarazzato di Pappice.

«Ci sono abituata, perciò porto sempre i documenti con me.» La platea era gremita, faticarono a trovare posto, appena le luci s'abbassarono, ognuno s'immerse nelle proprie emozioni e nella trama narrata sul lenzuolo candido su cui ogni regista fa scivolare immagini sublimi, poetiche, violente, oscene. Rita rimase immobile nella penombra, senza proferire parola, malgrado il tema fosse morboso per la sua sensibilità di donna. Tacque, contenne i turbamenti, sino al drammatico finale, senza mai voltarsi a guardare Roberto. Quando la proiezione finì, scesero le scalinate, pigiati tra una folla di spettatori silenziosi, in strada furono avvolti dall'aria algida della notte invernale.

«Non ti sei scandalizzata, avrei voluto uscire», esordì.

«Perché ti sei trattenuto?»

«Guardavi in un modo», osservò.

«Al buio hai colto la mia espressione?»

«Mi aspettavo... invece pareva ti piacesse, sei diversa dalle altre.»

«Perché, come si comportano le altre?» domandò esterrefatta.

«Un'altra, al posto tuo, avrebbe detto: che schifo, usciamo. Invece tu hai guardato.»

«Si va a cinema per quello», represse la voglia d'insultare quel cretino, pentita d'aver accolto l'invito.

«Certo, ma la pellicola era scabrosa e tu non hai battuto ciglio», ribadì.

«Chi te lo assicura?»

«Eri impassibile.»

«Mi sono comportata come una persona matura che assiste a uno spettacolo, lo valuta con distacco, e tiene per sé i turbamenti», affermò.

«Sembravi interessata», opinò lui.

Marita sospirò. "Perché sono uscita con un idiota?" si chiese, replicando: «Il soggetto è un brutto pasticcio pruriginoso. Il regista disegna in maniera cruda l'immoralità della provincia italiana. L'atmosfera è morbosa. Tuttavia si tratta di una finzione cinematografica. Vanina e gli altri personaggi sono succubi di se stessi. Un insegnante bello, maledetto e tormentato, come il professor Dominici-Delon, è un sogno. Se desideravi uscire, potevi dirmelo, avresti fatto un favore anche a me, che preferisco guardare questo genere di pellicola in compagnia di un'amica, piuttosto che con un ragazzo e per giunta alla prima uscita. Mi avevano detto che era discreto, invece l'ho trovato mediocre e disturbante. È uscito cinque anni fa, l'hanno riproposto perché attira. Tra l'altro, ne disconoscevo la trama. Credo di non dovermi giustificare per averlo guardato. Non ero né l'interprete, né la vera protagonista della vicenda. Mi stai facendo la morale? È la prima volta che usciamo, mi porti a cinema, scegli lo spettacolo e poi ti permetti di giudicarmi. Mi hai deluso. Credo che ti saluterò per non incontrarti mai più», terminò incazzata nera. Mal tollerava i censori della sua morale e accondiscendenti con la propria, i finti perbenisti.

Lo sguardo di Roberto incarnava lo stridente contrasto tra i rigidi costumi morali italiani e l'ormai dilagante bramosia sessuale. Era un'epoca fatta di sesso e nudità, le abitudini erotiche liberate e la libidine spesso ostentata nella realtà e nella finzione cinematografica, destino di ogni recente conquista.

Lo scroscio dei suoni rabbiosi lo stordì: non si aspettava una reazione tanto intensa e un'analisi minuziosa e ben motivata da parte di una del sesso debole.

«Il cinema, la televisione e la pubblicità usano, abusano e degradano il nostro corpo, ne violano la sacralità attraverso generose scene di nudo e tu, perfetto stupido, mi vieni a dire: guardavi», sbottò Mara, volgendogli la schiena.

Si ritrovò piantato sul lastricato della via. «Aspetta, ti accompagno», esclamò attonito, allungando il passo.

«Non è necessario che mi scorti», era furibonda.

«Invece sì, è tardi, potresti incontrare qualcuno che ti molesta», suppose affiancandola e adeguando il passo alla sua andatura furiosa. Camminarono vicini in un'incomunicabile vuotezza. Il silenzio rimbombava tutt'intorno.

«Sei razionale», osservò lui. Allora ella provò un senso di pena per il bigotto che camminava al suo fianco. L'amarezza si accentuò, e si sentì da schifo.

La vicenda della giovane abusata da un mucchio di vecchi porci con il beneplacito della madre aveva suscitato nel suo cuore una cupa angoscia, che sfiorava l'umiliazione. Il sentimento di degradazione del femmineo, i sensi di colpa indotti dall'infelice riprovazione di Roby, e la recente compassione per lui la prostrarono. L'unico appellativo che riusciva ad attribuire al viluppo di emozioni, che agitavano la sua anima, era disgusto. Pensò contrariata che i maschi finivano sempre col deluderla. Si rammaricò per il pessimo modo con cui lui aveva iniziato la discussione. Un bel dibattito alla pari avrebbe potuto rivelarsi liberatorio per entrambi, invece lui aveva giudicato.

"Chissà se ha capito?" si chiese titubante, ma non osò fiatare. Il moralismo colpevolizzante, di cui si sentiva vittima, l'ammutolì. Davanti al portone espresse una certezza. «Non ci rivedremo mai più, grazie per avermi accompagnato», frugò nella borsetta, prese le chiavi e accedette nell'atrio, richiuse la porta con delicatezza, e salì di corsa le scale.

Appena dentro, andò in cucina, aprì il rubinetto, prese un bicchiere e lo riempì fino all'orlo. Bevve tutto d'un fiato per diluire il fiele che saliva dalle viscere al cervello e avvelenava la mente. Quella notte scoprì il sapore amaro del pregiudizio. Ripensando all'infelice serata, si vergognò d'avere esibito una sicurezza e una tranquillità insospettate. L'atmosfera morbosa di quella pellicola mediocre l'aveva toccata né più, né meno di altre più datate, sia pure d'eccellente qualità. Le vennero in mente *Gioventù bruciata*, *Lolita* e *La valle dell'Eden*, film d'autore che la televisione pubblica trasmetteva senza censura. Erano capolavori d'altri tempi, il nudo era proibito, ma i temi trattati risultavano scabrosi e ossessivi quanto alcuni soggetti moderni, vietati ai minorenni.

Era stata sul punto di domandare al *pappulo* cineamatore se l'aveva disturbato di più la costante nudità della protagonista minorenne, il suo anelito di salvezza, la corruzione degli adulti, o il fatto che lei guardava. Però lo aveva giudicato indegno di una simile domanda, giacché egli non aveva avviato un dialogo con lei, ma aveva impostato il ragionamento in maniera accusatoria, e lei rigettava il principio di colpa.

L'aspetto da ragazza acqua e sapone doveva averlo tratto in inganno. Forse l'aveva immaginata diversa a livello intellettuale.

Gli sarebbe sembrata seria e affidabile se fosse corsa fuori dal cinematografo, scandalizzata, in preda al pianto, seguita da lui, auto elettosi salvifico consolatore di una vergine offesa.

Decise di relegare per sempre il Pappice nella caverna buia insieme con Giuda Iscariota.

VERGINITÀ

La promiscuità del sesso libero e l'amoralità la turbavano, eccome. Ella era vergine per scelta. La sua inesperienza intimoriva i maschi interessati a squinzie meno complicate. Lei rimaneva fuori dai letti dei compagni, malgrado l'illibatezza fosse disdicevole alla sua età. Aveva provato a innamorarsi, ma senza esito. Le dispiaceva darsi al primo ragazzo di passaggio, per disfarsi di quella dote, un tempo ritenuta virtù e buona sorte, capace di garantire un ottimo sponsale a colei che la custodiva gelosamente.

Le venne in mente la Pamela del Richardson che offre la sua purezza al miglior partito nelle vesti del datore di lavoro e vedovo impenitente. Come a Pamela, anche a lei l'onestà sembrava un peso lieve. In vero era meno scaltra dell'eroina letteraria. Impreparata all'amore e alla comunione si percepiva solitaria e libera. Il primo bacio era stato stupore, le aveva dato i brividi lungo le terminazioni nervose, le membra frementi sciolte al tepore sanguigno. Ricordò il cervello ovattato al contatto con il giovane corpo avvinto al suo. Fu un bacio a sorpresa, proibito e casto. Un incanto rubato agli sguardi fissi su di loro. Nell'attimo in cui visse il muto incantesimo, seppe che si sarebbe abbandonata, fino a dissolversi nella passione amorosa, come la neve al tiepido sole d'inverno.

Successe una sera durante un ballo nel salone di villa Doria. Angelo, il ragazzo di un istante, la stringeva fra le braccia in un languido lento e la cingeva con tenerezza, quando un lieve turgore le sfiorò la tempia, un bacio segreto e per questo dolcissimo che lasciò il segno nell'anima.

Rita si ritrovò fremente ed ebbra d'amore dinanzi a un territorio inesplorato e suadente. Il desiderio pervasivo incendiò ogni cellula, la sorpresa sulla pelle fremente risvegliò un erotismo innocente e incontrollato. Eros vinse sulla ragione. Scoprì con meraviglia e terrore che i sensi governavano tutto il suo essere. Amore era irragionevole, i sensi ubbidivano alle sue leggi, lo comprese quella sera. Si sarebbe distesa là sul pavimento di marmo nero, lucido di cera, su cui i loro busti si sfioravano, le gambe intrecciate in un ballo sensuale e sommesso, mai destare sospetti. La brama doveva essere taciuta e repressa per non suscitare l'invidia dei cuori invecchiati.

Rammentò quel secondo, risentì il tumido amore sulla tempia, e si commosse. Pensò che mai si era distesa accanto a lui, malgrado avvertisse il suo desiderio. Proibito giocare.

Marita agiva con circospezione, consapevole del bigottismo degli Aquintani. Un pettegolezzo, una diceria, o una passeggiata con un amico poteva rovinare la reputazione di una fanciulla. Guai a finire in piazza.

«Li ho visti in un luogo appartato», iniziava la storia.

«Si baciavano», aggiungeva un altro.

«Tutte menzogne e calunnie», difendeva il signor Pallini.

Le malelingue prima caricavano la notizia e poi la alleggerivano. Intanto il danno era arrecato.

«Li ho visti in macchina», era senza dubbio la peggior evenienza. Le signorine camminavano a piedi, oppure viaggiavano coi genitori, il fratello, un'amica, la vettura personale o i mezzi pubblici.

Accettare un passaggio da un amico costituiva uno scandalo. Voleva dire: lo fanno sui sedili.

Le auto infatti, per quanto scomode, come la cinquecento, o più confortevoli, come la Peugeot, la Renault, o il maggiolino della Volkswagen, erano l'alcova moderna. Se una Lei saliva a bordo dell'auto di un Lui, nel migliore dei casi erano fidanzati di nascosto, l'amicizia era un'ipotesi improbabile.

Angelo conosceva la mentalità ristretta, era perdutamente innamorato di Rita, per cui si attenne alle norme del suo ambiente, e la rispettò. Del resto Fede vigilava attenta e severa.

Guai a deviare dalla lama sottile su cui procedevano le fanciulle non-chiacchierate. «Cammina sul filo del rasoio», minacciava. Il confine netto vietava i passi falsi. Gli incontri fugaci e clandestini erano impensabili e l'intimità andava contenuta persino nella cerchia familiare. Il comportamento di Marita, obbligato ai rigidi usi vittoriani, risultava anacronostico nella società liberata.

La liberalità dei costumi era una conquista recente. I giovani erano impreparati a vivere in maniera consapevole e responsabile le manifestazioni sessuali, per questa ragione una moltitudine di bambini nacque prematura, ma nella sostanza sana e ben formata. I maschi snobbavano l'uso dei condom. Le femmine misconoscevano la fisiologia dei propri organi e ignoravano i metodi contraccettivi. Per giunta era disdicevole infilare il preservativo sul pene del fidanzato: una pratica da puttana. Meglio preferire il coito interrotto o i lavaggi vaginali. Così, se le manovre fallivano, ovvero nella maggioranza dei casi, i ventri lievitavano come l'impasto del pane nella madia.

Molte sue compagne si scoprirono incinte in seguito a un petting nell'abitacolo di una FIAT.

Le studentesse delle superiori s'accorgevano con sgomento di aspettare un bambino in primavera, dopo essersi infrattate senza piacere dietro i cespugli dei biancospini. Erano state impollinate anche loro, teneri fiori innocenti.

Alcune, anziché prede, preferirono diventare predatrici. Sceglievano il ragazzo che volevano e si concedevano nei giorni in cui il ventre era dolce. Lui si ritrovava invischiato nel miele uterino e fecondava la gemma in boccio. Le immorali lo facevano per sposare in fretta il ragazzo che amavano o strapparlo alla rivale.

Qualcuna si presentò agli esami con il pancione, le più precoci portarono il bambino da allattare. Quasi tutte ebbero lo sposalizio riparatore, per fortuna dei piccoli. C'erano tante, troppe, ragazze-madri per scelta altrui.

La maggioranza subiva la gravidanza indesiderata, altre abortivano, ponendo a rischio la propria vita, poiché gli interventi erano praticati con strumenti contaminati in ambienti squallidi e metodi empirici. Mancava una legislazione a tutela delle donne, sui rischi degli aborti clandestini e sul diritto all'interruzione volontaria della gravidanza.

Rita, già allora, aveva deciso tre cose: voleva sposarsi matura, desiderava una figlia femmina, nessun essere penemunito l'avrebbe fecondata in un rapporto non protetto. Per erudirsi sull'argomento, comprava *Due più*, una rivista Mondadori di educazione alla sessualità.

Sapeva tutto sul sesso, la gravidanza e la puericultura. Conosceva le posizioni dell'amore: quelle gradevoli per il piacere della donna, le intime, e persino quelle acrobatiche da contorsionista. Aveva imparato a osservare il proprio corpo, riconoscerne gli umori, calcolare i giorni fertile. Proprio in quel periodo sbocciò in lei il desiderio di partorire una figlia e allattarla al seno, ma in un lontanissimo futuro.

ANNA

Il mattino successivo, uscì alla buon'ora, desiderava fare una lunga camminata, rielaborare il dolore, che pungeva dentro il grembo, rimuovere le scorie avvelenate dell'umiliazione subita. Macinò molti chilometri sui tetri asfalti urbani, inciampò sugli acciottolati, i sampietrini e le pietre laviche cittadine e riuscì a liberarsi dai rimasugli di rabbia. Giunse in tempo in facoltà per ascoltare la dissertazione e parteciparvi con attenzione e interesse.

Sulla via del ritorno, in fondo al marciapiede, vide della mercanzia esposta su un telo che un tempo doveva essere stato avorio. Evitò di calpestarlo. La merce collocata in bella mostra era interessante, la fattura artigianale, ma la sua attenzione fu attratta da un fagotto di abiti amorfi, accovacciato dietro la bancarella improvvisata. Dentro l'involto, una ragazza sedeva china, le caviglie intrecciate, il dorso abbandonato all'inferriata, pareva la bella dormiente.

Si fermò, lo sguardo attento percorse la figura, notò i riccioli, le ciocche, d'un indefinito henné ramato, raggrumate sul capo, gli abiti sbrindellati stile freak metropolitano.

Neppure la guardò, quando le si parò davanti, pareva orba, obnubilata: immobile sul lenzuolo sudicio, esponeva i manufatti, la tipica bellezza del lavoro manuale. Si soffermò ad ammirare la varietà degli oggetti, le piacquero dei fermagli per i capelli, alcune collane realizzate con le stringhe di cuoio stile apache, in cui erano infilate delle perline azzurre alternate ad altre rosse e verdi di turchese, corindone e avventurina. Ammirò anche certi braccialetti incisi e colorati con tenui tinte autunnali e borse a carniere tra cui risaltava un bauletto decorato da un'anatra selvatica in volo, dipinta nelle nuance muschio e brune, i tipici colori del germano reale.

Prese in mano il cesto e chiese il prezzo. Alla sua domanda, sembrò destarsi e tornare sul pianeta da qualche evanescente anello. La esaminò disattenta, si scartocciò dal groviglio informe. Era avvolta in una gonna intessuta con le tipiche decorazioni stilizzate degli indiani americani, pesante e lunga sino ai piedi, l'orlo con piccole frange lanose.

«Quanto costa?»

«Ventimila lire, la vuoi?» propose senz'entusiasmo.

«È cara», obiettò.

«È cuoio conciato al vegetale, ho utilizzato tannini naturali derivati dal legno.»

«Non mi bastano i soldi», si rammaricò d'avere con sé pochi spiccioli, insufficienti ad acquistare la borsetta.

L'altra tacque e si disinteressò alla trattativa. Marita scelse un fermacapelli fatto con un pezzo di concia forato, in cui passava un bastoncino di legno a trattenere i ciuffi sulla nuca, e volle sapere il prezzo anche di quello. Lo acquistò, e s'informò se l'avrebbe trovata anche l'indomani. «Sì, ci siamo stabiliti qui per un periodo, ma ci spostiamo, spesso.»

«Tornerò a prendere la borsa», decise indicando il cestello con l'anatra in volo.

«Ti aspetto.»

«Le fai tu?» si accertò che la manifattura fosse unica.

«Sì, ho imparato a lavorare il cuoio, vivo di questo. Mi piace. Giriamo da un centro all'altro, andiamo anche all'estero.»

«Complimenti.»

«Grazie.»

Notò che la voce aveva un'intonazione monotona. La flemma della giovane la incuriosì, era una lentezza strana, strascicata, indotta. L'eloquio smorto e i movimenti atoni la facevano sembrare addormentata, seppure vigile.

Il pallore, gli occhi assenti e acquosi le conferivano un'aria malata. Non trovò spiegazioni nella casistica dei malesseri a lei noti, e archiviò le analisi e le ipotesi. Prima di andarsene, le venne un dubbio. «Se domani non dovessi trovarti?»

«Abito laggiù, vedi quell'antro?»

«Sì, il portone dopo la vetrina?»

«Esatto, entra, mi trovi là.»

«Devo chiedere di chi?»

«Anna.»

«A domani», si congedò.

La venditrice fece un cenno e tornò a sedersi.

Appena giunse a casa, accese il televisore. Era l'ora in cui andava in onda l'edizione pomeridiana del telegiornale.

«A Palermo, gli studenti hanno occupato la Facoltà di Lettere in seguito all'applicazione da parte del Senato Accademico della Circolare Malfatti del tre dicembre, che in concreto annulla la liberalizzazione dei piani di studi universitari in vigore dal millenovecento sessantotto, propone l'abolizione degli appelli mensili, vieta agli studenti di fare più esami nella stessa materia, stabilisce il loro raggruppamento in due sessioni, e aumenta le tasse, pur lasciando inalterato il fondo per gli assegni di studio. Il ministro sta preparando un progetto di riforma che prevede l'introduzione di due livelli di laurea; la suddivisione dei docenti in ruoli distinti: ordinari e associati», annunziò il cronista tra le altre notizie di lunedì ventiquattro.

Dopo le feste natalizie, gli studenti erano rientrati e avevano ripreso a contestare la Circolare Malfatti tramite assemblee e mobilitazioni, rammentò, preparando il pasto.

S'immerse alcune ore nello studio.

Infine, si dedicò alle piccole occupazioni prosaiche per riempire la vacuità della serata invernale, prima di coricarsi.

Era sfinita dall'applicazione e dal tedio di giornate in cui annusava nell'aria un senso di privazione ed esiti negativi.

SCARTA LA MEMORIA

L'indomani, martedì venticinque, rimase a casa.

Trascrisse l'ultima parte degli insegnamenti di Organizzazione e Gestione delle risorse umane: doveva incontrare Gianni per effettuare lo scambio.

Considerò il clima fosco di quei giorni, le atmosfere terree e oscure, e la visione incerta del futuro, che mal tollerava. La certezza che gennaio era sul finire le diede conforto, l'illusione che portasse via le tensioni.

Le venne in mente il "pensiero pensato" di Wilfred Bion, e recitò «Scarta la tua memoria, scarta il tempo futuro del tuo desiderio; dimenticali entrambi, lascia spazio a una nuova ideazione, forse, sta fluttuando nella stanza alla ricerca di dimora un pensiero o un'idea che nessuno reclama.»

Solo i folli e gli idealisti realizzavano i propri sogni, e s'illuse d'appartenere a quel sottoinsieme di persone concrete le cui idee e le utopie si materializzavano in un'organizzazione nuova e giusta. In attesa di un programma che nessuno reclamava, decise di cucinare, evitava la mensa universitaria poiché trovava snervante le ore di fila, prima d'essere servita di pessimo cibo indigesto. Cucinò una minestrina, arrostì una bistecca, accanto vi mise dell'insalata fresca. Sgranocchiò anche la solita mela. Durante il pasto ascoltò il notiziario delle tredici.

«Napoli, oggi sono state arrestate settantasette persone che hanno praticato l'autoriduzione del costo del biglietto per uno spettacolo teatrale. La protesta si sta diffondendo nelle province italiane, negli atenei e nelle scuole. Gli scandali sociopolitici contribuiscono ad arroventare il clima», recitò il giornalista. Mentre aspettava il risalire gorgogliante nella moca, rifletté sull'ultima forma di protesta, insolita e stravagante, a opera di persone dissennate che si facevano arrestare per sostenere quell'assurdo principio. Le era difficile credere che i commercianti abbassassero i prezzi dei beni di prima necessità a favore del proletariato.

Era sacrosanto contenere i costi dei generi alimentari, dei mezzi pubblici, dei luoghi di accesso alla cultura. Diceva sì agli spettacoli teatrali a prezzi popolari, ai musei aperti e alla portata di tutti, ma razziare i supermercati era un reato inaccettabile a danno della proprietà privata. Un'esagerazione illegale.

Quando il TG diede gli aggiornamenti sull'occupazione dello ateneo siciliano, aumentò il volume.

«È volontà degli occupanti contestare tutti i partiti e i sindacati, considerati parte integrante del sistema. Per questa ragione, con una votazione democratica, il Collettivo palermitano di Lettere e Filosofia ha escluso i sindacati dalle trattative. C'è stata una mobilitazione generale a livello nazionale, cui hanno aderito gli universitari, numerosi lavoratori e molti disoccupati», disse il telecronista.

La decisone d'escludere i sindacati dalla protesta le suonò inspiegabile, dato che molti studenti avevano la doppia militanza e si propose di discuterne.

Mise da parte le questioni civili e politiche sollevate dal tiggì e rammentò l'imminente inizio del corso.

Quasi quasi valeva la pena uscire in anticipo e fermarsi all'Antica Cioccolateria, che si trovava a metà strada tra la casa e l'ateneo.

Da vera buongustaia apprezzava l'ottima cioccolata in tazza con la panna montata che vi servivano. Le piaceva trascorrere qualche ora avvolta nel caldo e negli odori della caffetteria prima delle lezioni pomeridiane.

Il locale si trovava al pianoterra di un bel palazzo, vi si accedeva attraverso una porta finestra ornata con sottili tendine in pizzo. Il bar era ubicato in un'antica fabbrica di cioccolata, aveva una saletta interna impregnata di aromi acri e vanigliati, un ampio bancone dove sostavano i clienti più frettolosi. La cioccolateria era nel seminterrato, e per accedervi bisognava scendere alcuni gradini. Salutò il cameriere alle prese con le leve, le manopole, i filtri e le tazzine e vi si diresse. Si accinse a scendere le scale. Fece attenzione a come poggiava i piedi per timore di cadere dagli stivali. Le zeppe altissime le impedivano di sentire la superficie su cui camminava. Quel tipo di scarpa le piaceva ed era di moda, ma era scomoda e, oltre a intralciare i passi, bloccava la circolazione, tanto che a volte non sentiva i polpacci. Quelle calzature ai suoi piedi di fanciulla emancipata diventavano un impedimento simile al piede piccolo delle cinesi.

"Mi serve una base d'appoggio stabile", si ripromise di riporli a favore di un'andatura comoda e spedita, sia pure a discapito della statura. Mentre decideva di scendere dalle zattere, inciampò sul secondo gradino, urtò un cameriere frettoloso che, un vassoio vuoto sotto il braccio, saliva a prendere le consumazioni, e nel vederla, le lanciò un ciao confidenziale riservato alle clienti abituali e graziose.

Si ritrovò in un locale angusto, sorretto da architravi a tutto sesto, il soffitto a laterizi. Il rivestimento parietale di mattonelle in ceramica bianca ricordava le candide latterie di una volta. Nella saletta profumata e intima ogni arredo aveva un'aria vissuta e borghese. Le suppellettili riportavano a maestri dell'arte pasticciera che preparavano l'afrodisiaco nettare per le signore in abito lungo e ampio cappello, la veletta calata, accompagnate a uomini eleganti coi capelli impomatati.

L'atmosfera discreta e ovattata era intrisa di aromi antichi e nobili. Tutto era intriso dell'essenza del cibo divino. Persino i mattoni, le salette, gli utensili emanavano l'odore acre del seme della pianta Theobroma cacao, tanto venerata dalle civiltà precolombiane, mista agli aromi dolciastri di latte, mandorle, vaniglia, zucchero e qualche ingrediente segreto gelosamente custodito e tramandato da generazioni di esperti cioccolatai. Di solito era poco affollata: gli studenti preferivano accalcarsi ai banconi dei bar intorno alla mensa frequentati dai leader. S'incontrava poca gente in eschimo là. Vide alcuni docenti, alcuni distinti signori che, a ben guardare, potevano essere avvocati o magistrati, le borse ventiquattr'ore gonfie di documenti.

Si accomodò a un tavolo laterale, le giunsero le gloriose note di *Sandokan* degli *Oliver Onions*, il brano spopolava nelle italiche radio, l'accompagnava da una stazione all'altra, da un negozio a un supermercato e persino nei mezzi di trasporto.

La musica, diffusa dal recente impianto stereofonico, si alternava alle ultime notizie trasmesse a intervalli regolari dalle neonate emittenti locali. I disk-jockey mettevano i brani di successo, gli ascoltatori dedicavano le canzoni alla morosa, al fidanzato militare tradito per chiedere perdono, a chi festeggiava il compleanno, le nozze, o una nascita. Tutti desideravano condividere in pubblico i propri sentimenti.

Di ritorno ad Aquinto, sull'autobus di linea, era costretta ad ascoltare l'intera hit-parade dei brani più celebri: le canzoni di Donna Summer, la regina della disco music, gli Abba, Battisti e Tozzi. Nonostante la musica, cercò di concentrarsi e incominciò a leggere in attesa del cameriere.

Il ragazzo giunse, bloc-notes e penna fra le mani, la salutò.

«Oh, salve, ero assorta, non ti ho visto arrivare», si giustificò.

«Che cosa prendi?»

«Una cioccolata calda», alzò le iridi smeraldine su di lui.

«Panna o senza?» specificò il barman.

«Panna, ovvio», pregustò il piccolo piacere.

«La signorina sarà servita», enfatizzò il ragazzo, riservandole un inchino buffo e ironico.

Rallegrata dalla farsa, si lasciò sfuggire una risata, ma riprese subito a leggere. Poco dopo il tizio arrivò al tavolo, la tazza poggiata sul vassoio in bilico sulla destra, s'inchinò al suo cospetto in maniera buffonesca, tenne in perfetto equilibrio il cabarè, la sinistra accennò gesti di riverenza. L'umorismo del giovane era contagioso, e rise di gusto. «Prego, desidera altro?» pose la tazzina sul tavolo.

«No, no», a scanso d'equivoci aggiunse: «Grazie, mio servitore, mi hai già coglionato abbastanza per oggi. Offri pure i tuoi omaggi a un'altra dama.»

Il cameriere rise delle sue facezie, incassò la risposta che meritava, e andò a servire gli altri clienti. Lei gustò a cucchiaiate la pasta calda, frammista alla crema di latte, e raschiò finanche il guscio di maiolica per racimolare quelle leccatine poco propense a finire nel suo cavo orale. Si trovò un po' ridicola, ma rise di piacere per aver soddisfatto la sua golosità. Due signori seduti al tavolo accanto si voltarono incuriositi dalle scucchiaiate, ma lei chinò il capo e finse di leggere.

Adesso si sentiva ben disposta ad affrontare la bolgia universitaria. I due avventori ripresero a conversare, senza badare a lei.

Salì al piano superiore, lo scontrino in mano, adocchiando i gradini. Pagò la consumazione e uscì.

L'ATTENTATO

Era sul punto di svoltare, allorquando udì dei colpi secchi. La risonanza vibrò nel petto, il terrore la bloccò e un tremito scosse le membra. Si girò d'istinto: vide un uomo steso sul marciapiede davanti alla porta finestra.

Due individui, il passamontagna abbassato, fuggivano in direzioni opposte, le pistole in pugno. Sparirono in un istante risucchiati dai vicoli angusti.

Lungo le vetrine adorne di pizzo, ora colavano rivoli purpurei. Il ferito a terra gemeva. Stava sollevato su un gomito, e chiedeva aiuto. Il viso era una maschera di dolore, la fronte aggrondata, un agnello sacrificale. L'altra mano insanguinata premeva una ferita alla coscia fiottante plasma. L'asfalto ne era già intriso, rivolava sino all'orlo dei pantaloni, e gli imbrattava i calzini e le scarpe, accanto al corpo la cartella porta documenti.

Rita si precipitò in suo soccorso. Riconobbe uno degli avventori. «È vivo», gridò. «L'hanno ferito alle gambe.»

Neanche il tempo d'avvicinarsi che si formò un capannello, molte schiene si frapposero fra lei e la vittima, precludendole la vista. Seguirono momenti concitati. I curiosi si mescolarono ai soccorritori, spesso intralciandoli. Per fortuna alcuni mantennero la calma e presero iniziative sensate: un cameriere chiamò l'ambulanza, un altro telefonò alla Polizia. I primi portatori d'aiuto fecero sgomberare la folla e posero pietosamente un cappotto avvoltolato a mo' di cuscino sotto la nuca del ferito.

«Fate largo, sono un medico», ordinò una voce. Marita si voltò e identificò un altro cliente abituale della caffetteria. La gente si spostò per lasciarlo passare. Il dottore prestò i primi soccorsi, e tentò d'arginare la fuoriuscita ematica, premendo sui fori.

Fra le tante facce indiscrete le parve di scorgere la misteriosa Biondina, guardava l'uomo atterrato e seguiva le mosse del sanitario. La scrutò desiderosa di capire e collegare le persone, gli atti e le circostanze intorno a lei. Inforcava occhiali scuri, la foggia squadrata, stile diva del cinema, abbastanza grandi da camuffarla. Per questo motivo aveva faticato a riconoscerla al primo sguardo, ma ora ogni dubbio era svanito: l'occhialuta che indossava il montone chiaro era Marina. Sotto il cappotto portava una dolce vita a righe sottili, nei vari toni dell'azzurro, e una salopette di jeans a zampa, il cui orlo ricadeva su scarpe basse e comode, tipo mocassino maschile. Di traverso sul petto aveva un secchiello di pelle con le frange, le dita sottili si aggrappavano tenaci alla cinghia.

Accennò un saluto, un lieve gesto del capo, stava per accostarsi a lei, ma la sirena della polizia la distrasse. Bastò un secondo, quella si volse dall'altra parte e, sgomitando, s'infilò in una traversa. I militari arrivarono ch'era appena svanita, le balenò l'idea che compariva in particolari frangenti ed era capace di eclissarsi nella frazione d'un secondo, divenendo evanescente e sempre più inquietante.

Gli agenti fecero allontanare tutti e transennarono la zona. L'ambulanza giunse sibilando. Gli infermieri si affrettarono a sistemare il ferito sulla barella. Quando l'ambulanza ripartì a sirene spiegate verso il vicino Policlinico, ella si sentì troppo sconvolta per recarsi in facoltà. La voglia di ascoltare le teorie accademiche era svanita nell'orrore.

Rincasò turbata e corse a distendersi. Rimboccò il plaid fino al mento ed ebbe una momentanea illusione di protezione e conforto. Però le fu impossibile scacciare dalla mente la scena di morte, la pena persistente, la sottile sensazione d'angoscia e precarietà. La sospensione temporale e il blocco emotivo si attenuarono verso sera. Fuori faceva freddo, calava la notte, le luci dei lampioni si riflettevano nella stanza.

Solo allora si riscosse e accese il televisore per ascoltare le ultime notizie. Iniziò l'edizione serale del telegiornale.

«Un noto giudice è stato gambizzato, mentre si recava al lavoro. Si tratta di Paolo Di Giacomo, un magistrato impegnato nella lotta ai corpuscoli terroristici. In passato ha condotto indagini sulle cosche mafiose», lesse il cronista.

Le immagini mostravano impietose il luogo dell'attentato, le macchie ematiche sui sampietrini, i rivi sulla vetrina.

La sua coscienza s'interrogò sulla logica del terrore. Risposte certe alle domande non ve n'erano, ipotizzò che la storia futura avrebbe saputo spiegare le cause, gli scopi e le strategie del terrorismo.

Si riscosse dal torpore depresso, suo compagno e padrone in quel desolato pomeriggio, si alzò e si accostò alla consolle nell'ingresso, su cui era poggiato il telefono grigio. Iniziò a comporre un numero, un lieve tremore le impedì d'infilare l'indice nel disco forato. Respirò nel tentativo di calmarsi e ruotò la placca. «Pronto», udì la voce di Matilde.

«Sono Margherita», si sforzò di rintuzzare l'ansia.

«Ciao, tutto a posto?»

«Così, e tu?»

«Sto da dio. Hai una voce strana, ti è successo qualcosa?»

«Hai saputo dell'attentato al giudice?»

«Certo, si parla solo di quello.»

«Io c'ero.»

«Davvero, hai visto tutto?» l'amica fu molto turbata.

«Non proprio, ero uscita dal bar e mi stavo incamminando, quando ho udito uno sparo, poi un altro. Mi sono voltata e ho visto due uomini che fuggivano, sul capo un passamontagna, impugnavano ancora le armi, in un istante si sono volatilizzati dentro un vicolo. Il giudice giaceva a terra contratto nel dolore e immerso in una pozza di sangue. Gemeva e chiamava aiuto. Non ti dico come sto. Poi sono arrivati i soccorritori. Sono scombussolata. Che cosa succede? perché accadono simili drammi? L'ambulanza e i carabinieri sono arrivati subito. Chi erano quelli che hanno sparato?» raccontò in maniera angosciosa e confusa, interrogandosi sull'identità degli attentatori e sulle cause di tanta violenza.

«Ehi, sei sconvolta. Mi dispiace per il giudice e anche per te. Ti sei trovata nel posto sbagliato. Vengo a farti compagnia, ti va?»

«Sì, ci facciamo una spaghettata.»

«Ho già mangiato, arrivo fra mezz'ora.»

«Dormi da me», le propose pensando che lei, la compagna più affettuosa e viscerale, potesse confortarla in quel frangente.

«Preparo il pigiama e lo spazzolino, e arrivo», promise.

MATILDE

Mangiò un panino, una scodella d'insalata e una mela, lavò le stoviglie e preparò la caffettiera da sei: prevedeva una notte a ingollare caffeina eccitante e Coca-cola, biscotti e patatine analizzando la grande bufera che si era levata, l'atmosfera sospesa e le vicende attese, inconoscibili ma risolutive.

Che cosa stava per accadere?

La metafora della compagnia bastò a calmarla e, malgrado fosse ancora sola, si rincuorò. Si dispose ad aspettare Miss Fisicità, che mantenne la promessa e giunse in fretta, e la travolse come una furia. Tolse la tracolla, sfilò il poncho di lana con le variopinte decorazioni etniche, e lo buttò sulla poltrona. La strinse fra le braccia e la consolò: le gote tra le palme, impresse numerosi bacetti sul viso, le tempie, la fronte, la bocca.

Erano la madre e la bambina bisognosa.

I suoi slanci affettivi d'una inconsueta generosità la stupivano sempre. Tilde amava il contatto fisico e lo cercava, sino ad avventurarsi in una dimensione sensuale, ricorrendo a forme d'espressione comunicative espanse, naturali e intense, come quelle auspicate da Melanie Klein, la sua studiosa di psico-analisi infantile preferita. A Rita pareva incarnassero l'essenza delle attuali teorie delle relazioni oggettuali e comunicative, che davano risalto all'empatia e alla stretta vicinanza carnale. Come al solito, provò imbarazzo: era disabituata alle intense effusioni affettive a pelle. Ella esprimeva i sentimenti verso i prescelti attraverso la devozione, il silenzio e la costanza relazionale.

«Come stai?»

«Bene, ora che sei qui», ammise lisciandosi la nuca.

«Raccontami tutto.»

Riprese il triste e penoso resoconto di quel giorno.

«È incredibile, chissà qual è la matrice politica dell'azione?»

«Boh, ho sentito il notiziario, nessuno l'ha rivendicata.»

«Li hai visti in faccia?»

«No, erano incappucciati. Ho sentito gli spari dietro di me. Appena mi sono voltata, ho scorto le loro schiene. Tutto è accaduto in pochi attimi. Si sono dileguati nel vicolo, forse li attendeva un complice in auto, il motore acceso, sostengono i giornalisti. Insomma erano pronti alla fuga», la sua disamina.

«Hanno sparato deliberatamente in basso», il parere di Tilde.

«Può darsi. Però non avevano intenzione di uccidere, ma di spaventare, perseguono la strategia del terrore», considerò.

«Chi sono le vittime?» proruppe Matilde.

«Magistrati, giornalisti, imprenditori», Marita elencò.

«Allora spiegami la logica dell'attentato dinamitardo a Piazza Fontana nella sede della Banca Nazionale dell'Agricoltura in cui morirono semplici cittadini», la sfidò l'altra.

«Quella strage è considerata il primo atto della cosiddetta strategia della tensione», replicò.

«Anche altre azioni», corresse.

«Tuttavia in quel caso pare abbiano agito esponenti anarchici o cellule di destra.»

«Tipo Ordine Nuovo per intenderci.»

«Potrebbe essere, chissà? neppure le indagini e la magistratura l'hanno scoperto, è un caso complesso.»

«I compagni spiegano la casistica, ma per quanto mi sforzi, non comprendo, anzi disapprovo. Sono arrabbiati, cercano il conflitto a ogni costo. I simboli del nemico sono le persone ai posti di potere: i baroni, gli imprenditori, i burocrati. Tutti sono colpevoli a loro avviso e devono pagare per le colpe perpetrate a danno dei lavoratori», Matilde rafforzò il concetto.

«I GAP prima e i brigatisti poi si definiscono guerriglieri e portano avanti l'azione per demolire l'occupazione economico-imperialista dello Stato Imperialista delle Multinazionali. Che cosa significa quest'espressione criptica e contorta?», s'interrogò Marita.

«Alcuni attivisti ritengono ancora in atto la fase della Resistenza all'occupazione fascista dell'Italia, nonostante il fascismo sia stato soppiantato dal dominio economico e finanziario delle multinazionali che certe correnti politiche considerano avido e profittatore quanto il nazifascismo, l'estrema destra e la sinistra extra parlamentare hanno l'unico intento di demolire il sistema, sia pure con finalità opposte. L'ideologia delle Brigate Rosse si fonda sull'assunto che sia necessario contrastare i centri del potere attraverso il conflitto duro per sovvertire i rapporti tra lo Stato oppressore e la classe operaia oppressa. Si considerano guerriglieri armati, combattenti per l'insurrezione del popolo, insurrezione necessaria alla nascita della dittatura del proletariato», Tilde recitò le frasi fatte e tutti i motti che conosceva.

«Condanno l'evidente disparità nella distribuzione delle ricchezze, tuttavia disapprovo la scelta di armarsi. Non mi spiego che cosa abbiano a spartire i nostri coetanei con la violenza e la resistenza allo stato imperialista. L'Italia sta attraversando una situazione di recessione, connessa alla crisi economica e sociopolitica, è vero. Però le condizioni di vita sono accettabili per la maggioranza delle persone: non si fa la rivoluzione con lo stomaco pieno», asserì Margherita pensando alle cause e agli esiti di tante sommosse storiche.

«Il governo chiede al popolo di fare dei sacrifici, e impone l'austerità. La maggioranza accetta passivamente le dicisioni del governo, poiché è appagata: gode ancora gli agi del boom economico. La guerra con gli eserciti stranieri o i regimi totalitari è distante, mi sfuggono le finalità e la strategia della tensione. La guerriglia a chi può giovare? perché alcuni vanno oltre le pacifiche manifestazioni per difendere i fondamenti e ricorrono alla violenza?» Tilde si accalorò.

«I vari corpuscoli preconizzano soluzioni perfette a favore del sottoproletariato urbano, una minoranza priva di garanzie sindacali e dimenticata dalle istituzioni, che neppure sa di essere rappresentata da guerriglieri o terroristi e, comunque, disconosce la modalità delle loro rivendicazioni. Questo fa assomigliare i rivoluzionari di oggi ai briganti post unificazione», fu il commento crudo di Rita, la quale credeva poco alla rivoluzione che non nasce dal ventre del popolo, ma scaturisce dalla ragione e dalle iniziative di pochi.

«Parli di proletariato urbano e sottoproletariato?» Tilde soppesava le sottigliezze di senso.

«Il proletariato è protetto dalle associazioni sindacali. Chi tutela i disoccupati, i senza tetto, gli emarginati?» Marita pose la questione.

«Nessuno», si vide costretta a riconoscere Fisicità.

«In quest'epoca si profila una guerra fra i ceti. Bada, parlo di un conflitto fra i borghesi e i proletari, ma anche di una scissura all'interno della classe popolare.»

«Capisco. Tuttavia mai giustificherò le bombe incendiarie e i mitra. I terroristi chi sono? magari alcuni sono nostri compagni», suppose Matilde.

«Non credo.» Pur intuendo, preferiva pensare i combattenti distanti da lei.

«Scendi dal pero, ti ostini a ignorare la realtà, vivi nell'iperuranio e, anche con la sparatoria, continui a inseguire la tua ingenua logica», Fisicità parlò senza mezzi termini.

«Secondo te, gli studenti hanno un ruolo attivo?» spalancò le palpebre, l'altra s'aggrondò e annuì.

«Fino a oggi, il terrorismo per me era un fenomeno remoto di cui leggevo sui giornali o sentivo parlare nei notiziari televisivi», esitò a esprimere la propria percezione del contesto in cui viveva.

«Ah, il tuo insano ottimismo. Svegliati, altrimenti avrai amare disillusioni», Tilde agitò le palme aperte.

Lei difese le sue convinzioni. «Gli studenti e le classi operaie non hanno intenzione di armarsi, ne sono convinta. Se accadesse, riguarderebbe un'esigua minoranza. Forse i più politicizzati hanno idee stravaganti, direi estremiste, ma da qui ad armarsi ce ne corre», tentennò nel vederla a braccia conserte, chiusa nelle proprie convinzioni.

«Spiegati», Matilde la fissò dubbiosa.

«Idiosincrasie sociopolitiche, faziosità, insofferenze e paura di crescere delineano le atmosfere. Riconosco i problemi generazionali, ne prevedo le incertezze future, ma le intolleranze, gli odi classisti e il settarismo non sono tali da creare una frattura insanabile fra i censi, e mettere in crisi l'unità del sistema Italia», chiarì Marita.

«Aspetta, da grande, farò la psicologa», si soffermò sulla locuzione da grande per attribuire alle sue idee un peso rilevante, basato sul calcolo delle probabilità e una disanima sociale. Tilde puntò l'indice sulla guancia e si protese: moriva dalla voglia d'ascoltare le sue argomentazioni.

La psicologa riprese a spiegare il concetto. «Alcuni si sentono vivi se sballano, devi darmene atto.» Signorina Fisicità annuì. Lei incalzò. «Altri hanno scoperto il sesso libero e pensano principalmente a quello. Poi c'è la novità della disco-music, e il ritrovo nelle discoteche il sabato sera. Cos'altro desiderano le masse? te lo spiego io. Cercano il divertimento a tutti i costi, e vivono l'incoscienza della giovinezza. Tutt'al più sono illusi o irresponsabili. Solo una sporadica minoranza è disposta a sacrificarsi per un modello supremo. Tu ed io non siamo né sovversivi, né incoscienti. A ben pensarci, nel sessantotto ero giovane per fare la rivoluzione, e ora sono troppo saggia per commettere sciocchezze. Però privilegio la curiosità. Per me vivere equivale a fare esperienze, confrontarmi coi nuovi principi etici e morali, innovare le varie forme d'arte in modalità distaccata, ironica e poetica. Perché mai gli altri dovrebbero essere diversi?»

«Non lo so. Comunque i gruppi eversivi sono esistiti in ogni epoca. Prova a pensare ai briganti meridionali, ai guerriglieri dell'America Latina o ai Khmer rossi che stanno infiacchendo l'esercito statunitense. Pensa all'ETA nei Paesi Baschi o all'IRA nell'Irlanda del Nord», fece notare Tilde.

«Hai ragione, la guerriglia ha buone probabilità di riuscire nelle campagne, nelle zone boschive e disabitate, specialmente se ha l'appoggio delle popolazioni locali e se gli antagonisti misconoscono il territorio. Nelle metropoli quasi mai attecchisce, dilania, fa soffrire, ma fallisce gli obiettivi», aggiunse Marita.

«Perché?»

«Nella giungla e sulle montagne i guerriglieri possono nascondersi in assenza di militari e poliziotti. Nelle metropoli invece li scoprono presto. Per questo motivo nella rete urbana possono agire i singoli o le piccole cellule clandestine, attraverso blitz, come quello di oggi. Inoltre i cittadini condannano e ostacolano le azioni di guerriglia nel luogo in cui vivono. Pertanto gli scardinatori mai potranno contare su una sommossa delle masse.»

«Ho compreso il tuo ragionamento, staremo a vedere, ho le idee molto confuse», confessò Matilde.

GIULIA

All'improvviso uno squillo, l'orologio sul polso segnava le dieci.
«Chi sarà a quest'ora?» si sorprese.
«Aspettavi qualcuno?» Dissentì. «Ti conviene rispondere», suggerì curiosa di sapere chi fosse. Rita si affrettò: il trillo pareva impazzito.
«Chi è?»
«Sono Giulia, posso salire?»
«Sì», schiacciò il pulsante d'apertura.
«C'è un'amica, può venire anche lei?»
«Certo», assicurò.
«Non la conosci.»
«Fa lo stesso», spesso le portava donne in difficoltà e borgatari incasinati.
«Chissà chi ha raccattato stavolta?» opinò Matilde, pensando che il nomignolo di Samaritana le calzava a pennello.
«Arriverà con un soggetto patologico o un caso umano», previde Mara.
«Dopo la laurea si è impegnata nel sociale», Fisicità si toccò il mento.
«A breve sosterrà l'Esame di Stato, è entrata nell'ottica professionale oramai», considerò Marita.
«Nella Casa della Donna segue alcune madri nubili, donne abusate con esperienze di aborti clandestini, adolescenti in difficoltà e bambini che vivono in famiglie disagiate», Tilde puntò il gomito sul tavolo.
«Fa parte del nostro lavoro, anch'io ho svolto alcune ore di tirocinio nei consultori familiari e negli ospedali», confermò Mara.

«La pratica è obbligatoria, ma lei è diversa: dedica la vita alle persone bisognose. Va oltre gli impegni, sembra che curare gli altri sia una missione», poggiò la guancia sulla palma schiusa.
«Hai ragione.»
Allo squillo, corse ad aprire. Giulia comparve nel riquadro della porta, statuaria bellissima e atletica. Tutti le attribuivano il titolo di Donna Vera: due tizzoni ardenti su una carnagione scura, i tratti mediterranei incorniciati da chiome lunghe e ricce, divise da una riga in due opulenti bande laterali.
Nel piccolo ingresso si fermò ad aspettare il giunco minuto che la seguiva. «Ciao.»
«Vieni», si sporse a guardare la ragazzina esile, seminascosta dalla massa ondulata.
«Ti presento Marina», si spostò per farla entrare.
«Ah, Marina», fu arduo dissimulare la sorpresa e l'emozione: mai avrebbe immaginato d'ospitare l'enigmatica Biondina. «Entrate, c'è anche Matilde», le informò.
Sama appese all'appendiabiti il suo cappotto e il montone della compagna. «È una collega», si affrettò a precisare, vedendo la loro assoluta imperturbabilità.
«Lo so», Mara annuì.
«Abbiamo scambiato qualche parola», tenne a precisare l'Asparago Pallido.
«Ah», esclamò Giulia distratta.
Si accomodarono, Marita offrì l'arabo qahwa, ma rifiutarono entrambe. «Siediti qui, dobbiamo discutere di un progetto importante. Non fare la piccola borghese, se vogliamo qualcosa te lo diciamo», Sama si espresse in modo assertivo.
«Sentiamo cos'hai da proporre, stavolta», accordò Tilde cosciente dell'irrequietezza ideativa dell'amica.
«Marina, spiegalo tu.»
Sistemò una ciocca dietro l'elice. «Il Collettivo Femminile vorrebbe occupare i locali abbandonati dell'ex scuola elementare per farne un consultorio familiare e un doposcuola per i bambini disagiati della periferia», le informò.
«Hai detto niente», fu il commento di Fisicità.

«Quando vorreste occupare?» chiese Margherita.

«Non intendiamo espropriare, vorremmo presentare al sindaco una regolare richiesta di permesso per usare l'immobile, poi agiremo di conseguenza», aggiunse Giulia, toccandosi il mento.

«L'iniziativa mi sembra ottima, credi che ci concederanno l'autorizzazione?» opinò Marita. Sama chiese il motivo del suo dubbio.

«L'immobile è cadente, va ristrutturato», osservò lei.

«Ci penserebbero i compagni», disse la Biondina.

«Si può provare», aggiunse Samaritana, guardando Marita e Matilde che annuivano.

«Ci presti la macchina da scrivere?» chiese in tono gentile.

Marita acconsentì. «Chi scrive?»

«Tu, noi dettiamo.»

«Bisogna preparare anche un ciclostilato per diffondere la nostra iniziativa, altrimenti come raccogliamo le firme?» dubitò Tilde.

«Esatto. Partiamo dalla lettera al sindaco e al Consiglio Comunale, oppure dal comunicato?» opinò Marita.

«Prepariamo prima la lettera», convennero.

Dopo infinite discussioni, molti qahwa e tanti bicchieroni di Fanta e Coca-cola redassero il testo.

Lo lessero, lo rividero, limarono qua e là. Infine Giulia dettò l'ultima stesura della petizione e vi appose la firma in calce, subito imitata dalle altre.

«Bel lavoro, domani ci ritroveremo al Collettivo, avremo tutto pronto e potremo incominciare a fare volantinaggio», concesse Sama, soddisfatta di quel corpo di lavoro ristretto.

«Racconta l'attentato al magistrato», pregò Tilde a un tratto. Avrebbe preferito tacere, ma fu costretta a ripetere quella triste cronaca e, prima di finire il resoconto, pose la domanda che urgeva in gola. «Marina, che cosa ne pensi? ti ho visto là», colse tutte di sorpresa.

Calò un silenzio assoluto, che se fosse entrata la coltre di foschia, addensata oltre i vetri della finestra, si sarebbe sentito il rumore dei vapori acquei. Si volsero verso la compagna; alcuni attimi d'esitazione, e lei si decise a rispondere. «Sono arrivata dopo l'accaduto, ho visto un capannello e mi sono fermata, mai avrei immaginato una scena del genere», ammise molto turbata.

Giulia accostò le sopracciglia.

«Eri là?» si stupì.

«Sì», ammise.

«Perchè l'hai taciuto?» incalzò.

«Mi sono immersa nel progetto», s'aggrondò.

«Però hai visto tutto?» perseverò Sama.

«Sono giunta dopo», ribadì sfuggente.

Sama s'incupì, le ciglia vicine. Si girò a guardare Rita. «Tu hai assistito?»

«Ho udito gli spari e le grida, appena mi sono voltata, ho visto fuggire gli attentatori, le pistole in pugno, e il Di Giacomo a terra sanguinante.»

«Ti hanno interrogata?» chiese Marina.

«No.»

«Hanno interrogato i testimoni oculari?», seguitò.

Marita alzò una spalla. «Sì, tutti hanno confermato che il blitz è durato pochi istanti; quando sono usciti dal bar, i killer erano già svaniti», spiegò.

«I combattenti sono stati rapidi, dunque», dedusse Marina.

Marita fu pervasa da un sottile fremito. «Sì, erano agili, risoluti e addestrati», la sua considerazione.

Sama si rabbuiò. «Perché li chiami combattenti?» s'espresse in tonalità polemica.

«Perché lo sono», asserì Marina.

«Penso che sia corretto definirli terroristi o attentatori», opinò Matilde.

«Per me chi combatte e ha fede in un ideale è un guerriero, non un abietto assassino», asserì il pallido Asparago.

«Ah, bella storia. Ti paiono guerrieri leali gli incappucciati che sparano a un signore di mezz'età indifeso, disarmato, ignaro di essere nel mirino dei cosiddetti guerriglieri, che entra a bere un espresso, prima di recarsi in tribunale e, uscendo, qualcuno gli spara», Rita respinse la crudeltà, incapace di dissimulare lo stato d'animo.

La sua schiettezza colpì Marina che, anziché adombrarsi, riprese interesse alla discussione. «Vogliamo garantire un avvenire migliore alle generazioni future, non cerchiamo eccidi, massacri e ruberie. Siamo qui, adesso. Esistiamo in questo spazio geografico e agiamo in un contesto storico di cui vogliamo essere i protagonisti», asserì. «Noi militanti siamo consapevoli che potrebbero verificarsi fatti sociali di portata storica per cui questo è un momento di speranze e d'azione che non deve diventare icona del male contemporaneo. Lottiamo per la giustizia, anche per chi non è rappresentato, e neanche lo sa. Manifestiamo per chi vorrebbe essere protetto, e invece è abbandonato. Diciamo basta agli odi di classe, alle sofferenze e ai malintesi», terminò, le gote fra le palme, quasi a volersi rassicurare.

«Bel discorso, sembrano parole positive, ma sono pericolose», applaudì Sama.

«Perchè?» persistette la Biondina.

Giulia le puntò addosso le pupille iridescenti di collera. «Si sta profilando un dissidio duro tra le caste e, persino, all'interno dell'ordine operaio. I terroristi accecati dall'odio rischiano di centrare i bersagli sbagliati, in tal caso meglio desistere», Samaritana si espresse con toni cauti.

«La pensiamo in maniera diversa», replicò Marina, abbassò le palpebre, l'indice sulla bocca tormentava il labbro superiore.

L'argomentazione non ebbe presa, ella incominciò a tirare i polsini del maglione, vi nascose dentro le mani, e incrociò le braccia sul petto. Marita volle esaminare il legame fra i luoghi di cultura e aggregazione, gli studenti e i pacifici contestatori.

Dedusse che il sistema educativo, gestito dai baroni cattedratici detentori dei saperi universali, era superato e oscuro, e trovò paradossale che i discenti si riunissero in collettivo nelle scuole di ogni ordine e grado.

«L'università è un punto d'incontro e ricomposizione, uno spazio in cui discutere la precarietà della nostra condizione e le concrete opportunità d'immetterci nel mondo del lavoro», controbatté Giulia.

La struttura civile negava altre cellule, collettivi, associazioni, oratori, consorterie o confraternite in cui dialogare sulle angosce esistenziali di una generazione senza speranze, affrontare i problemi comuni, trovare risposte attraverso la pubblica discussione e le comunicazioni politiche.

«Esatto», Marita aprì le braccia in un gesto enfatico d'ammirazione. «Sarebbe un errore gravissimo vanificare questi presupposti storici e costruttivi attraverso azioni violente e sommosse disomogenee e faziose.»

Appena finì il discorso, un provvidenziale sbadiglio di Matilde ricordò l'ora tarda. Fuori albeggiava: era necessario riposare, prima d'incontrare le femministe e iniziare a volantinare, disse Giulia. Marina annuì, le pupille cerulee risucchiate dalla stanchezza.

Grazie a quel tempestivo sospiro di poco sonno e troppa loquela, le ospiti andarono via, e loro poterono riposare. Dormirono fiduciose e sognarono ignare che la protesta divampava impetuosamente da Nord a Sud, gli studenti occupavano le altre facoltà palermitane e moltissime scuole italiane di ogni ordine e grado, le rivendicazioni studentesche si univano a quelle di lavoratori, docenti precari e inoccupati.

SERGIO

Il giorno dopo tornò, ma lei non c'era. Ricordò le informazioni e, decisa ad acquistare il carniere col germano reale, si avviò verso il palazzo. Varcata la soglia, si ritrovò in un ampio cortile sul quale affacciavano numerose finestre. Osservò tutt'intorno in cerca della portineria, però non vide né la guardiola, né il custode. Sul lato destro della corte, scorse una porta spalancata, pareva un fondaco o un magazzino, si avvicinò fidando d'incontrare qualcuno. Sbirciò dentro, vide nessuno tranne un massiccio banco di legno rustico in uno stanzone buio. Bussò al vetro della portafinestra, invano. Stava per andarsene, quando udì uno scalpiccio, si voltò: un vecchio scendeva gli ultimi gradini e, vedendola, le rivolse la parola.

«Chi vuole?»

«La ragazza che lavora il cuoio.»

«Ah, quelli della comune. Stanno qui», confermò.

«Ho bussato, ma nessuno risponde.»

«Fidati, rigazzì, abitano là, dove stavi prima.»

«Forse sono usciti», dubitò.

«Riprova, so' strambi, dormono tutt'er giorno, tengono la porta aperta, tutti possono entrà.»

Ritornò sui suoi passi, avanzò decisa nella stanza in penombra che si allungava in un androne chiuso da una tenda biancastra appesa a un filo di ferro, tirato fra i pilastri opposti e agganciato a due grossi chiodi. Dietro il telo poteva esserci chiunque.

«Permesso, c'è qualcuno?»

Non ebbe risposta, chiamò di nuovo, dal tendaggio lurido sbucò un giovane alto e smunto. «Chi cerchi?» sollevò il mento. Aveva l'aria da intellettuale per via degli occhiali rotondi sul naso.

Indossava jeans sdruciti, un maglione di lana avorio a dolce vita ed esibiva un'aria malsana.

Pensò all'antro, come a un nido di vampiri, tanto erano smunti i suoi abitanti. «Cerco Anna, fa le borse», ribatté intimorita dalle circostanze.

«Perché?» la voce impastata.

«Vorrei parlarle», specificò, intanto la mente annotava la sporcizia, il pallore, l'eloquio rallentato, la voce opaca e i movimenti incerti.

"Sembrano morti viventi", si disse.

«Ora dorme», le rivelò.

Erano le due del pomeriggio e lei dormiva ancora. Le parve strano. Qualcosa d'ignoto corrompeva la loro vita, ne avvertiva l'esistenza e ne vedeva gli effetti devastanti. S'immobilizzò accanto all'uscio, le braccia poggiate al tavolo.

Il ragazzo si mise dinanzi a lei. «Perchè la vuoi?» ripetè.

«Vorrei acquistare un suo elaborato, mi piacciono le borse di cuoio. Ieri le vendeva per strada. Oggi non l'ho vista. Mi aveva detto di cercarla qui se non l'avessi trovata», specificò le circostanze.

«Sta dormendo.»

«Vendimela tu.»

Fece un segno di diniego. «Le ha finite.»

«Peccato, una mi piaceva. Potrebbe farmene una uguale?» si ostinò ad avere il pezzo con l'anatra.

«Non so se ne ha voglia.»

«Prova a chiederglielo», insisté.

«Oggi è nel regno dei sogni.»

«Che cosa ti costa tentare?»

«Non mi risponderà.»

«Perché no? Basta un sì oppure un no», dava importanza alla chiarezza.

«Si trova in un mondo particolare», il ragazzo nicchiò.

«È malata?» si preoccupò Mara.

«No», ribadì il tipo.

«È sveglia.»

«Sì.»

«Prova a chiedere», dispiegò l'indomita caparbietà che inscenava in mancanza di spiegazioni logiche a evenienze semplici e naturali.

«Sta facendo un trip», la osservò di sguincio.

«Trip?» strinse i cigli.

«Fa un viaggio», disse impassibile.

Ribadì la propria ingenuità. «Un viaggio?»

«Con la mente», la guardò con rinnovata curiosità.

Ebbe l'impressione di perdere tempo ma, convinta d'essere nel giusto, annuì. «Ah, ok.» Poi tacque e s'irrigidì in una positura statica, le capitava se non riusciva ad afferrare il lato oscuro, o a contenere le emozioni e le verità. La osservò e mutò ghiribizzo. «Provo a parlarle.»

«Grazie, sei gentile.»

Ricomparve sorridente. «Come la vuoi?»

Descrisse la borsetta, concordò il prezzo, e volle sapere quando poteva ritirarla.

Lui prefigurò due settimane. «Spesso è svogliata», aggiunse.

«È molto brava, peccato», commentò lei.

«Lavoriamo se ne abbiamo voglia, viviamo con poco. Nella comune vige l'assoluta autonomia, amiamo la cultura alternativa e la musica rock, ci piace liberare la mente e viaggiare dentro noi stessi. Nel viaggio si provano sensazioni morbide, luminose e accoglienti. Le capacità mentali divengono profonde, le emozioni si dilatano in percezioni sfaccettate.»

«Che genere di percezioni?» chiese stupefatta.

«Un tunnel di effetti visivi, tattili ed emotivi. Mai si vorrebbe uscire dal viaggio colorato, caldo e gradevole», sussurrò, la voce impastata.

«La capacità di controllarsi rimane?» incalzò la psicologa.

«Sì, un po' d'autocontrollo permane. Vuoi provare?»

Fece dei brevi gesti di diniego. «Ho letto alcuni articoli sull'argomento e sono persuasa che le droghe nuocciano al sistema nervoso e mettano a repentaglio la vita. Gli effetti della sostanza sono incontrollabili», chiarì, incrociando le braccia sul petto.

«Beh, forse, ma coinvolge e appaga, e si desidera rinnovare quel piacere all'infinito», ammise lui, la voce meno nitida. «Capisco», fu il suo laconico commento.

«Sotto l'effetto della sostanza si vivono esperienze fantastiche. Ci si sente in comunione con l'universo e si tenta di prolungare l'esperienza. Noi condividiamo i viaggi: uno non si fa, e bada agli altri», distese le palme.

«Uno fa da gregario insomma.» Le vennero in mente i legami di dipendenza e co-dipendenza rintracciabili all'interno di una comunità, di un nucleo familiare o di una coppia, e le implicazioni insite nelle relazioni sane e malate. Immaginò quanto potessero essere alterati i rapporti in una comunità di tossicodipendenti in autogestione, e si prefigurò la società futura composta da individui alienati da curare e ricondurre alla vita.

Il tizio assentì e abbozzò un sorriso tirato. «Sei carina, mi piaci, vieni a vivere qui», soggiunse, sporgendosi verso di lei.

Lei rise in modo dolce e accattivante. «Vedo cose anche senza sostanze, il mio raziocinio è fin troppo sottile e profondo, mi pare di sprofondarci, negli abissi dell'intelletto. No, grazie, questo genere di esperienze non fa per me.»

«È vero, sei profonda, si capisce che pensi molto. Lo intuisco dai modi decisi, nonostante l'apparente fragilità. Comunque, io sono Sergio, torna se ne hai voglia», terminò inespressivo. Capì che era alla perenne ricerca di adepte graziose e flebili.«Ci vediamo fra due settimane», confermò decisa.

«Ti aspetto.»

«Se dimentico di passare?» soggiunse.

«Non importa», sorrise dolcemente, una piega anodina. La tolleranza le piacque molto. Lo salutò, uscì all'aria aperta, e la respirò a pieni polmoni, lieta di essere libera nella corrente fresca e leggera.

«Sergio, l'antalgico», mormorò turbata, incurante dei passanti.

"Pareva uno zombie", constatò. "Anche lei sembrava una morta vivente, pur respirando."

Ipotizzò che si stavano bruciando la vita. Qualche sostanza potente e letale di cui ignorava l'esistenza li divorava da dentro. Mai aveva visto, prima d'allora, esseri privi di vita, rallentati e amorfi. Alcuni amici fumavano la cannabis, e lei aveva imparato a riconoscerne gli effetti euforizzanti nel rossore cutaneo, la sete, le sclere lucide. Però mai aveva conosciuto larve come loro. Sperò che smettessero la ricerca incessante di quell'unico piacere, ché per amore di un irripetibile godimento ne perdevano altri mille.

GIANNI E ANDREA

Due giorni dopo.

Quando si svegliò, erano le dieci passate da un pezzo. Aveva dormito sei ore e moriva di sonno. Sarebbe rimasta volentieri a letto, ma doveva ritirare le incisioni e consegnare gli scritti.

Le palpebre si abbassavano se smetteva di pensare all'impegno preso. Non poteva cedere alla stanchezza, si ripromise di tenere acceso il pungolo della puntualità. Era precisa e puntigliosa e, se si profilavano situazioni capaci di mutare il flusso degli eventi, poco importava: il diktat era consegnare i dattiloscritti e ritirare i nastri e avrebbe tenuto fede al compito.

Si vestì, fece colazione e uscì.

Suonò e attese, aprì un ragazzo allampanato, sonnacchioso come lei. La introdusse in un atrio tetro, tante porte sbarrate. Capì che il giovane desiderava rincantucciarsi, malgrado l'ora. Richiuse la porta d'ingresso. «Lo trovi là», indicò un budello buio.

«Là?»

«Dietro quell'uscio», il tizio seccatissimo tese il braccio.

«E se dorme?»

«Cazzi tuoi», sparì dietro una bussola lasciandola al buio.

Scrutò intorno a sé, l'aria indecisa. Fu sul punto di andarsene, ma scelse di rimanere. Bussò, non ottenne risposta. Picchiò ancora, il risultato identico. Provò a richiamare l'attenzione ripetendo a voce alta: «Gian, sono Margherita.»

«Piantala», gridò uno.

Dinanzi alla porta bisbigliò «Gianni, Gian.» Nessuna risposta, ma ci teneva a lasciare i dattiloscritti, perciò inalò aria, prese coraggio, abbassò la maniglia, e sospinse l'uscio. Un fastidioso cigolio la scosse. Nella penombra intravide un ampio letto, avanzò in punta di piedi. Una sagoma si mosse sotto le coperte, forse disturbata dallo scricchiolio dei cardini. Una testa bruna si sollevò, e si protese a guardarla. Riconobbe Gianni, una chioma bionda giaceva nell'incavo della sua spalla, un braccio esile e candido gli cingeva il petto.

«Scusa, un tipo mi ha detto di entrare», tentò di nascondere l'imbarazzo. Gianni si sciolse dall'abbraccio, e sedette a torso nudo sul letto. Rita si accostò. Dal groviglio delle lenzuola ora emergeva un busto niveo, la faccia sprofondata nel cuscino, una nuvola di riccioli corti sulla nuca. La capigliatura ricciuta si mosse pigramente, e lei intravide il profilo di Andrea. Salutò incerta.

«Ciao», risposero entrambi.

Rimase immobile nella stanza a una certa distanza da loro. Le ante erano accostate, dalle persiane scorrevoli filtrava una luce discreta, che tingeva d'arancio il copriletto bianco disteso sul letto matrimoniale. Fasci di luce polverosa si rifrangevano sulle specchiere di due armadi. Il controluce diluiva i contorni della libreria accanto a un tavolo su cui era posizionata una coppia di lampade. Era su quel tavolino spoglio che studiavano intere notti, dedusse.

«Fa freddo, infilati qui», la invitò Andrea picchiando la palma sul materasso. Marita esitò.

«Salta dentro, vieni, se hai voglia di calore», la invitò Gianni.

Sedette sul letto, abbassò la cerniera degli stivali, li tolse e li lasciò cadere sul pavimento, un tonfo sordo, e si afflosciarono sotto il letto, come due gatti acciambellati.

«Mettiti in mezzo», propose Andrea.

Lo assecondò. «E ora che cosa facciamo?»

«Mi rimetto a dormire», si girò dall'altra parte.

Mara fissò Gianni, l'aria interrogativa. «Noi ripassiamo. Prendi tu il quaderno. Sono nudo, ma se vuoi, mi alzo.»

«Vado io», si affrettò a rispondere. «Sei indecente, potresti infilarti almeno le mutande», suggerì scavalcandolo.

«Sarai accontentata», si abbassò a frugare nel secondo cassetto del comodino, tolse un paio di slip bianchi. «Passami i pantaloni.»

«Dove sono?»

«Sulla sedia accanto al tavolo. Allungami anche la maglia.»

Afferrò il calzone e glielo lanciò in faccia, ma lui lo prese al volo, e, girandosi di lato, evitò i bottoni sui denti. Fece lo stesso con il maglione. Gianni colse anche quello. Indossò la biancheria e il pantalone sotto le coperte con qualche lieve contorsionismo, Rita prese gli appunti nella Tolfa e tornò a infilarsi in mezzo a quella strana coppia. «Oggi, si sta a letto tutto il giorno.»

«Perchè?»

«Siamo rimasti svegli tutta la notte», la informò Gianni.

«Come mai?»

«Noi di Lettere abbiamo preparato i manifesti che spiegano i contenuti della riforma Malfatti: il preside Salinari la sta anticipando con le circolari sui piani di studio e gli appelli mensili, in cui ha chiesto al consiglio di facoltà di abolirli. Ma noi vogliamo esporli durante l'occupazione», le spiegò Andrea.

«Quindi si occupa?» assentirono entrambi, «anche Psicologia?»

«Ehm, ehm.»

«Quando?»

«Martedì mattina», ella annuì pensosa.

«Voi avete scritto la petizione e il volantino?» chiese Giò.

«Sì, l'altra sera con Giulia e Marina, quella strana», soggiunse, ma Gianni rimase indifferente. Allora pensò che aveva dimenticato le sue allusioni preoccupate in merito alla biondina. Non parlarono più delle imminenti iniziative e si misero a studiare: uno zelo calmo e scrupoloso, pause assorte, oneste pennichelle sul petto di Gianni, incuranti dell'altro, ignudo come Adamo, immerso in un sonno profondo e sereno a giudicare dal respiro regolare.

CAPITOLO 2

Febbraio 1977

SPARI

Giunse un triste e algido martedì di febbraio.

Quella mattina decise di rimanere a letto: la facoltà era autogestita e le lezioni annullate. Si prevedevano disordini.

Mai aveva partecipato alle sommosse e neppure alle occupazioni: gli assembramenti e i moti della folla le procuravano un tremore ansioso. Però desiderava respirare il clima della protesta, e voleva conoscere gli accadimenti, perciò si teneva informata chiedendo le novità ai protagonisti coinvolti in prima persona. Tuttavia preferiva affrontare i dibattiti sulle questioni e gli atti rilevanti nelle riunioni che si svolgevano in un luogo protetto, come la casa di un compagno, piuttosto che durante un'affollata e caotica assemblea, dove tutti parlavano, e aveva ragione chi urlava più forte.

Erano passati pochi giorni dalla sparatoria, era ancora spaventata e incline alla malinconia, pertanto rimase rintanata in casa, l'umore triste e meditabondo. Dopo colazione, cercò di applicarsi nello studio, ma la ragione e il volere si ribellavano. Quanto più tentava di concentrarsi, tanto più il contenuto mentale si muniva di ali, si librava nell'aria, e fuggiva lontano, indietro negli anni. Quel giorno, il suo fisico abitava a Roma, mentre l'indagine interiore era tornata ad Aquinto. Riemersero vecchi ricordi: si concentrò su Salvo nel periodo in cui faceva l'erborista, il rischio di perdersi tra i lattici, i distillati e i fumi delle piante. L'intero contado temette per la sua salute. Gli amici erano preoccupati, e andavano a trovarlo spesso per scuoterlo dagli esperimenti, e dai lacciuoli della fitoterapia, e delle erbe allucinogene.

Le notizie sulle sue condizioni scarseggiavano, e quel poco che filtrava era nebuloso. Persisteva nelle pratiche erboristiche e sembrava essersi eclissato in mondi fantastici, ove indugiò fino al giorno in cui i papaveri scomparvero dal giardino e rimasero soltanto alcune pianticelle resinose.

Fu allora che smise di fare l'erborista.

«Non vai più in cerca di erbe medicinali?» s'informò Lidia il giorno in cui si recò in visita dai Doria, tutto pelle e ossa, le occhiaie profonde.

«Basta, sono pericolose. Ce ne vuole per liberarsi», tese le sopracciglia, la risata cristallina e un po' infantile. Tutti pensarono che aveva messo giudizio. Ahimè, riservò altre sorprese.

Una notte portò a casa una minorenne: Imma, la ragazza più sciapa e banale della zona.

La scelse per la bonarietà e la cieca obbedienza che gli dimostrava. Lei era innamorata persa del suo Moustaki, e lui riprese a strimpellare la chitarra soltanto per lei, musa silenziosa e adorante. Pendeva dalle sue labbra. Ogni parola che pronunciava si tramutava in oro fuso ai suoi occhioni scuri e imbambolati.

A tal punto erano vacui che Rita la sospettò fumatrice di cannabis, come l'amato. Quando la conobbe meglio, si convinse che i luccichii delle iridi erano l'effetto dell'amore: Imma era complemtamente affascinata, quasi narcotizzata dalle armonie del suo Sal.

*

All'improvviso delle urla rabbiose e disperate echeggiarono nell'aria, distogliendola dai suoi ricordi. Immaginò fossero le grida dei dimostranti. Poi alcuni scoppi violenti infransero lo spazio e fecero vibrare i vetri delle finestre. Li attribuì ai tonfi delle sassaiole o alle esplosioni delle molotov confezionate con le bottiglie piene di benzina, sabbia e chiodi. Ma quando le giunsero dei chiari scoppi di arma da fuoco, sobbalzò sulla sedia e si sentì un'illusa visionaria. Forse l'inventiva le giocava un tiro mancino, ma ai primi rumori secchi seguirono gli echi di strepiti e vocii frammisti all'urlo delle auto civette e alla sirena dell'ambulanza. Allora comprese che qualcosa di grave stava accadendo. Corse alla finestra e guardò in basso, la strada era deserta. Allora rientrò e rimase in ascolto. Passarono alcuni minuti, il citofono suonò.

«Chi è?»

«Massimo.»

«Arrivo.»

Schiacciò il pulsante e scese in fretta. Appena fu nell'atrio, vide l'amico e un altro ragazzo addossati al portone. Aprì, si tuffarono dentro e chiusero la vetrata alle loro spalle. Marita volle sapere che cosa era successo.

«Il finimondo. I fascisti c'inseguono, le sbarre di ferro in mano.»

«Siete feriti?»

«Abbiamo preso qualche pugno in faccia», ammise Max.

«Però li abbiamo pure dati», eruppe l'altro incattivito.

«Mi dispiace, non potete salire.»

«Lo so, restiamo qui, fra poco ce ne andremo», anticipò Massimo, appiattendosi in un canto riparato.

«Non vedo nessuno», disse Marita affacciandosi.

«Siamo riusciti a seminarli», annuì rincuorato.

L'altro tirò un respiro di sollievo e si accasciò sul primo gradino della scalinata.

«Ho sentito degli spari o sbaglio?»

«No, non sbagli. Maledetti», imprecò. «Un avamposto di picchiatori fascisti si è infiltrato nella facoltà di Lettere, ci ha aggredito a sprangate mentre eravamo riuniti in assemblea. Alcuni erano armati e, quando sono scoppiati i tafferugli, hanno sparato. Uno studente è stato ferito, lo hanno portato al Policlinico.»

«Oh! Ma è grave che ci sia tanta violenza in una protesta studentesca», giudicò Margherita.

«Sono stati feriti anche altri studenti e un agente di polizia», aggiunse il ragazzo, l'accento forestiero, scuotendo la chioma bruna cespugliosa cascante sulle sopracciglia incolte. Mai l'aveva visto prima. «Chi sei?»

«Mauro», si presentò laconico.

«È nostro ospite da qualche giorno», precisò Massimo.

Appena la situazione parve più calma, Marita ispezionò la via.

«Non c'è anima viva.» Max si sporse a guardare, il compagno si mosse con cautela, fece qualche passo e controllò a sua volta.

«Andate verso Via del Verano, è riparata», suggerì lei.

«Grazie del consiglio», disse Mauro, Max assentì. La salutarono e uscirono guardinghi. In poche e ampie falcate raggiunsero la strada collinare fra le case e la vegetazione.

*

Quando rimase sola, sentì crescere in lei l'urgenza di partecipare a quelle esperienze decisive. La voglia di comunicare e condividere le idee e le attese prevalse su ogni altro interesse. Decise perciò di sentire Sama.

«Pronto, Giulia. Sono Margherita.»

«Ah, come va?»

«Soffro per quanto accade a due isolati da me.»

«Il ragazzo è in gravi condizioni.»

«Una vittima dell'odio.»

«Grazie per ieri, Massimo mi ha raccontato tutto. Li hai salvati. Hai avuto grane con la padrona?»

«Figurati, neppure se n'è accorta», asserì Marita.

«Ti fai vedere nel Piazzale della Minerva?»

«La folla mi terrorizza, piuttosto organizziamo una riunione per discutere gli avvenimenti, da me è impensabile.»

«Che tipo d'incontro hai in mente?»

«Un dibattito sui fatti da cui possa scaturire un'azione di classe», suggerì.

«Ehm, mi pare una magnifica proposta. Però la discussione deve produrre un documento e azioni costruttive», propose Giulia.

«Ehm, vorrei incontrare studenti d'animo libero legati a varie tendenze politiche, magari appartenenti a diverse aree della sinistra, capaci di discutere, condividere e confrontarsi. Penso a uno scambio da cui possano scaturire idee creative, suggerimenti e iniziative utili.»

«Rita, sei una grande; mi piace il tuo proposito. Già immagino degli slogan e un manifesto politico di taglio giornalistico da diffondere fra i comitati di quartiere e le associazioni di volontariato», s'entusiasmò Sama.

«Che cosa intendi di preciso?»

«Penso di registrare alcune interviste, o delle testimonianze sul significato politico dell'autoriduzione e degli espropri proletari, alle quali aggiungerei le nostre dichiarazioni», specificò Giulia.

«In tal caso il clima sarebbe spontaneo e ognuno si sentirebbe libero d'esprimersi. La nostra ristretta riunione sociopolitica deve lasciare emergere i desideri, le necessità e i sogni, senza sminuire il singolo, assoggettarlo alla pluralità, o ai progetti di un'aggregazione forte», auspicò Marita.

«Mi trovi entusiasta; potremmo ritrovarci da Massimo, c'è anche Mauro, un attivista, che darebbe un contributo rilevante.»

«Posso chiamare qualche amico?»

«Aspetta, prima sento a Max», Giulia si cautelò. «Chi pensi d'invitare?» volle sapere.

«Le solite Bitta e Matilde con Glauco, uno ben informato, che frequenta i collettivi di Veterinaria e Chimica Farmaceutica.»

«Ottimo, ti chiamo appena ho notizie», promise.

*

Le venne in mente Pulce, bambino incapace di scrivere e parlare correttamente in italiano, basso rispetto alla media, gracile, lercio, se paragonato agli altri campagnoli che si inerpicavano sugli alberi, girovagano per i campi, sguazzavano nei ruscelli o nelle pozzanghere o per le vie infangate.

E si chiese con quale miracolo avesse conseguito il Diploma di Maturità e, a breve, la laurea in Medicina Veterinaria.

In prima elementare, era la disperazione della maestra, tanto faceva il dispettoso, l'irascibile e l'attaccabrighe.

A quei tempi si esprimeva in dialetto stretto, ed era affatto migliorato con lo studio. «Penso in dialetto, poi traduco. Per me l'italiano è la seconda lingua. Insomma, faccio il traduttore. Gli esami sono una tortura», si lagnava con lei.

Allora faticava a scrivere nel rigo. La parola mamma occupava un'intera pagina: la "m" a sinistra in alto, la "a" e altre tre "m" in diagonale, e l'ultima "a" in basso a destra. La mamma troneggiava obliqua sul foglio bianco imbrattato di molte sbavature e qualche buco per le cancellature.

«La tua è una mamma gigante», si lasciò sfuggire la maestra. Poi pretese che compitasse due pagine con il lemma *"mamma"*. Lui, la faccia rossa di collera, gettò il quaderno in terra e urlò. «Non ci riesco, se lo sapevo, lo facevo, mai più ci vengo a questa scuola di mmerda», con due emme.

Alla maestra dispiacque come reagì, e lo cacciò dietro la lavagna. Mara dal suo banco in prima fila, accanto alla cattedra, osservava le ginocchia sbucciate e le sottili gambette graffiate dalle stoppie, che sbucavano dal grembiule blu, giurò che mai sarebbe finita dietro quell'enorme lastra d'ardesia nera. Invece, appena la maestra si voltava, Glauco faceva i teatrini a ridosso della parete, suscitando l'ilarità dei compagni, alleati nelle birbanterie, e l'indifferenza indignata delle bambine, solidali con l'insegnante.

*

Fu lo stesso Massimo a telefonarle. «Molti vogliono incontrarsi stasera.»

«A che ora?»

«Verso le nove.»

«Posso invitare gente?»

«Sì, però fate piano altrimenti gli inquilini del palazzo s'infastidiscono, si alzano presto per andare a lavorare, poi si lamentano con la padrona di casa», raccomandò.

San Lorenzo era un quartiere popolare, operaio e rosso: aveva ostacolato la marcia su Roma, guidata da Benito Mussolini, il 28 ottobre 1922. Nel secondo conflitto mondiale aveva subito bombardamenti apocalittici: il 19 luglio del 1943 era lunedì, alle undici del mattino, gli alleati devastarono il borgo con bombe al fosforo, incendiarie. Distrussero tutto, anche il birrificio Roma, in cui perirono fra le fiamme gli operai, che vi lavoravano, e i cavalli da traino. La Guernica romana.

Seguirono gli anni dei dissidi, il '68, i ferrovieri romani, gli studenti fuori sede, gli schiamazzi notturni, i canti, i creativi, gli artigiani, il popolo della notte, i ladri, i pappa, le puttane.

Poi i movimenti, i docenti uccisi, gli attentati, i divellatori, i poveri, gli sventurati senza tetto, i bambini deprivati esasperavano il clima del quartiere pieno di contrasti, soffocato tra memoria, pressione sociale, decadenza, innovazione e cambiamento.

Gli disse che avrebbe portato un vassoio di cantuccini alle mandorle e una bottiglia di vino aglianico della vigna di nonno Luigi, e lui ne fu entusiasta.

Pianificò l'evento con gli amici che non conoscevano Max.

«Venite verso le otto da me», puntualizzò.

Presto avrebbe rivisto Giorgio. Dalla caverna psichica emerse una profonda nostalgia mista a sicurezza e tranquillità: che bisognava fare delle rinunce, in nome di principi più elevati, glielo aveva insegnato lui.

Era un giovane attraente e molto popolare tra le fanciulle della cittadella universitaria per via delle doti amatorie piacevolmente esercitate nei loro letti. Lo aveva conosciuto a maggio del settantacinque, in occasione di una festa, la prima a cui aveva preso parte dietro insistenza di Giulia.

L'aveva stregata, una collisione stellare che poteva evolvere nella creazione di nuovi mondi. Poi si era reso protagonista di un episodio spiacevole che glielo aveva reso odioso. Da allora mai più lo aveva incontrato, neppure per caso.

Quando chiudeva con qualcheduno, era per sempre.

STUDENTI

Si erano conosciute nel 1975 tramite un annuncio in bacheca.
"Vendesi libri del secondo anno e dispensa di Psicologia. Chiedere di Giulia", lesse, annotò il numero sul taccuino e chiamò. S'incontrarono in biblioteca, le regalò degli appunti e le vendette alcuni testi essenziali. «Li cedo per acquistare il materiale didattico ai bambini disagiati», le spiegò.

Questo bastò a suscitare una viva ammirazione che presto si tramutò in stima. Nacque una simpatia vicendevole, ogni tanto condividevano una serata.

Margherita accoglieva volentieri l'invito, soprattutto se si prospettava un film d'autore, uno spettacolo teatrale, un concerto, un seminario di approfondimento. Sama aveva la fissa della mezzana, le voleva affibbiare un fidanzato a tutti i costi, tolto a caso dal mazzo. «Vedrai, ti trovo un bel tipo», ripeteva, ignorando che la sua singletudine era una scelta.

Marita gliel'aveva spiegato, ma lei seguitava a invitarla a balli, gite, pasquette, capodanni, e puntualmente le propinava qualcuno.

L'aveva persuasa a partecipare alla festa di compleanno del suo fidanzato, un'occasione per inaugurare il nuovo appartamento in cui si era traferito da poco con due coinquilini. Aveva acconsentito, purché le risparmiasse un incontro al buio. La inibiva fare coppia fissa con un tipo che la stringeva su una mattonella nella penombra di una stanza, il bacino voglioso: avversava l'uso masturbatorio del proprio corpo.

Samaritana giurò e tenne fede alla promessa.

Passò a prenderla, e, quando giunsero a destinazione, la presentò ai convenuti. «Ragazzi, lei è una mia amica, socializzate se ne avete voglia», allarò le braccia in un gesto circolare ad accogliere tutti.

Lei accennò un saluto di cortesia, fece gli auguri al festeggiato, e cercò un cantuccio appartato in cui isolarsi. Vide una seggiola libera vicino al balcone, e, siccome faceva già molto caldo, vi si sedette.

Massimo andò in cucina. «Lo aiuto a preparare il buffet», annunciò l'amica prima di sparire dietro la parete di cartongesso, che separava la sala dalla zona cottura.

Marita si finse distratta per studiare meglio gli ospiti. Si avvide che, tra le coppie già formate e quelle in fase di studio, c'erano tanti cani sciolti, i maverick di turno.

Fra loro notò un tipo che sedeva su una poltrona sdrucita accanto all'impianto stereofonico. Mixava la musica, gestiva il giradischi e il mangianastri. Da come si muoveva nelle stanze e dalla dimestichezza con cui governava gli oggetti, doveva essere un inquilino, immaginò.

Aveva il fisico atletico e una fisionomia intensa, riccioli neri cortissimi, le cornee scure, lucide, inespressive e fisse da predatore marino. Quale, avrebbe deciso.

Aveva fascino, non si poteva definire bello, ma fusto. Lo classificò fra i seduttori seriali: ce l'aveva scritto nelle sottili pliche labiali e in ogni poro cutaneo.

Si ripromise di evitarlo, poiché gli piaceva troppo, e, giacché ne ignorava il nome, lo battezzò amatore d'annata.

L'aria tenebrosa e lo sguardo aggrottato parevano dire: "Ti seduco e ti scopo, ma poi devi uscire dalla mia esistenza."

Il Barracuda, infine individuò il carnivoro tropicale che gli equivaleva, alternava i brani di musica rock a qualche pezzo disco e pop. Quando mise sul piatto *All by myself*, le coppie si posizionarono sulle rispettive mattonelle. Un ragazzo la studiò di sottecchi, poi la invitò. Volentieri si lasciò cingere. Le danze lente andarono avanti mezz'ora, interrotte a cadenza regolare dal fastidioso scampanellio. Ogni volta il bello-amatore-dannato si alzava, andava ad aprire e introduceva i nuovi arrivati. Seguiva un distratto cenno di saluto da parte dei maverick, mentre le coppie di vecchia data e quelle nate da pochi minuti si contorcevano avviticchiati, ignorando tutti, persi nel reciproco abbraccio.

Sul buffet ben figuravano zuppiere, vassoi e piatti ricoperti con carta stagnola e bottiglie ancora chiuse. La faccenda le parve strana, ma evitò le domande. Doveva esserci una spiegazione se le vivande erano coperte, prima o poi il motivo sarebbe emerso, trattenne un crescente brontolio di stomaco e si dispose all'attesa.

Un'altra fu meno diplomatica di lei, oppure aveva più fame, e pronunciò un bramoso: «Scusate, ma chi stiamo aspettando? quando si comincia?»

Tutti la fissarono, e lei ammise. «Ho appetito. Oggi il cibo della mensa era disgustoso.»

«Aspettiamo il nostro coinquilino», reagì lo squalo d'annata.

Marita vide confermata la sua ipotesi: viveva con Massimo e lo sconosciuto ritardatario.

«Arriverà tra poco, torna in anticipo dal paese per la festa.»

«Che cosa ci è andato a fare? e le lezioni?» si preoccupò un tipo barbuto, facendo seguire una sciocca risata.

«Frequenta i corsi, eccome», assentì il bel tenebroso. «Ignoro perché sia partito», replicò seccato.

«Scusa, era una battuta», si schermì lo sprovveduto, intorno a lui calò un silenzio di riprovazione.

Una voce squillante infranse l'imbarazzo. «'Ndò stanno i padroni di casa?»

«Indovina, ha, ha», il barba che gli sedeva accanto emise uno sghignazzo e mosse il pugno avanti e indietro.

«Smettila, cretino», lo apostrofò lei, afferrandogli il braccio a mezz'aria.

«Ho risposto alla tua domanda», gracchiò.

«Evita i gesti, un po' di delicatezza», suggerì arrossendo.

«Tse, vabbè», scrollò le spalle.

Col trascorrere dei minuti, gli ospiti davano evidenti segni di insofferenza, le facce scure di languore. Sedevano mogi e silenziosi chi sulle sedie, chi sopra le poltrone. I fortunati, che erano giunti per primi, mantenevano le postazioni sul sofà, mentre i ritardatari si erano accovacciati sui cuscini allineati sul pavimento.

A un tratto, udì uno squillo diverso: tre trilli nervosi e secchi si susseguirono a intervalli regolari.

«Eccolo, è lui», Barracuda strabico si fiondò nell'ingresso. «Ah, finalmente. A momenti la gente diventava rabbiosa.»

Tutti udirono ché la voce sovrastò le note.

«Potevate iniziare, l'autobus era in ritardo», si giustificò.

«Fossero puntuali una volta», proruppe l'altro.

«Ho portato la roba», annunciò la voce.

«Prendila tu, lascio la valigia e mi dò una sistemata.»

Il DJ rispuntò, un involto coperto da un tovagliolo a grossi quadri blu e bianchi tra le mani. Fece spazio sulla tavola, slegò i nodi della mappatella e scoprì due vassoi oblunghi sovrapposti, sollevò i coperchi su spesse fette di pecorino e salame contadino, un affronto all'appetito famelico.

«Ehi, guai a mostrare quella roba ai morti di stenti», si lagnò uno.

«Ora s'inizia», lo redarguì seccato. «Aspettiamo il festeggiato che se l'é svignata. Massimo, si comincia», gridò.

«Vengo», rispose dalla zona notte. Un coro di risate echeggiò nella sala.

Barba sollevò di nuovo il pugno e ribadì. «Vedi, è come ti dicevo», rise di gusto, volgendosi alla vicina, che gli assestò una scoppola sulla nuca. Lui si scostò lesto per evitare altre percosse. La coppietta ricomparve con l'atteso ospite.

«Ragazzi, Lele, il nostro coinquilino», annunciò Massimo.

La sorpresa di Marita fu incommensurabile quando riconobbe l'amico d'infanzia. Anche lui fu sorpreso dalla sua inattesa presenza. Le lanciò un sorriso complice, salutò i presenti uno a uno, stringendo mani a destra e a manca, si fermò dinanzi a lei.

«Lei è un'amica di Giulia», disse Massimo che aveva colto la sua esitazione, ma egli spalancò le braccia e accolse Rita in un abbraccio caloroso. La baciò su entrambe le guande. «Come stai?»

«Bene, e tu?»

«Anch'io.»

Max rimase sbalordito. «Vi conoscete», dedusse.

«Da ventiquattr'anni», gioì Lello.

«Una vita», aggiunse lei. «Siamo stati compagni di classe e abitiamo vicino», svelò lei.

«Ma ci siamo persi di vista», aggiunse lui. Oramai avevano superata l'età dei bisticci infantili e del drago fumante dell'adolescenza, in cui si privilegiano le amicizie del proprio genere, perciò rimasero appiccicati l'uno all'altra l'intera serata. Avevano molte novità di cui parlare, antichi ricordi da rivangare con morale rinnovata e consapevole.

Fu piacevole ritrovare il vecchio amico di giochi che, con Glauco, le aveva riservato tanti dispetti nella lieve infanzia. Ora tutto le appariva stupendo, persino le burle, le birichinate e le sassaiole con cui si erano sfidati i maschi contro le femmine nei giochi pomeridiani, o le imboscate serali, quando le rispettive combriccole lasciavano la sezione del partito, dov'erano andate a vedere la Tivù dei ragazzi e i cartoni animati di Yoghi e Bubu.

I ragazzini, nascosti in un fienile o dietro una siepe, scagliavano loro le pietre che, se coglievano il bersaglio, lasciavano i lividi. Le fionde servivano a lanciare le castagne sui teneri glutei. Per fortuna spesso facevano cilecca. In genere le bambine avevano un margine per scappare, o contrattaccare coi sassi che trovavano sul ciglio della strada, i lanci alla cieca. Invece i bambini sbucavano, miravano e si acquartieravano di nuovo. La sassaiola delle femmine più che altro serviva a bloccare la fitta gragnola, quanto bastava a sottrarsi al tiro nemico.

Ricordarono i tempi passati che ora gli parvero mitici.

Mentre ballava fra le braccia di Lele, più volte colse su di sé lo sguardo di Barracuda.

Durante la serata le coppie si alternarono nelle camere. Se giungeva qualche gemito, lui aveva l'accortezza di alzare il volume. I figli della love generation godevano liberi e nudi, facendo la cosa più antica del mondo. Lei si limitò a chiacchierare e a danzare.

Quando anche gli ultimi ospiti si furono congedati, e seppe che

Sama avrebbe dormito là, si affrettò ad andarsene.

Il seduttore le si accostò, lei rimase incantata dal suo strabismo.

«Piacere, Giorgio. Nessuno ci ha presentati, mi presento da solo», le porse la mano.

«Molto lieta, Margherita», gli strinse la palma rovente.

«Lo so, ti conosco di fama», disse in tono complice.

«Ah, sì?»

«Parla spesso di te.»

«Davvero?»

«Certo.»

«Parla, come?»

«Bene.»

«Ah!» lei rise.

«Torni da sola?»

«Sì.»

«Hai paura?»

«Un po', mai sono rientrata così tardi», ammise.

«È quasi l'alba, le strade sono deserte.»

«Meglio», fu il suo laconico commento.

«A quest'ora in giro ci sono le prostitute, i magna e i travestiti», aggiunse.

«Ah.»

«Ti accompagno.»

«No, grazie», rifiutò.

Lello aveva seguito la conversazione e intervenne. «Vengo anch'io, non ti lascio mica da sola con lui», aggiunse aggrondandosi. Giorgio gli lanciò un'occhiataccia. «Andiamo», ordinò Lele. Lui fu costretto a subire la decisione.

Quella notte, rischiarata a Oriente dai rossori dell'aurora, rincasò fra due scudieri protettivi, autentici cavalieri guasconi. Camminarono sul selciato delle vie, spiati dalle lunghe ombre cieche, inseguiti dalle risonanze dei loro passi nei vicoli stretti e beffardi, echeggianti al cosmo la loro presenza. Il rimbombo, perso nell'immoto silenzio della notte, giungeva soffuso agli abitanti addormentati in quell'antica e meravigliosa caput mundi. Margherita sperò che nessuno si svegliasse.

MOVIMENTO

Quando giunsero a destinazione trovarono un'atmosfera rovente. La fumosità soffocante vibrava rabbia e dolore.

Giulia appese le loro sciarpe e i cappotti all'appendiabiti, poi li introdusse evitando i formalismi.

I cognomi borghesi erano di scarso conto nel contesto rivoluzionario, in cui prevalevano gli ideali, e dei militanti si conosceva solo il nome di battaglia, per non compromettere l'intero organismo in caso di arresto.

Alcuni badarono affatto a loro. Altri si voltarono appena a guardarli, accennarono un saluto e ripresero ad ascoltare un ragazzo asciutto e nervoso, i capelli fini e lunghi divisi in due bande appiccicose, che teneva in pugno la conversazione.

«Lui è il Leader del comitato studentesco», accennò Sama. «La Rossa, che pende dalle sue labbra, è la sua ragazza. Invece quel ragazzino sta sia nel partito, sia nel movimento», indicò uno sbarbatello seduto accanto alla finestra.

«Chi sono gli altri?» domandò Marita.

«Studenti noti per l'impegno», rispose Sama, mentre si avvicinavano a Massimo. «Ho invitato compagni di diversa estrazione per avere un confronto più ampio sugli incidenti e decidere la nostra posizione.»

«Non vedo Mauro», bisbigliò Marita.

«È partito oggi pomeriggio, un'emergenza», le spiegò.

Il capo parlava a ruota libera, e nessuno osava interromperlo. Ella opinò che fosse un leader carismatico, uno di quelli che si esprimono con paroloni altisonanti, sconnessi e criptici.

«Questa mattina un corteo di cinquantamila protestatari si è diretto al Policlinico, dov'è ricoverato in gravi condizioni il compagno ferito», fece una pausa drammatica e riprese. «Poi ha sfilato in via Sommacampagna e si è fermato davanti alla sede del Fronte della Gioventù. Alcuni sono entrati d'assalto e l'hanno incendiata», terminò scostandosi dagli occhi una ciocca umidiccia di sudore, lacrimogeni e polvere cinerea.

«Gridavamo tutti Sommacampagna è bruciata, la nostra vendetta è appena cominciata», l'imberbe gli rubò la scena.

«Tu che cosa ne sai?» opinò lui.

«Ero là», seguì una sospensione.

«Allora raccontaci quello che hai visto, compagno», lo esortò accigliato. «Chi sei?» un'ombra di diffidenza gli passò nelle iridi.

«Faccio parte del Comitato di Lotta.»

«Ehm, come sono andate le cose? purtroppo ero in testa e non ho assistito all'azione», ammise il Leader.

«I manifestanti si dirigevano verso la Facoltà del Magistero, che era già stata occupata. In Piazza Indipendenza una cento ventisette bianca è sbucata all'improvviso ed è penetrata in coda al seguito. Sono scesi due uomini e hanno iniziato a sparare raffiche di mitra. I dimostranti si sono dispersi in preda al panico. Pensavamo a un agguato fascista, invece erano agenti in borghese», narrò il pischello.

«Sono rimasti feriti uno degli agenti e i due studenti armati che hanno risposto al fuoco», suppose colui che sembrava il capo. Lo sbarbatello assentì, l'aria proterva.

«Adesso inizia il peggio: uno dei loro è stato centrato. La vittima dà loro il pretesto per le azioni di forza; non doveva accadere, mai bisogna toccare le persone», sentenziò Leader con riprovazione.

«Nessuno sospettava chi fossero; erano in borghese, avevano mansioni speciali per le manifestazioni», il Pivello era ben informato.

«Noi condanniamo la violenza. Perchè i compagni erano armati?» il leader definì la sua posizione.

«Per difendersi dai fascisti», ammise il giovane del Comitato di Lotta.

Il capo dissentì con un cenno deciso. «Però hanno sparato ai poliziotti delle squadre antisommossa.»

«Erano travestiti da dimostranti.»

«Chi ha aperto il fuoco?»

«Loro», assentì lo sbarba.

«Quindi confermi quanto è stato detto durante l'assemblea: i poliziotti hanno innescato la sparatoria», alcuni dei presenti annuirono.

«Che cosa avete stabilito?» Massimo pose la domanda risolutiva che era nella mente di tutti.

«Abbiamo chiesto l'abrogazione della circolare. Ovviamente ci siamo schierati contro l'agguato poliziesco», il Leader scostò i ciuffi umidicci dalle rughette grinzose.

«Nel frattempo, alla Camera, la commissione della pubblica istruzione ha vincolato il ministro a sospendere a tempo indeterminato la circolare sui piani di studio», Rita riferì una notizia aggiornata del telegiornale.

«Sono stati costretti; altro che sospesa, va abolita», terminò Leader fra gli applausi. «Compagni, vado, mi aspettano per decidere le prossime azioni», salutò, l'aria spossata, e uscì insieme alla ragazza dalla chioma amaranto.

La tensione si alleggerì. Mara prese la parola con una riflessione individuale sugli eventi, che valutò ambigui e contraddittori. Troppi interessi, molti dei quali sotterranei, confluivano nel Movimento, asserì. «Le circostanze di oggi derivano dalla crisi economica e sociopolitica. Le manifestazioni studentesche, le proteste sociali e sindacali continueranno fra incognite e inutili spargimenti di sangue», terminò crucciata. Molti annuirono.

«Tuttavia ci sono anche fermenti culturali, programmi sindacali e compromessi politici», avallò Matilde. Glauco assentì con gesti decisi di vivo apprezzamento.

«Però il sessantotto ha cambiato i costumi. Parlo sia delle forme esteriori: i capelli corti e l'eschimo, sia degli ideali: sono spariti i gesti e i simboli pacifisti, e i messaggi d'amore. La controparte sono le nuove attività aggressive e i linguaggi minacciosi», osservò Giulia, intuendo il rischio che le mete del sessantotto recedessero e le rivendicazioni degli studenti fossero fraintese.

«Sono tempi critici: i sistemi burocratici e le contro riforme regressive rischiano di vanificare le recenti conquiste», opinò Mara.

«Dobbiamo manifestare e combattere per mantenere le mete che i nostri fratelli maggiori hanno ottenuto anche per noi», fervé l'attivista testimone della sparatoria.

Marita era contraria alle offese contro i beni e i corpi e riprese la parola. «Va chiarito che, se la protesta pacifica è accettabile, la violenza, gli atti vandalici e i saccheggi vanno condannati», ribadì assentendo.

Brigitta si unì a lei. «È necessario fare sentire che rifiutiamo le azioni aggressive. La contrapposizione alle ali estremiste, che spingono gli adepti a imbracciare le armi, dev'essere un grido unanime.» Lellino la scrutò con sguardo meravigliato, come fosse di fronte a Monna Lisa, bella, affascinante e pacifista. Glauco incassò il collo. «Purtroppo alcuni sono armati di Skorpion & P38.»

Matilde assentì. «Sono in atto guerriglie fratricide fra studenti e ceti medi contro i poliziotti, anch'essi figli dei contadini o dei proletari di città. Stiamo assistendo a un conflitto fra poveri», confermò.

Molti annuirono. «Condivido, però si sono compiuti gesti inaccettabili: le sprangate e le sassaiole ai danni dei cellerini si sono sprecate. Hanno devastato oggetti, mobili, attrezzature, strumenti didattici, e hanno rubato cibo durante le sfilate e le occupazioni», riassunse Lele.

«Lo scorso anno ci furono disordini e saccheggi persino al Parco Lambro, durante il Festival del Proletariato Giovanile. Avete letto le notizie?» chiese Brigitta. Margherita assentì scossa da una risata sarcastica, poiché si accorse che i suoi amici d'infanzia stavano davanti a lei assorti in adorazione di Matilde e Brigitta e che il sentimento d'attrazione e d'incondizionato apprezzamento era reciproco.

«Furono poco dignitosi gli espropri proletari al più vicino supermercato e l'assalto al camion frigorifero Motta, che poi era degli organizzatori. E i poveri polli congelati», criticò Matilde in preda al disgusto.

«Avevano fame, li arrostirono nel campeggio improvvisato», Massimo ironizzò sull'insolita circostanza.

«Eh, magari. Li usarono anche per giocare a calcio», intervenne Lele.

«E tu come lo sai?», replicò Max.

«Io c'ero in quel bordello. Si vedeva di tutto. Nella bolgia infernale girava gente di ogni tipo: nuda, strafatta, esaltata, violenta.»

«Mi pare di aver riconosciuto il tuo culo su un giornale», scherzò Glauco, ridacchiando della propria facezia.

«Quale culo?» si accigliò. «Ehi, amico, approfitti del patto di sangue stipulato quando ruzzolavamo per i campi e ti sfidavo a catturare le rane negli stagni e nel fiume Calente e le serpi nei crepacci», ricordò.

«Ammettilo che stavi anche tu frattaglie al vento», continuò a stuzzicarlo.

«Ero vestito», ribadì Lele, l'aria di fregarsene di chi era ignudo e chi indossava jeans e maglietta.

«Bah, quante canne ti fumasti?» riprese a pungolarlo l'amico.

«Neanche una, tenevo alla larga i fotografi, gli scalmanati, quelli strafatti e i violenti», asserì Lello.

«Ma che aria tirava in realtà?» volle sapere Tilde.

«L'atmosfera era diversa dalle precedenti edizioni, ebbi la sensazione che la folla fosse là per tutt'altro che la musica. Musica se ne faceva tanta e di ottimo livello, ma sembrava marginale. Erano arrivati in troppi da ogni parte d'Italia. Attratti chissà da che cosa?, di sicuro non solo il concerto», suppose Lele. «Quella che doveva essere l'isola felice divenne un campo di guerriglia. I candelotti lacrimogeni volavano in mezzo agli alberi e la polizia minacciava un'irruzione per sgomberare il Parco. L'aggressività si espresse contro gli organizzatori, i cantanti, gli omosessuali, il cui stand fu distrutto, le femministe, che si difesero a colpi di chitarra, gli spacciatori di eroina, e persino contro gli eroinomani, che volevano idealmente proteggere.»

«Quanti eravate?» fu Giorgio a parlare.

«Più di quattrocentomila lo scorso anno. I precedenti festival erano meno affollati», puntualizzò, intanto il Pivello fremeva per intervenire.

«Ah, troppi. Era arduo controllare ogni zona del parco. Perciò vi furono le aggressioni e i saccheggi», osservò Marita, la quale ben sapeva che certe situazioni liberano i freni inibitori e scatenano l'aggressività del branco. Allora si compiono gesti violenti e inconsulti nel credo di presunti diritti o cedendo a un erroneo senso di rivalsa.

«Hai partecipato a tutte le edizioni?» insistè Giorgio, che aveva sempre rinunciato per seguire l'amante di turno.

«Mi pare di sì», Lele esitò.

«Chi sono gli organizzatori?» proseguì Barracuda.

«I redattori della rivista Re nudo. L'ultima edizione si svolse dal ventisei al ventinove giugno, il motto era: "Facciamo che il tempo libero diventi tempo liberato." Solo che i razziatori di pollastri oltre il tempo liberarono anche gli istinti famelici e brutali», commentò Lello, ridendo della fame atavica proletaria. Il pischello approfittò del sua risata per inserirsi nel discorso.

«C'erano anche i fricchettoni, là hanno dissotterrato l'ascia di guerra, ribattezzandosi Indiani Metropolitani», soggiunge confortato da Marita.

«Sicuro, è un dato acquisito che all'interno di una comunità si agitino molte anime. Nel movimento ci sono le femministe, gli autonomi, gli estremisti di destra e dell'estrema sinistra e i freak, quelli strani», confermò mentre Giulia e Max uscivano dalla cucina, in mano un cestino di cantucci e un vassoio coi bicchieri colmi del violaceo aglianico.

«Giustissimo», proruppe Bitta. «Mi viene in mente che il manifesto dei Circoli Giovanili Milanesi esibiva i pugni che stringono il tomahawk con la scritta: *Abbiamo disseppellito l'ascia di guerra*», terminò più interessata ai pasticcini e al vino che ai fricchettoni e agli happening nazionali.

«In quale area politica si muovono?» s'informò Matilde, prendendo un dolcetto alle mandorle.

«Rappresentano l'ala creativa e moderata della sinistra», tenne a precisare Pivello, centellinando la bevanda.

«Appartengono al proletariato urbano?» Tilde pareva affatto convinta.

«Mah, forse», dubitò Lele.

«Le prime notizie sugli IM le ho lette sui quotidiani. Risalgono al venticinque dicembre del settantacinque, quando qualche corpuscolo scrisse frasi blasfeme a dispregio della chiesa. Imbrattò persino dei reperti storici romani e si firmò Gruppo Geronimo», rammentò Marita, il pischello confermò.

«A ben pensarci la nostra è un'epoca in cui si può leggere la storia sui muri cittadini», eruppe Sama.

«Che cosa intendi?» puntualizzò Matilde.

«Per strada, accanto ai vecchi simboli di pace e amore, o vicino alla circonferenza bianca e nera di Yin e Yang, leggo altri messaggi, meno pacifici e rassicuranti», spiegò Giulia.

Marita assentì. «I motti pacifisti *Amore libero*; *Facciamo l'amore, non la guerra*; il mistico *Dio c'è*; il qualunquistico e romantico *Ti amerò per sempre* hanno lasciato il posto a scritte originali, alcune ingenue e speranzose, altre evocano oscure minacce», soggiunse Mara che notava le nuove diciture sulle facciate degli edifici del quartiere San Lorenzo.

«Sei mitica, splendida osservazione. Ogni giorno compaiono nuovi graffi. Chissà se c'è ancora la scritta: *Decreto lo stato di felicità permanente?*» Tilde sospirò.

«Forse l'hanno cancellata», dubitò Brigitta.

«Chissà chi l'ha pensata?» Matilde s'intristì.

«È una frase bellissima, ma utopica», considerò Bitta.

«A ben pensarci, in principio leggevo molte iscrizioni fiduciose: *Nessuno tocchi Caino* oppure *Viva la Radio Libera*. Poi sono comparsi slogan oscuri: *Lotta allo stato*, *La lotta armata vincerà*. Dici bene tu, i graffiti urbani descrivono il clima e la storia dei nostri giorni», ammise Glauco.

«Già, esprimono idee fragili e contraddittorie, le nuove utopie, il clima confuso e carnevalesco. Però vedo anche tanta creatività. C'è di tutto: scritte inneggianti a Marx, Gramsci e Mao Zedong, volantini ciclostilati e manifesti del tipo *PCI = Nuova Polizia*», convenne Margherita, in mente le sigle che si spartivano la ribalta rivoluzionaria e individuavano nel PCI il principale nemico da affrontare.

«Ignoro il significato dei misteriosi acronimi sui palazzi, sui ponti e i cavalcavia, dentro le metropolitane, le stazioni e persino sui monumenti storici», ammise Brigitta.

In quel periodo si sprecavano le sigle e i neologismi per definire i corpi dell'estrema sinistra e della destra, che si contrapponevano nelle piazze e nella delimitazione dei territori urbani in cui agivano secondo modalità spesso sommerse e clandestine, in tutto simili ad animali nella giungla antropica.

«Che senso hanno le sigle? quali ideologie ci stanno dietro?», continuò con una risatina imbarazzata, che era estranea al misterioso senso delle iniziali, ma proveniva dall'effetto euforizzante del nettare purpureo. «Chi sono i NAP, i GAP, PL, BR?» Come tanti, ella misconosceva le strategie, le azioni, le persone coinvolte nei vari corpuscoli: *Gruppi d'Azione Partigiana, Nuclei Armati Proletari, Prima Linea, Gruppi di Autonomia Operaia, Lotta Continua* e *Brigate Rosse.*

«Aggiungi anche l'estrema destra: i *NAR, Nuclei Armati Rivoluzionari, Ordine Nuovo, Ordine Nero, Terza Posizione, Avanguardia Nazionale*», disse Glauco.

«Ragazzi, fondiamo un collettivo», propose Max.

«Con quale finalità?», chiese Giorgio.

«Condivisione, analisi del processo, volantini.»

«Come lo chiamiamo?», domandò Marita.

«Scimmia Verde, un omaggio a Brigitta», propose Sama sorridente.

La proposta fu accolta. Produssero anche un documento da distribuire l'indomani agli studenti, in cui riportavano la notizia dell'aggressione del FUAN all'università.

"Alle undici del mattino, sui muri di Lettere degli enormi manifesti spiegano i contenuti della riforma Malfatti... Picchiatori fascisti entrano nella città universitaria e si dividono in due gruppi: il primo va verso la facoltà di Legge, il secondo verso Lettere. Sono armati e distribuiscono un volantino firmato FUAN-Caravella contro la riforma Malfatti. Volano in frantumi vetrate a Legge,

Scienze politiche e Scienze statistiche. L'altro gruppo si dirige verso Lettere urlando: «Morte ai rossi». Assaltano la facoltà e poi fuggono. È a questo punto che fanno uso di armi da fuoco. Cade Guido Bellachioma, uno studente di 22 anni del collettivo di Lettere. Una pallottola lo ha colpito alla nuca. Al Policlinico i medici lo giudicano subito gravissimo. È ferito anche Paolo Mangone[11]".
Agitazioni contro il progetto di riforma Malfatti si svolgono anche a Torino, Pisa, Cagliari, Sassari, Bologna, Milano, Padova.

2 FEBBRAIO 1977

Il giorno seguente, mercoledì due febbraio, migliaia di giovani si ritrovarono a La Sapienza, dov'era avvenuto il blitz dei neri, e diedero vita a una violenta dimostrazione. Anche nel resto d'Italia gli studenti occuparono molte sedi universitarie e numerose scuole superiori.

Marita si chiuse fra le mura sicure. Nella solitudine considerò il suo vissuto. Aveva iniziato gli studi accademici in un periodo storico molto complesso; respirava i fumi dei fenomeni sociopolitici e le inquietudini rivoluzionarie, il peso rilevante, e ne subiva gli influssi. Tuttavia perseguiva gli scopi privati: privilegiava lo studio, in cui si smarriva, seguiva i corsi e studiava in vista degli esami. Aveva fretta di laurearsi, dato che la vita studentesca aveva un notevole costo sia a livello economico, sia emotivo. Per queste ragioni si concentrava nell'apprendimento e nella crescita culturale, e badava al benessere psicofisico. S'era preparata con scrupolo agli esami, nonostante le turbolenze, le occupazioni, le proteste impedissero il regolare svolgimento dell'anno accademico.

Sapeva che gli anni inconsapevoli stavano per finire, ma il suo viso appariva ancora una pratolina gentile. Il fisico deperito e l'aspetto alieno, avulso dal contesto, erano la sua corazza salvifica. La corporatuta sottile, l'ovale perfetto, pallido e smunto, allontanavano gli scopatori seriali intimiditi dalla ieraticità del suo aspetto da santa adolescente. Viveva inconsapevole nel suo mondo sbadato.

Sembrava un'intellettuale seriosa o ingenua, secondo l'anima di chi la guardava.

Si muoveva in maniera graziosa fra le persone, in perenne ricerca di relazioni positive e belle di cui nutrirsi. In verità desiderava incontrare l'altro nell'amore, e l'amore nell'altro.

La lasciava indifferente la visione di un ragazzo, cui dedicare la vita, o un'amica speciale, sulla quale riversare le onde dei sentimenti, o una famiglia da coltivare. Ella desiderava avvicinare l'umanità, la natura, gli animali, le piante, la totalità dei viventi che considerava corpi amati del suo mondo. Cercava di instaurare con i simili un contatto empatico e spirituale, sino a spingersi nella percezione extrasensoriale di ciò che dell'alter percepiva coi sensi oltre i sensi.

Negli istanti in cui si sentiva più debole bramava la guida, la protezione del padre, che il maledetto ghiaccio le aveva rapito. Un giorno il suo compagno le sarebbe venuto incontro, e lei lo avrebbe riconosciuto.

Se guardava dentro di sé intravedeva il lato maschile, il genitore interiore. Esisteva, viveva, aveva successo, come un maschio, l'esasperato aspetto delicato e femmineo.

Frequentava i corsi e si applicava nello studio. Talvolta mangiava alla mensa coi compagni, senza conoscere nessuno di loro. Si fidava di pochi, parlava a molti, ma si svelava solamente agli intimi. Gli altri si scoprivano persino meno di lei, erano affascinanti misteri. Ella concedeva poca intimità, contava su se stessa. Proseguiva senza perdere di vista i propri obiettivi. Appariva algida, sottile di troppo studio. Gli impegni la indebolivano e la fragilità emotiva la stremava.

Avvertiva i fermenti sommersi della sua generazione. Le atmosfere sotterranee e clandestine la permeavano. Sebbene fosse solo una comparsa, intuiva la crescente agitazione sociale e l'ansia sottocutanea, ancora prima che tutto avvenisse.

Era profetica, un vate cieco e frangibile.

Percepiva i problemi generazionali: il sesso, gli aborti clandestini, le occupazioni, il terrorismo, la droga. Conscia del proprio candore, evitava i guai, i pericoli, le scelte dannose. L'intelligenza le dava tre grandi virtù: la tolleranza, l'adattabilità e il cambiamento.

Aveva idee precise e coerenti. Disprezzava il qualunquismo.

Stava dalla sua parte; impegnata e mai estrema, era saggia e riflessiva, tutt'altro che bacchettona.

Una volta qualcuno la invitò a un convegno politico in facoltà. Decise di andarvi, spinta dalla curiosità: l'oratore era un celebre sociologo. Si ritrovò in un'aula semideserta, una decina di persone in tutto, ad ascoltare i ragionamenti criptici, interminabili e deliranti del neo-filosofo, i nessi logici spesso mancanti. Il linguaggio ridondante e astruso e l'ideologia oscura la tediarono per un'ora intera. Quando capì che la sua mente era priva d'attitudine per la filosofia del vuoto, vagante nell'assurdo, del primitivismo che nega la civiltà e la storia e conduce allo squarcio, uscì infastidita.

Dopodiché mai più partecipò alle riunioni ristrette organizzate da sconosciuti nei circoli sociali, nelle cantine, nelle soffitte romane, o nelle sale universitarie.

L'esistenza della guerriglia la lasciava interdetta, ma si ostinava a credere che fosse uno sprone ad acquisire una totale coscienza di classe, negava il coinvolgimento degli studenti negli agguati armati. Era cieca? rifiutava di vedere lo status dei tempi in cui viveva, oppure la contemporaneità germinava mondi complessi, reti sociopolitiche intricate, ideologie oscure, cellule impazzite, cancri nel ventre di un sistema malato? e bastava spostarsi di un passo per trovarsi dall'altra parte.

*

La sera di mercoledì, 2 febbraio 1977 il Collettivo Scimmia Verde redasse il secondo documento.

Roma: manifestazione di cinquanta mila studenti nella città universitaria.

Mentre alla Camera la Commissione Pubblica Istruzione sospende a tempo indeterminato la circolare Malfatti sui piani di studio, cinquantamila giovani manifestano all'interno dell'Università e organizzano un corteo che passa per il Policlinico. Assaltata la sezione del Fronte della Gioventù di via Sommacampagna.

"Il corteo si dirige verso piazza Indipendenza per raggiungere

Magistero che, nel frattempo, è stato occupato. All'angolo di piazza Indipendenza sostano una decina di persone sulla cui identità non sarà mai fatta chiarezza. Sulla coda del corteo piomba una centoventisette bianca targata Roma S48856. E' una civetta della Questura. La macchina viene fermata a colpi di sampietrini. Ne esce l'agente Domenico Arboletti, ventiquattro anni. Incomincia una sparatoria che, secondo alcune testimonianze, coinvolge alcune delle persone ferme sull'angolo di Piazza Indipendenza. L'agente Arboletti si accascia colpito alla testa. È gravissimo. Contemporaneamente l'autista dell'auto impugna il mitra e fa fuoco contro la coda del corteo che si era disgregata dopo i primi colpi. Sono raggiunti da proiettili e feriti gravemente Leonardo Fortuna (Daddo), ventidue anni, e Paolo Tomassini, ventiquattro anni[12]".

Nel quartiere Garbatella brucia una sezione del MSI.
Il senatore del PCI Ugo Pecchioli in una sua dichiarazione mette sullo stesso piano fascisti e autonomi.

Gli slogan gridati quel giorno:

Qui è nato il movimento, 2 febbraio '77.
La polizia che spara ci fa tanta paura, ma nonostante questo la lotta sarà dura.

CECITÀ

Per essere cieca lo era, e se ne rendeva conto.

Ricordò l'episodio amaro, che avvenne dopo la festa di Max, in seguito al quale Giorgio le divenne inviso.

Una mattina, le telefonò. «Ti andrebbe di mangiare con me e Lellino?»

Le parve strano. «Come mai quest'invito?»

«Cucina lui, fa un'ottima pasta al pomodoro.»

Si lasciò tentare. «Arrivo verso l'una.»

«No, vengo a prenderti.» Si salutarono e tornò a studiare.

Alla mezza incominciò a scegliere i vestiti, voleva fare colpo, poi s'incipriò il viso con cura. Appena lui suonò alla porta, scese le scale con il cuore in subbuglio. L'aspettava dall'altro lato della strada, la spalla destra contro il muro, la sigaretta accesa, la gamba incrociava la caviglia sinistra. Appena la vide si staccò dalla parete, gettò il mozzicone, lo schiacciò con la punta dello stivale, e le andò incontro, l'aria enigmatica. Mentre camminavano, fu più laconico del solito, e lei si lasciò intimorire dal suo umore cupo.

Giunti a destinazione, varcarono il portale nobiliare settecentesco, percorsero l'ampia corte interna, salirono lo scalone a doppia rampa, che cingeva il palazzo come le ali di un falco. L'appartamento si trovava al secondo piano, presumibilmente era stato ricavato dagli alloggi della servitù della famiglia che possedeva l'edificio, poiché, seppure molto spazioso, era spoglio e privo di decorazioni.

Trovò la tavola apparecchiata per tre nel salone che dava sul cortile, la cura insospettabile dei particolari.

Lele in grembiule e pettorina, armato di cucchiarella e mestolo, le disse che Massimo aveva lezione e avrebbe pranzato in mensa. «Siediti, butto i vermicelli», le indicò il posto accanto alla finestra, i raggi primaverili filtravano fra le volute intagliate delle tendine. Osservò la scalinata, un autentico gioiello monumentale, pensata come luogo d'incontro, ove potevano avvenire scambi e vita comunitaria.

Notò una crescente agitazione nei gesti dei suoi ospiti: parlottavano fra loro nella cucina attigua, Giorgio usciva tutto aggrondato, sbirciava fuori dalla vetrina, e tornava dal cuoco. L'andirivieni proseguì finché la cottura non fu ultimata.

Appena le linguine furono cotte, Lele comparve con due piatti fumanti sulle palme, l'odore invitante di salsa e basilico romano, e la servì. Giorgio portò la sua pietanza e una bottiglia di vino, e, prima di sedersi, le riempì il bicchiere. Sedettero entrambi, uno alla sua destra, l'altro di fronte alla finestra, e iniziarono a mangiare.

La pasta era troppo al dente per il suo palato, gli amici oltremodo taciturni e guardinghi, la disarmonia palpabile, gli sguardi fissi all'esterno. Il primo bolo le andò di traverso: qualcosa di tristo e perfido stava per capitarle. Si era cacciata nei guai, confidando nella benevolenza del compagno d'infanzia ritrovato.

«Eccola, arriva», eruppe Giorgio a un tratto.

Guardò oltre le cortine e vide una donna in gramaglie, saliva i gradini del piano nobile. Masticò a fatica, gli spaghi che erano troppo croccanti per le sue gengive delicate, le graffiavano la mucosa orale. Ignorava cosa, ma qualche affare malvagio era nell'aria: gli ospiti avevano drizzato le antenne e si preparavano all'azione. Dopo pochissimi attimi, il campanello trillò insistente, uno strillo sinistro, autoritario e incazzato.

«Vediamo che cos'ha da ridire», esclamò Lello, mentre l'amico andava ad aprire la porta. Poi tacque, continuò a inforcare e a rigirare gli spaghi intorno ai rebbi e a risucchiare quelli recalcitranti. Udì i giri nel chiavistello, il cigolio dei cardini, il rumore dell'uscio che s'apriva, e una voce femminile che sermoneggiava in romanesco, la tonalità adirata.

Le ingiurie divennero distinte e vicine.

«Nu'n voio rigazze, te l'ho già detto», urlò la voce.

"È la padrona. Sono tutte uguali", congetturò.

Lo udì replicare. «Perché vorrebbe impedirci d'ospitare un'amica o una parente? paghiamo l'affitto, facciamo entrare chi vogliamo.»

«Questa è una casa rispettabile, c'è un tale via vai, feste; sembra un casino», accusò la donna.

«Nel casino ci starà lei. Badi, non offenda. Qui entrano studenti e familiari», tenne a specificare lui.

«Gli inquilini se lamentano da musica a tarda notte, si volete ballà 'nnate ar Piper», esclamò.

«È successo una volta, non accadrà più.»

«Levete, famme passà. Vojo vede che fate.»

La donna s'introdusse in casa di prepotenza. Rita avvertì la sua presenza, ma non si volse e continuò a mangiare. Lanciò un'occhiata fugace a Lele, che sedeva muto e impassibile, come una statua di Madame Tussauds, e si concentrava sulle punte aguzze della forchetta che arrotolavano la pastasciutta con meticolosa perizia.

«Ecco, ha visto. Cosa facciamo? mangiamo; è proibito?»

«Non voglio femmine», ribadì lei.

«Allora, faccia a meno d'affittare l'appartamento, oppure chiarisca le regole, se avessi immaginato sarei andato altrove.»

«Avevo detto, njente rigazze.»

«Lei sa chi è?» la sfidò, indicandola.

La signora avanzò e la guardò, l'aria severa.

«Allora, sentiamo. Cos'ha da obiettare?»

«In effetti, sembra una come si deve», convenne.

«È mia sorella», mentì.

Mara corse il rischio di strozzarsi col boccone, ma seguitò a tacere.

«Può anche essere, ha la faccia pulita, ma le altre.»

«Ci lascia mangiare in pace adesso?» urlò ruvido, la voce alterata.

Fu costretta ad andarsene, senza aggiungere altro.

Nessuno chiarì l'accaduto, gli sguardi chini nei piatti, a Marita si bloccarono le corde vocali per la vergogna.

"Ecco svelato il mistero dell'invito: mi hanno usata", si rammaricò che la sua innocenza potesse servire a garantire loro qualche scopata extra.

I ragazzi erano un pianeta oscuro, ricusavano le leggi affettive e sottoponevano le donne a continue violenze morali, la prevaricazione costituiva la norma.

I sui amici stavano attraversando quella fase della vita in cui le tempeste ormonali si susseguono furiose, simili alle perturbazioni magnetiche, sollevando i missili alle stelle e nessuno, nemmeno la locataria, poteva frapporsi fra il pilota e la madre nella navigazione interstellare.

Giorgio preparò il caffè, fu lui stesso a portare a tavola il vassoio, i cucchiai, i piattini, le tazze e la zuccheriera di porcellana coordinata. «Ho una lezione importante e non voglio perderla, mi accompagni?» le domandò.

«È noiosa?»

«Ehm, Anatomia quattro; è fondamentale per un futuro medico. Ho l'esame tra poco, se il docente non mi vede, mi respinge. Tu hai corsi interessanti?» Dissentì e lo accompagnò. Sedette accanto a lui, nell'ultima fila dei banchi digradanti verso la cattedra, immersa in un silenzio interrotto dai toni pacati del relatore, meditò a lungo.

Quel ragazzo, esperto amatore, venticinquenne fuori corso, immaturo affettivo, le aveva appena riservato le sue attenzioni negative e opportunistiche, e lei era cascata nel tranello. La circostanza calcolata le parve bizzarra e oltremodo crudele, ma decise di stare al gioco di Barracuda. Si trincerò dietro l'aspetto monacale, e passò in rassegna i possibili punti d'incontro, e ne trovò meno di zero.

Egli aveva trascorso l'adolescenza a letto con Tania, secondo le cronache aquintane. Amava quella creatura insaziabile e sesso-dipendente e bramava erotismo. Dopo l'amplesso in una stanza d'albergo, lei finiva col primo maschio che incontrava. L'avevano vista dietro le siepi del parco cittadino o sulle antiche torri normanne, svettanti sul punto più elevato del colle. Marita ignorava la vita e gli intenti dell'amico.

L'immagine, che vedeva, era sfocata e finiva col proiettare un riflesso vago e confuso di lui sull'emulsione dell'anima incapace di focalizzare l'ignoto. Oscurava il buon senso e negava che i reciproci valori erano quanto di più dissimile potesse esistere. Senza contare che l'inesperienza apriva una faglia insondabile. Lei misconosceva le arti seduttive, gli effetti dell'attrazione e le cause dell'inspiegabile disagio quand'era vicino a lui: difficile esprimersi ed essere autentica.

S'annoiò, ma ebbe agio di riflettere sul suo comportamento.

"Si è pulito vicino a me", ammise. "Perché mi ha portata a lezione con sé e che cos'altro si aspetta, lo capirò fra poco", si disse.

L'insegnamento durò un'ora e mezza. Quando finì, lui volle rientrare. Lele era uscito, lui si diede da fare.

Appena chiuse la porta, la strinse a sé, e le infilò in bocca la lingua umida. Lei atterrì, mai aveva baciato prima, ma le venne meno la forza di contrastarlo un po' per curiosità, un po' perché lui era esperto, sapeva che cosa desiderava e conosceva i modi per ottenerlo.

Poi, abbracciato a lei, si diresse verso il letto, continuando a suggere il collo. Ogni due passi l'umidore le lambiva una zona del petto o del volto. Rimase intontita, ubriaca di desiderio, tremante d'emozione.

Se la stretta delle sue braccia si fosse allentata, si sarebbe accasciata sul pavimento come un sacco di stracci.

Scivolò sul letto, lui si distese accanto, la baciò senza mai sfiorare con le palme il seno da adolescente o le cosce. Salì sul suo addome, le succhiò il labbro inferiore, la lingua, e le palpebre. I corpi caldi e frementi di desiderio combaciavano alla perfezione. Giaceva sul letto sotto una tempesta di carezze e baci, le sembrò d'udire un lieve scalpiccio nella stanza accanto, una presenza oltre il séparé di cartongesso, che divideva la camera dalle altre. L'attrasse un indefinito scricchiolio di scarpe sul legno, lui le succhiava il lobo dell'orecchio e il muscolo omoioideo fino alla fossetta del capo sternale, sollevò lo sguardo, intravide un'ombra oltre l'apertura del divisorio prossimo al soffitto. Era Lele.

Tanto bastò a riacquistare la ragione. Era stata usata, prima per provare alla vedova nera che ospitava brave ragazze, poi per esibire all'amico lo spettacolo del loro amplesso. No, si oppose. Malgrado i baci fossero dolci e la voglia intensa, trovò la forza di respingerlo. Gli puntò le mani al petto per allontanarlo da sé, sentì i battiti accelerati sotto le dita, ma lui si staccò all'istante.

«Perché?» la voce impastata a un soffio dai suoi cigli.

«Perché, sì», represse il desiderio di baciare le pliche dolci e carnose e congiungerle in un unico respiro alle proprie.

La guardò, l'aria dolce. «Andare oltre è impossibile. Mi rifiuto di ferirti, sei una pura. Ti farei soffrire», sospirò.

«Ti sposerai?»

«Sì, ma tardi», l'occhio strabico guardava altrove.

«Figli ne vorresti o il tuo gene deve finire con te?»

«Tengo poco alla discendenza, tanto tutto finisce; semmai dovessi sposarmi, lo farò a cinquant'anni. Voglio avere tante donne, sono abituato al sesso intenso. La signora ha ragione, me ne porto a letto tante: coetanee, sconosciute, mogli insoddisfatte», ammise.

Le lambì la tempia divina e l'accarezzò. La sollevò dal letto, stringendola al petto, come se il distacco fosse impossibile. La condusse verso il portoncino, lo aprì, senza staccarsi da lei. Scesero le scale uno accanto all'altra, tenendosi per mano. Percorsero in silenzio via dei Volsci, i passi cadenzati risuonavano sulla pietra lavica, li seguivano lenti. Ciascuno procedeva smarrito nell'intimo dolore, la rinuncia costava sofferenza a entrambi, ma era necessaria. Quando giunsero in via dei Sabelli, la sospensione crepuscolare li aveva sfiniti: lui rimpiangeva il desiderio insoddisfatto, lei si struggeva per aver rinviato il primo amplesso.

RAPIMENTO

Il mattino seguente fu svegliata da un furente attacco di fame. Guardò la sveglia sul comodino, segnava le dodici e quaranta. Aveva dormito troppo. Le capitava quando la mente era affaticata. Mangiò qualche biscotto per calmare l'appetito e decise di cucinare un hamburger con le patatine fritte. Iniziò a pelare le patate e accese il televisore sull'inizio del notiziario.

«Ci è giunta notizia del rapimento di Francesco Fonti, un dirigente del Ministero di Grazia e Giustizia. Un corpuscolo disgregatore, che si fa chiamare GP, Giustizia Proletaria, ha rivendicato la paternità dell'azione con un comunicato all'agenzia Ansa e alle redazioni dei principali quotidiani e dei telegiornali. Per il riscatto dell'ostaggio i rapitori chiedono un'ingente somma di denaro e la liberazione di alcuni detenuti politici a loro avviso ingiustamente imprigionati», lesse il telecronista. Pensò che i soldi servivano a finanziare l'organizzazione e l'addestramento dei neofiti. Notò l'omonimia con l'uomo sequestrato, e un fremito orripilò la pelle.

Una bizzarra coincidenza?

Cercò un filo logico nel susseguirsi di manifestazioni, lutti, rapimenti, attentati. L'ombra del pericolo s'affacciò alla mente, si estese, e si unì all'alone di mistero intorno a certi personaggi del suo giro. Si ripropose di seguire le azioni dimostrative e le vicende eversive. Giorno per giorno, prese nota dei proclami sociopolitici e degli avvenimenti, la sintesi di una cronista. Scrisse le sue impressioni, abitudine risalente all'indomani dell'alluvione di Firenze, che riaffiorava nei momenti rilevanti della vita personale, o allorché accadevano fatti pubblici che la interessavano.

Giovedì, 3/2/77
Mobilitazione generale
A Roma: quasi tutte le facoltà sono occupate. Al liceo Giulio
Cesare circola «Urlo», un volantino firmato «I Sotterranei», poi
confluiti negli Indiani Metropolitani:
"Ho visto le migliori menti della mia generazione soffocate da
loden sciarpe e scarpe a punta / Che vomitavano finta rabbia da
coordinati nei cessi delle orecchie di povere bestie bisognose di
diplomi / Che mettevano carta igienica numerata nelle urne del
potere policromo / Che scalavano il monte ore in cordate... / Che
suonavano davanti alla scuola canzoni di alienante alienazione
pseudo-rivoluzionaria / Che copiavano versioni davanti ai
cancelli seppellendosi poi in aule prigione / Che imparavano a
memoria Plotino Euripide e Spinoza e che nella loro ora di libertà
compravano pizze e cornetti da mezzo milione e / Che col cuore
in pace tornavano a casa su vesponi blu carta da zucchero. /
Tiriamo fuori dai sotterranei della nostra coscienza LIBERTÀ e
CREATIVITÀ[13]".
Sono occupate le Università a Milano, Padova e Trieste. A
Bari è occupata la facoltà di Lettere e Filosofia nonostante
l'opposizione del PCI. A Napoli scendono in piazza quindici mila
persone.

Sabato 5/2/77
A Roma la polizia assedia la città universitaria occupata e vieta
ogni manifestazione.

Domenica 6/2/77
Gli Indiani Metropolitani
A Roma l'università occupata diviene sede di una festa a
cui partecipano migliaia di giovani e alcuni gruppi musicali
e di Teatro Emarginato. Fanno la loro prima comparsa gli
indiani metropolitani: "E' domenica, nella città universitaria ci
sono almeno quattromila studenti. Proseguono le assemblee,
prende corpo il nuovo Movimento. Gli studenti comunisti

sono emarginati, PDUP e Avanguardia Operaia non hanno più il seguito di prima e vengono scavalcati: Lotta Continua per ora resiste, ma anch'essa incontra grosse difficoltà. Autonomia Operaia si inserisce nelle assemblee e abilmente riesce a portare avanti alcuni obiettivi, si comprende subito che gli «autonomi» riusciranno a recitare una parte importante[14]". "La festa che si protrae per tutta la giornata di domenica segna una svolta nell'occupazione: il grande spazio dell'università liberata si riempie di studenti medi, di giovani dei quartieri, di donne. I comitati d'occupazione non hanno organizzato nulla e la festa si costruisce spontaneamente: c'è chi fa teatro di strada, chi suona, chi balla, chi gioca per i viali. «La rivoluzione è una cosa seria ma si fa con allegria», questa è una delle mille scritte che fioriscono dappertutto[15]".

"Era vero che si voleva vivere tutti quanti insieme, mangiare tutti quanti insieme. Adesso sono impensabili delle feste... Poi gli assessori che sono venuti dopo hanno copiato quelle feste. Quando un omosessuale bandiva una festa, cioè invitava tutti quanti, cinquantamila persone, sessantamila persone, ad una festa sui prati di Montaldo di Castro, ad esempio, si andava tutti e c'era spazio per tutti, ma non solo per i giovani e per i belli. C'era spazio anche per i portatori di handicap, perché c'erano in mezzo a noi quelli che lavoravano con i portatori di handicap, e non erano assenteisti, quindi se li portavano, e c'erano insegnanti che portavano con sé i bambini, e c'era spazio per tutti, per i giovani, per i belli, per i brutti, per i portatori di handicap, c'era spazio per i pazzi, per i malati di mente. E secondo me solo nei periodi alti della civiltà esistono delle feste per tutti. Ecco, se tu ci fai caso, anche nella letteratura è raro trovare, sì, forse nella Comune di Parigi, ma soltanto nei periodi alti della civiltà è possibile trovare delle feste così, in cui c'è spazio per tutti[16]".

Il lunedì sette febbraio, annotò:
Fredda mattinata. Proteste studentesche hanno luogo in molte località italiane. Numerosi atenei sono stati occupati. Alcuni rettori hanno dichiarato il blocco dell'anno accademico.

Martedì 8/2/77

A Roma si svolgono assemblee in tutte le facoltà.

Il segretario nazionale della FGCI Massimo D'Alema afferma in una intervista: "il movimento si muove in una scala di valori senza porsi il problema di cambiarla[17]". A Bologna sono occupate le facoltà di Giurisprudenza, Scienze politiche, Magistero, Fisica e Dams, a Milano il Politecnico, a Genova le facoltà umanistiche. A Cagliari in tutte le facoltà la didattica è bloccata. Cortei studenteschi a Bari e a Napoli.

Mercoledì 9/2/77

Prima grande manifestazione del Movimento romano

"Il 9 febbraio, alla prima grande manifestazione di piazza del movimento romano, alcune decine di compagni arrivano col volto dipinto, raccolti in un settore coloratissimo e vivace. Alla fine, coinvolgeranno l'intero corteo tanto che a Piazza Navona, al posto del previsto comizio, è un'esplosione di danza e di festa a concludere la giornata. Nascono così «ufficialmente» gli indiani metropolitani, eredi dei circoli giovanili ma ancor più - specie a Roma - della crisi della militanza. E' un'intera area di compagni che si è espressa con le armi dell'ironia (...) e della creatività (...) cercando di reagire non solo all'aggravarsi della condizione giovanile, ma anche all'avanzata sclerotizzazione della «politika». Per questo gli indiani, pur essendone stati solo un settore partico caratteristiche profonde dell'intero movimento del '77: la centralità dei bisogni, il rifiuto delle deleghe, la rivendicazione di rapporti diversi, non competitivi né violenti" (AA.VV., Agenda rossa, Roma, Savelli, 1977; pag. "15 gennaio").

Il giovedì dieci, la notizia più importante riguardò l'università.

"Durante una manifestazione anti-governo, centinaia di militanti appartenenti ad Autonomia Operaia, Lotta Continua e altre formazioni extra parlamentari hanno tentato di raggiungere la sede del Partito Comunista in via Barberia a

Bologna. Il corteo è stato bloccato dalla polizia. Durante il tragitto, alcuni manifestanti hanno infranto le vetrine di un negozio di moda, accusando il brand di sfruttare il lavoro nero delle detenute e hanno sottratto vassoi di cibo a un ristoratore. Il PCI ha condannato le azioni di Autonomia e Lotta Continua, e le ha definite teppismo di strada e vere e proprie ruberie."

*

Quella sera, al raduno, nella consueta fumosità, Rita vide una faccia nuova e le solite fisionomie familiari. Leader le sembrò oltremodo sofferente ed emaciato. Pivello iracondo e rubizzo. Rossa più che mai attraente e gradevole. I tre sedevano sul divano marrone vicino al balcone, accanto a uno sconosciuto smunto col codino lungo e una striscia di cuoio sulla fronte. Matilde e Bitta la chiamarono con un gesto e la fecero accomodare in mezzo a loro su un sofà verde muschio, spingendo in là Glauco, che si era sistemato alla destra di Tilde e dava il gomito a Brigitta. Giorgio, Max e Sama si arrangiarono sul tappeto. Una canea di commenti alle notizie del giorno la travolse. «Quelli sono espropri proletari», «Se gli agenti sparano agli studenti, allora è legittimo l'uso della forza proletaria», «Dato che mancano i soldi, d'ora in poi prendiamo la roba che ci serve», le voci degli attivisti si sovrapponevano.

«Che cosa dite? Noi rigettiamo la violenza», se ne uscì il tipo magro e allampanato, indosso un paio di blue-jeans, l'orlo sfilacciato, una camicia di cotone a grossi quadri rossi e blu, indeciso fra lo stile cowboy e il nativo americano.

«Ma voi chi cazzo siete?» proruppe il Novellino, in tono arrogante, facendosi paonazzo.

«Aho, come chi siamo? siamo il Gruppo Geronimo. Dev'essere ben chiaro a tutti che siamo contrari alla coercizione e alle offese. Nel nostro collettivo abbiamo deciso di dissociarci da chi picchia e uccide. La protesta deve essere culturale e pacifica. Neghiamo le prevaricazioni, anche quelle che mirano a sobillare le coscienze», aggiunse a ulteriore conferma.

«D'accordo, Gero. Basta con la violenza, via le P38 dai cortei studenteschi», augurò Leader turbato.

«Ma se i proclami pacifici falliscono gli obiettivi, è lecito fare la guerra allo stato imbracciando i mitra. Altrimenti si ottiene meno di niente», ripeté lo Sbarbatello, che per essere una matricola, agiva in maniera decisa, la determinazione di un militante anziano.

«Voi dell'estrema sinistra siete molto distanti dalla politica e dal PCI del compromesso storico», osservò Massimo.

«Neppure i sindacati ci rappresentano, o sono moderati, o peggio collusi», l'asserzione rabbiosa di Pivello.

«Che cosa ne pensate di Lama?» insinuò Margherita.

«Tenere un comizio con la sede occupata è un suicidio», sentenziò Leader.

«Chi l'ha invitato?» volle sapere Brigitta.

«Nessuno. Viene a fare il solito discorso paternalistico privo di dialogo, per convincerci a rientrare. Questa follia gli costerà cara», sibilò Leader.

«Quanto?» lo interrogò Lello.

«Avrà tutti addosso», confermò.

«Noi indiani faremo un controcomizio.»

«Invece noi siamo pronti all'attacco», Pivello si batté il pugno chiuso sul petto.

«Che cosa vuoi per te stesso?» lo provocò Giorgio.

Egli desiderava intendere le ragioni della rabbia, che spingeva lui e quanti condividevano le sue opinioni allo scontro duro, nonostante fosse un adolescente privo d'esperienza. «Sono giovane e voglio tutto», alzò il mento, l'espressione fiera. Nessuno osò ridere; lo fissarono seri, evidentemente rispettavano le sue idee e ne condividevano i desideri.

"Chissà che cosa pensano gli altri di questo ragazzino, l'aria del martire esaltato, che ha fede nella violenza proletaria?" Marita si rammaricò di non potere entrare nei crani dei militanti.

«E tu?» rimandò Pivello.

«Vorrei vivere svolgendo un'attività consona ai miei studi», sospirò Giorgio, rimandando a Leader.

«Aspiro alla felicità personale e temporanea, l'unica che posso tentare di edificare. La felicità permanente si ottiene con la cooperazione e l'impegno collettivo», usò una terminologia pacata.

«Ne sei sicuro?» opinò Sama che, per fare posto agli ospiti, si era accovacciata per terra su un cuscino accanto a Massimo, i ginocchi nascosti da un gonnellone etnico.

«Sì, la felicità personale è insita nel contesto socioeconomico e politico in cui l'individuo vive. Tu che cosa ti aspetti?»

«Voglio mettere le mie competenze al servizio della comunità. In futuro mi piacerebbe lavorare a progetti umanitari, o nella cooperazione internazionale. Comunque mi vedo impegnata nel pubblico», confermò Giulia, poi passò il testimone al suo uomo.

«Studio Lettere, desidero comunicare in ogni forma, aspiro a fare il giornalista o il reporter. Insomma voglio raccontare la mia epoca con i moderni mezzi disponibili», esitò. «Ammetto che vorrei cimentarmi in nuove forme di scrittura e dare libero sfogo alla creatività», ammise infine. «Il mio sogno è scrivere il romanzo del secolo, raccontare storie contemporanee, come fecero Daniel Defoe e Samuel Richardson nel mille e settecento», si pose dei limiti; concreto e modesto, omise che voleva vincere dei premi letterari. Poi rivolse a Geronimo le pupille leste e indagatrici.

«Vorrei cambiare innanzitutto me stesso, prima di creare qualcosa d'importante per la nazione», iniziò il giovane indiano, suscitando la curiosità di tutti. «So autoregolarmi, e voglio fare politica per migliorare il paese.»

«Lo schieramento?» Leader ironizzò fra le risate collettive.

«Nessun partito mi rappresenta, ne fonderò uno nuovo», lo sfidò convinto. I presenti si quietarono ammirati.

Prese la parola Brigitta. «Il mio unico desiderio è insegnare Italiano e Storia», rivelò semplicemente.

«Sai quanti professori ci sono?» Max pose la domanda.

«Troppi. Farò la supplente a vita: per passare di ruolo debbo superare un esame di abilitazione all'insegnamento, e chissà come andrà?», Brigitta passò il testimone a Rossa, che sedeva di fronte, nell'angolo del divano marrone, il gomito destro puntato al bracciolo, l'indice sul mento.

«Studio Chimica Farmaceutica. Mio padre ha già comprato la licenza dal farmacista che l'anno prossimo andrà in pensione. Faccio in tempo a laurearmi e iscrivermi all'albo», raccontò.

«Comoda la vita», bisbigliò fra i denti Pivello.

Lei lo udì. «Comoda? m'impegno nello studio, nulla mi viene regalato», s'incavolò.

«Il paparino ha i soldi per comprare la licenza e tu fai lo sforzo di studiare. I tuoi sono ricchi sfondati e, magari, votano centro destra», incalzò il ragazzino, confermando la tempra risoluta.

«Questi, se permetti, sono affari privati», protestò, lo sguardo implorante il supporto di Leader.

«Eh, no, la ricchezza è appannaggio di chi sfrutta i lavoratori. Dove esistono i ricchi e i potenti ci sono tanti uomini poveri e senza diritti. Tu vieni da una zona di latifondisti, sino a qualche decennio fa i baroni sfruttavano i braccianti e i mezzadri», incalzò lo Sbarbatello che aveva centrato il bersaglio.

La conversazione iniziava a prendere imprevedibili risvolti, si disse Marita

«Capirai, i latifondi rendono poco. Immagini quanto costa mantenerli?» la ragazza si tradì.

«Oh, povera ricca! Vuoi essere commiserata per la costosa ricchezza», il ragazzo divenne rubizzo di rabbia repressa.

«Sicuro, non avete più gli schiavi che lavorano per un tozzo di pane e un bicchiere di vino annacquato. Vi siete arricchiti a discapito della povera gente», disapprovò Leader.

La ragazza sbiancò. «Anche se fosse vero che cosa potrei farci? Se rinunciassi ai miei averi, cambierei il destino del ceto basso?» tirò indietro i ricci scomposti; lo sguardo crucciato aveva perso la fierezza agguerrita da tigre.

«Se ciascuno di noi facesse un gesto di generosità verso l'altro, il mondo cambierebbe», pontificò Pivello.

«Un solo uomo si è spogliato di tutti gli averi, secoli fa», Tilde spinse indietro la mano, mise a tacere lo Sbarbatello e si rivolse a Glauco. «E tu?»

«Farò il veterinario.»

«Ah, bell'avvenire. Se t'impieghi nell'USL, o al macello comunale, campi; in caso contrario zappi la terra, se ce l'hai. Dove sono gli allevatori dalle nostre parti?» Matilde pose la questione e fece spallucce.

«Infatti intendo fare i concorsi», asserì.

«Se li passi, sei fortunato», terminò lei.

Al suo turno, Rita affermò che desiderava fare la psicologa dell'età evolutiva, insegnare Psicologia nelle scuole, oppure lavorare presso qualche nosocomio. Mentre parlava, Glauco si alzò circospetto e s'avvicinò a Massimo, gli alitò qualcosa all'orecchio, e lui assentì a piccoli cenni.

Tornò a sedersi accanto a Matilde, la cinse e la baciò. Lei ricambiò, lui le bisbigliò qualcosa fra i capelli. Ella si voltò verso di lui e annuì. La prese per mano, si alzarono, uscirono abbracciati e scomparvero dietro una porta. La politica e le rivendicazioni potevano attendere. Quella sera aveva vinto l'amore.

Poco dopo si dileguarono anche Brigitta e il suo Lele.

"È fatta", esultò Marita.

L'atmosfera cambiò. «Ne ho piene le palle di parlare di politica, occupazioni e sommosse», se ne uscì Gero. «Rolliamoci una canna», estrasse una scatolina e una confezione di cartine dalla tasca.

«Margherita non fuma», intervenne Giorgio.

«E allora?»

«Esci», le rughe frontali si aggrinzirono.

«Ehi, compagno, portala di là», ammiccò.

«Niente affatto, se me lo dici tu», replicò aspro.

«Oh, rilassati», lo fissò stranito alzandosi. «Goditi la vita», ironizzò rivolgendosi a lei, che preferì tacere.

«Ognuno vive a proprio modo», polemizzò Giorgio.

Geronimo, Leader e Pivello uscirono sullo scalone. Max e Giulia andarono in cucina. Rossa rimase pensosa nel suo angolino, Leader l'aveva ferita.

Fu allora che Barracuda si avvicinò a Rita. Lei, in preda a un intenso imbarazzo, ispezionò le mani conserte. Lui le si affiancò, e si passò le dita fra i capelli rasati. «Se tu mi odiassi, non mi stupirei», mormorò.

«Perché dovrei?» lo fissò cupa.

«Sono uno stronzo», si chinò verso di lei.

Marita abbozzò un sorriso. «Sì, lo sei. Però, tutto sommato, con me ti sei comportato da gentiluomo. So che potevi fare di peggio», lo fissò, l'aria tranquilla. Si zittirono, incapaci di dirsi altro. Max rientrò, tra le mani un vassoio coi bicchieri. Giulia portò alcune bottiglie di birra fredda.

«Ehi, che cosa vi succede? vi siete persi in qualche visione personale?» Massimo li scosse.

Giulia li scrutò incuriosita. «Siete strani, sembrate imbambolati», notò a sua volta.

«Niente», negò lui.

Marita scelse di serbare i turbamenti.

17 FEBBRAIO 1977

All'alba del diciassette febbraio, ella dormiva dolcemente.

Fluttuava nella caverna onirica, inseguiva sogni imperscrutabili, quando una serie di squilli la fece sobbalzare, strappandola alle braccia di Morfeo.

Sperò che qualcuno avesse suonato per errore, ché desiderava continuare a dormire, ma i trilli si susseguivano insistenti, e fu costretta ad alzarsi.

«Chi è?» chiese, la voce assonnata.

«Siamo noi, Salvo e Imma.»

«Che cosa ci fate a Roma all'alba?»

«Siamo venuti per la manifestazione.»

«Salite», schiacciò l'apriporta.

«Dove posso posteggiare senza prendere la multa?»

«Prova in fondo alla strada, vicino al marmista.»

«Ah, bel posto, hi, hi», le regalò la nota risata da femminuccia.

«Vado. Lei sta salendo.»

L'attese sulla soglia, la vide piegarsi a metà scala, e la sentì ansimare sugli ultimi gradini, le palme aperte sostenevano la pancia. Si salutarono con un abbraccio.

«Stai bene?»

«Abbastanza, la cinquecento mi ha sballottato.»

«Vieni, entra.»

Si guardò intorno. «È carino il tuo appartamento», commentò.

«Discreto, come alloggio temporaneo», rispose laconica.

«Posso usare il bagno?» Annuì, indicandole la bussola. «Alle donne incinte scappa spesso la pipì», soggiunse chiudendosi dentro.

In cucina Mara preparò la moca. «Bevi il caffè?» la voce vibrante.

«Sì, grazie; ne prendo un goccio, altrimenti il bambino viene con la voglia marrone», le parole risuonarono nell'aria.

Sorrise, accese la fiammella, e pose sulla tavola una scatola di merendine Kinder e un pacco di frollini al cacao, quelli con le undici stelline bianche. Sedette e attese.

Imma tornò, vide i pacchetti, e disse: «Abbiamo portato i biscotti all'anice e i taralli fatti in casa.»

«Grazie, vi siete disturbati. Assaggia una brioche o qualche pasticcino friabile.»

«Mangio solo cose genuine», specificò l'amica.

La suoneria le distolse dal cibo. «Chi è?» volle accertarsi.

«Sono io», confermò l'inconfondibile voce femminea di Sal. Appena fu nell'atrio, eruppe. «I bifolchi si alzano all'alba. Hi, hi», la risata stridula le graffiò i timpani. Si liberò le mani da alcune buste di un supermercato del paese, ponendole sul pavimento, e poi la strinse in un abbraccio fraterno.

Rita convenne che, da quando si era ammogliato, risultava più simpatico, e lei riusciva persino a comportarsi in maniera spontanea e autentica con lui.

«Conserva il cibo», indicò i sacchetti trasparenti. Marita li prese, li poggiò sul tavolo, e li aprì. Tolse una panella contadina, alcune bottiglie, tre confezioni di dolcetti e vari involti.

Domandò se qualcosa andava nel frigorifero.

«Sì, la frittata e il formaggio», Sal indicò due mappatelle avvolte in canovacci a quadri bianchi e blu.

«Ho preparato anche un pasticcio di verdure», aggiunse lei, estraendo una terrina con il coperchio.

«Ah, grazie, vi siete disturbati troppo», ringraziò Marita.

«Era il minimo che potessimo fare dal momento che ti siamo piombati addosso all'improvviso», lisciò il pancione, la palma aperta.

«Ma dai, non era necessario.»

«Invece sì. Per noi è stato un piacere», notò Sal.

«Ma grazie. Ho molto gradito», terminò lei. Poi mutò umore. «Perché siete venuti?» li stuzzicò, mentre riponeva il cibo sui ripiani freschi.

«Per manifestare, vogliamo trascinarti a fare la festa ai sindacati e alle istituzioni schierate a favore del sistema e del modello borghese», asserì lui.

«Perché?»

«Sono disoccupato e lo sarò per tutta la vita, e loro non mi tutelano. Anzi avallano la compagine statale, la capacità improduttiva e l'inaffidabilità politica.»

«Non è detto», lo contraddisse Marita.

«Invece, sì. Sono un cafone, possiedo poca terra, insufficiente a vivere spensierato. Perciò vengo nella metropoli e partecipo alle manifestazioni anti-politiche a fianco degli studenti per un futuro meno incerto», asserì.

«Almeno possiedi qualcosa per campare», soggiunse lei.

«Non basta, vorrei un lavoro, oppure dei finanziamenti per ampliare la masseria», ridefinì i suoi bisogni.

«Un giorno potresti impiegarti», suppose lei.

«Figurati, mi sistemerò il giorno che mai viene. Sono disoccupati pure i laureati, che lavoro possiamo sperare noi che abbiamo fatto la terza media?»

«Potreste trovare un impiego in cui sia richiesto il diploma», sognò Marita.

«Quale? dimmene uno», reagì.

«Operaio», rispose Marita.

«Dove sono le fabbriche? e le imprese?» reiterò Sal.

«Al sud mancano», la moglie mise a fuoco il dilemma, accarezzandosi la pancia.

«Ci rimane la via dell'emigrazione, ma in Svizzera non torno. In Germania è pure peggio, là odiano gli italiani e gli immigrati.»

«Neanch'io voglio, siamo una famiglia, dobbiamo stare uniti. Preferisco zappare la terra vicino a te e ai familiari», sospirò Imma.

«Beh, almeno possedete qualche ettaro di terreno. C'è chi sta peggio di voi», fu la considerazione di Marita, che ammirava il coraggio di quella coppia accorsa dal paese a bordo della cinquecento rossa a sostenere gli studenti.

Avevano macinato ottanta chilometri, pur di essere lì,

quel giorno. Questa contemporaneità di avvenimenti doveva pur significare qualcosa d'importante, quanto meno molti credevano in un sogno comune, un progetto per cui valeva la pena protestare.

"Chi protesta vuole capire", rammentò il discorso di Papa Paolo VI, durante la contestazione del sessantotto.

Allora il Sommo Pontefice, malgrado le manifestazioni fossero anti-clericali, espresse un profondo apprezzamento per il diffondersi dell'impegno collettivo e del ritorno al pubblico, attraverso le occupazioni universitarie. Giudicò favorevolmente il sorgere di nuove culture, la riscoperta dei principi d'impegno e solidarietà e l'apertura verso gli altri.

«È, forse, falso che la gioventù desidera verità e autenticità. In questo anelito vi è superiorità? Nell'inquietudine c'è la ribellione alle ipocrisie convenzionali di cui la società di ieri era pervasa? nella reazione, che sembra inesplicabile, che i giovani scatenano contro il benessere, contro l'ordine burocratico e tecnologico, contro una società senza forme superiori e veramente umane, non vi è forse un'insofferenza verso la mediocrità psicologica, morale e spirituale, verso l'insufficienza sentimentale, artistica e religiosa, verso l'uniformità impersonale del nostro ambiente, quale la civiltà moderna va formando?» aveva sostenuto.

Quando giunse Brigitta, si unì a loro per la colazione, mostrando di gradire i delicati biscottini all'anice.

Decisero d'annusare l'aria mattutina. «Se il barometro umorale nel Piazzale della Minerva indica bufera, torniamo a casa, Margherita chiarì la sua posizione.

«Mi pare ovvio, ha il bambino in grembo», aggiunse Brigitta.

Salvo diede un'occhiata fuori dalla finestra. «Il cielo si è ingrigito, promette pioggia», annunciò. «Hai un ombrello?»

Lo tolse dalla giara di terracotta posta in uno spigolo dell'atrio, e glielo porse. Per sé prese un impermeabile ripiegabile, che aveva acquistato da un ambulante in un giorno piovoso, uno dei tanti abusivi agli angoli di strada.

Appena furono pronti uscirono. Erano le otto del mattino.

La coppia le precedeva.

«Quando sono arrivati?» Brigitta s'incuriosì.

«Mi hanno svegliato all'alba, ed eccomi qui a manifestare», dichiarò, mentre osservava il camicione premaman, i minuscoli fiorellini blu su sfondo bianco, e il cardigan di lana celeste lungo fino al ginocchio. Fra i capelli lunghi, dritti, simili a fil di ferro, la scriminatura in mezzo, aveva un nastrino colore del cielo. Facevano tenerezza i fiori, il fermacapelli e il pancione.

«È incinta del primo figlio?» gli interrogativi di Brigitta erano senza limiti. Lei annuì. «Chissà se vorranno anche il secondo?»

«Sì, ma devono ingrandire l'abitazione», Marita conosceva il loro desiderio.

«Paiono due indiani metropolitani», osservò Brigitta.

«Fricchettoni, loro?»

«Lui ha l'aria freak: i riccioli biondi, lo sguardo fumoso e annebbiato. Neanche lei scherza. Pare persino più strana di lui.»

«Certo, ha l'aria imbambolata. Sembra che viva su un altro pianeta. Comunque ti sbagli, sono due autentici contadini nella grande metropoli. Lui si è ritirato nella personale riserva, e l'ha molto abbellita. Il suo giardino sembra la dimora di uno hobbit», decretò Mara.

«Sono molto vicini agli umori degli indiani, magari fumano anche il calumet?» azzardò Brigitta.

«Forse», ammise lei.

«Ah, sì?» dubitò l'amica.

Marita annuì. «Roba leggera, la coltiva lui.»

«Ah, cannabis e pomodori nell'orto?» si sorprese Brigitta . «Ehi, voi del villaggio siete tutti fumati», scherzò.

Risero. «Lui è curioso, vuole provare tutto, è uno sperimentatore nato. Prima faceva il cantante, ora vive come un guru indiano. Coltiva e raccoglie piante fitoterapiche; è nella fase erboristica, è diventato finanche vegetariano. Segue la dieta macrobiotica. Preparano tutti i cibi, fanno il pane, i biscotti. Indossano abiti in cotone o pura lana.»

«I pesanti cardigan che portano chi glieli fa?»

«Loro. Forse la mamma aiuta a confezionarli.»

«Beh, sono bravi. Il lavoro a maglia è complicato. Un giro segue l'altro, e per realizzare un maglione ce ne vogliono di punti. Sai che balle mi farei», Brigitta simulò l'aria annoiata.

«A loro piace, siamo diversi.»

«Ci mancherebbe», alzò le palme, quasi a volersi scusare per l'osservazione.

Il cielo si faceva sempre più cupo via via che lo strano gruppetto si avvicinava a La Sapienza, e le prime gocce di pioggia incominciavano a cadere. Appena sbucarono in Via Cesare De Lollis videro i primi assembramenti.

«Tutto è tranquillo», decretò Salvo.

Giunsero nella Piazza della Minerva, inquadrarono i diversi schieramenti che presidiavano il comizio.

«C'è il servizio d'ordine del sindacato.»

«Quelli coi cartellini rossi sulla giacca sono del PCI.»

«C'è qualche operaio in tuta blu.»

Nel piazzale, s'avvicinò a un gruppetto di operai. Marita presunse che fra loro ci fosse qualche compaesano. Osservò e si accorse che l'amico salutava le tute blu e alcuni studenti. Imma baciò sulla guancia un uomo, doveva conoscerlo, si disse, per sfoggiare tanta familiarità, giacché la sapeva poco incline alle confidenze e alle smancerie.

«Non vedo grandi fermenti», dichiarò Brigitta.

«È tutto calmo in effetti», confermò lei.

«Con chi parlano i tuoi concittadini?» ficcanasò Bitta.

«Mi pare di riconoscere Lele, gli altri non li vedo bene, saranno compaesani.»

Brigitta s'illuminò. «Ti vedo felice, effetto Ele?», la provocò.

«Beh, mi piace», ammise.

«Siete belli insieme», constatò Marita.

Nel capannello c'erano anche Glauco e Matilde abbracciati, Pivello, e la coppia Massimo e Giulia. Li salutarono e si unirono a loro. Così schierati si mossero verso la fontana. Accanto ai cancelli videro troneggiare la scritta: "I Lama stanno in Tibet."

Risero all'ironia dello slogan. Al contrario apparivano affatto divertiti gli uomini del sindacato e del partito preposti all'ordine, tutti intenti a cancellare le scritte coi pennelli e la vernice bianca.

«Chi sono quelli dietro il carroccio?» s'informò Sal.

«Studenti, ma ne ignoro l'area. Senz'alcun dubbio appartengono a un collettivo, o a un corpuscolo militante», asserì Rita.

Nella calca una purpurea riccioluta sollevava un cartello.

"Dite a Lama che L'amo. Andreotti." Rossa si unì a loro.

«Da quanto tempo state qui?» volle sapere Brigitta.

«Alle otto abbiamo preparato qualche striscione», raccontò in tono concitato. Max e Giulia dispiegarono un vecchio lenzuolo comprato a Porta Portese su una bancarella dell'usato a poche lire. *"L'ama o non Lama? Non Lama nessuno"*, lessero e sorrisero di gusto per il sagace gioco di parole, pregustando le reazioni dei sindacalisti e di coloro i quali si sentivano rappresentati dai politici e dai sindacati.

Nel marasma scorsero il profilo macilento di Leader; Max alzò il pugno; lui lo vide, rispose allo stesso modo, e si avvicinò.

«Che cos'hanno deciso i collettivi?» volle sapere Mari.

«Protesta a oltranza», annunciò Leader.

«Dobbiamo gridare forte la nostra rabbia», Pivello s'accalorò.

«Chi sono gli sciamannati che vanno avanti e indietro trascinando quel carro?» insistè Salvo.

«Sono gli indiani metropolitani.»

«Chi?» Imma era sbigottita.

«Che fanno? Spiegateci tutto, noi della bifolcheria siamo arretrati, hi hi», aggiunse lui.

«Mah, si sono formati da poco. Sono militanti dei circoli proletari. Eccone uno», dichiarò Giulia, indicando Gero che divideva la calca per raggiungerli.

«Militanti del proletariato giovanile, che cosa vuol dire?» s'interessò la compaesana. Intanto Gero li aveva affiancati. Tutti lo salutarono con ampi gesti. Giulia gli rilanciò l'interrogativo, ed egli s'affrettò a spiegare, l'aria tesa.

«Siamo di umili origini, figli del ceto operaio, facciamo politica attiva, siamo creativi e lottiamo per costruire un futuro migliore», affermò.

«Non capisco», ammise Imma. Mara pensò che era ingenua quanto lei.

«C'è poco da comprendere, sono poveracci che s'illudono di sradicare il sistema», terminò il contadino, come al solito molto arguto.

«Ah», fu il commento della moglie.

«Che cosa portano in giro?» perseverò lui.

«Da qui non vedo, avviciniamoci», Massimo fece segno di seguirlo.

«È un pupazzo di polistirolo», chiarì Gero. «Lo abbiamo ideato noi», aggiunse fiero.

Avanzando scorsero gli indiani aggrappati a una scala, che avevano preso in prestito dalla biblioteca, in cima vi avevano impiccato un fantoccio, le sembianze di Lama.

Dal pupazzo penzolavano grandi cuori e motti beffardi. Canzonatori erano pure i numerosi striscioni del corteo al seguito del carrozzone con l'appeso.

"Fuori lo stato dalla società."

"Presto occuperemo il paradiso", si leggeva sui cartelli.

Il vocio degli studenti cresceva. Fra le musiche comiziali e gli inni degli indiani il caos regnava sovrano e assordante.

Sal le richiamò. «Rimaniamo ai margini, in caso di risse stiamo pronti ad allontanarci. Non voglio correre rischi.»

Dalla postazione il gruppetto scorse Luciano Lama protetto da una decina di tute blu, quasi nascosto alla vista dei manifestanti. Fendeva la folla nel viale del Piazzale. Attraversò il cordone sanitario lasciato libero dai servizi d'ordine, e salì sul palco improvvisato, un camioncino parcheggiato fra le aiuole della Facoltà di Legge e il rettorato.

«La temperatura è al punto di ebollizione», considerò Glauco, udendo le formule protestatarie.

«È ancora presto», profetizzò Pivello. «Aspetta che inizi a parlare. Non esistono punti d'intesa fra noi. Apparteniamo a mondi diversi. L'estraneità rende impossibile il dialogo. Loro sono rigidi e immobili nell'osservanza comunista, invece noi prediligiamo le opinioni innovative e la creatività.»

Appena Lama cominciò il comizio, le proteste crebbero, gli slogan ironici e derisorii furono urlati in toni ancora più aggressivi. «*Il capitalismo non ha nazione. L'internazionalismo è la produzione.*»

«*Più lavoro, meno salario.*»

«*Andreotti è rosso, Fanfani lo sarà.*»

«*Lama è mio e lo gestisco io.*»

«*Più baracche, meno case.*»

«*È ora. È ora. Miseria a chi lavora.*»

«*Potere padronale.*»

«*Ti prego, Lama, non andare via. Vogliamo ancora tanta polizia*», scandivano coralmente i manifestanti.

Il comizio proseguì fra accese contestazioni verbali, finché gli IM incominciarono a lanciare dei palloncini pieni di liquido colorato verso la camionetta-palco.

Alcuni sindacalisti s'indignarono, quando la vernice imbrattò la gente. Fu allora che il fuoco divampò fra gli uomini dell'ordine e gli indiani inermi. Il servizio sopravanzò lo schieramento creativo e lo costrinse a ritirarsi, i feriti ripararono nell'edificio. I contestatori che, fino a qualche secondo prima, avevano scandito gli slogan di protesta scomparvero nel corteo. Presero il loro posto, dietro al carretto, i rappresentanti dell'ala militante, il passamontagna abbassato.

Mara udì le urla dei feriti e vide volare pugni, schiaffi, calci. Qualcuno del servizio d'ordine impugnò un estintore da cui partì una nuvola bianca schiumosa.

«Ehi, ragazze, andatevene. Qui è iniziata la battaglia», eruppe Sasà.

«Vieni anche tu», implorò la moglie piagnucolando.

«Io resto. Marita, portala via.»

«Dai, andiamo, se le danno di santa ragione. Vedrai, presto tornerà anche lui», disse convinta.

Senz'alcun ritegno ella piangeva amare lacrime di dispiacere per le sorti dei contendenti di entrambe le parti. Era addolorata per tutti quelli che venivano bersagliati, senza badare alla fede politica, ai sindacati d'appartenenza, al collettivo di riferimento, se facevano parte dell'ala creativa, o di quella militante.

«Perché si picchiano selvaggiamente e non provano a parlarsi?»

ripeteva, mentre il marito la pregava di lasciare l'assembramento per evitare che il suo coinvolgimento emotivo turbasse il feto.

«Vieni anche tu. Che resti a fare? Mi preoccupo, se rimani.» «Vai con Rita», reiterò lui.

«Dai, torniamo, sono stufa di stare qui. L'atmosfera si sta riscaldando, preferisco essere altrove quando cominceranno a volare le randellate, le pietre e chissà che altro», disse Bitta.

Acconsentì a malincuore ma, prima d'allontanarsi, volle fare qualche altra raccomandazione. «Cerca di restare fuori dalle risse. Bada. Evita i pestaggi. Altrimenti prendi il resto da me», minacciò in un impeto d'amore.

Egli sorrise di tanta passione. «Ci vediamo tra poco, resteremo tutti illesi», l'abbracciò, e lei riuscì a distaccarsi da lui. Giulia s'accorse che stavano per lasciare la manifestazione e volle seguirle. «Vengo con voi», proruppe.

«Andiamo», si rivolse a Matilde.

«No, rimango», si strinse a Glauco.

S'allontanarono sull'onda dei cori assordanti e derisori e gli sberleffi degli studenti. Sul marasma tuonava la voce oppressiva di chi esercitava il potere mediante un possente megafono da mille watt. Chi assisteva con distacco a quella rappresentazione vedeva l'impossibilità di un dibattito fra le parti, o di un contatto pacifico, giacché alle grida del singolo si contrapponevano le urla della moltitudine.

«Il dialogo è inesistente», notò Brigitta. «Sono mondi in conflitto, che si affrontano, entità sorde l'una all'altra.»

«Le vie d'intesa sono chiuse. Oggi ci sarà un'inutile dimostrazione di potere nei modi tradizionali e inefficaci. Temo che la controparte, decisa e inattesa, destabilizzerà la politica e i sindacati», osservò Mara.

Giunsero in via dei Sabelli commentando i modi e i mezzi scelti dai manifestanti, e chiedendosi quali sbocchi avrebbe avuto la protesta.

«A mio parere, da nessuna parte», profetizzò Samaritana.

«Beh, non per questo rinunceremo a far sentire la nostra voce.

Intanto la circolare é stata bloccata», disse Marita.

«Vedrai, il numero chiuso sarà reintrodotto fra qualche anno. Per vie traverse annulleranno le conquiste sui piani di studio, le tasse e gli assegni universitari agli studenti fuori sede», fu l'amara deduzione di Brigitta.

IMMA E SALVO

Aprì lo stipo, prese due bottiglie di passata casalinga, e le stappò. Voleva preparare un sugo fresco, e offrire ai sopravvissuti una spaghettata corroborante.

«Inviti tutti?», chiese Imma che, in piedi accanto a lei, seguiva ogni suo gesto nel tentativo di aiutarla. Mara annuì.

«Puoi ospitare i maschi finalmente?» si meravigliò Brigitta. «La bigotta ti dà il permesso di ricevere i pericolosi attentatori all'ordine pubblico e alla tua castità», inorridì all'idea che ella vigilasse sulle sue virtù virginali.

«No, ma così ho deciso. Fra qualche mese sarò laureata, me ne infischio delle ritorsioni. Deve accettare che ospiti una coppia di sposi o fidanzati», osservò. «Voglio vedere se ha il coraggio di obiettare.»

«Mah, potrebbe offendersi», immaginò Giulia preoccupata.

«Vedremo che cosa succederà. Intanto godiamoci un bel pranzo insieme», terminò Marita, mentre tritava la cipolla e le erbe aromatiche per la base. «Soffri di nausea, o hai qualche intolleranza alimentare?» domandò a Imma, prima d'aggiungere le spezie nella capiente pentola che aveva posto sul piano di cottura.

«No, mangio tutto», rispose quieta, pose le mani sui fianchi, e arcuò la schiena. Il bambino scalciò, e il ventre si mosse.

Le donne sedute intorno al tavolo sussultarono sulle sedie. «Fai solo il primo, come secondo piatto servi il timballo di verdure, la frittata e qualche fetta di formaggio, sono cibi genuini, e ti risparmi di cuocere altro», le suggerì. Rita annuì, versò un generoso filo di olio sugli aromi, e accese il fuoco.

«Ehm, che cosa odono le mie orecchie», esclamò Brigitta ben

disposta ad assaggiare le proposte culinarie di Imma. «Hai cucinato tu?»

«Entrambi», volle precisare lei.

«Devo parlarvi di una questione molto importante», esordì Giulia affatto interessata al cibo.

«Di che cosa si tratta?»

«Non riesco a contattare Marina.»

«E allora», si stupì Bitta.

«È sparita», affermò Sama.

«Come mai lo pensi?» dubitò Margherita.

«Avrebbe dovuto aiutarmi a organizzare la manifestazione dell'otto marzo, ma è irreperibile.»

«Hai sentito i suoi amici?»

«Chi sono? Non li conosco», ammise alzando le spalle.

«Tu che cosa sai di lei?» scandagliò Rita.

«A dire il vero, poco. L'ho conosciuta durante un collettivo. Condividiamo gli interessi sulla questione femminile», Sama strinse le mascelle.

«La trovo enigmatica», confessò Marita.

«Per quali ragioni?» sondò Giulia.

«Mah, è una sensazione a pelle», specificò lei.

Bitta assentì. «Anche a me fa lo stesso effetto, è strana, ma scomparire a che pro?» si rivolse a Giulia.

«Disdegna le riunioni, e non risponde al telefono», il dubbio aleggiava nell'aria.

«Hai il numero di casa?» suppose Mara.

«Sì, almeno credo», fece spallucce.

«A me ha confidato l'intenzione di sposarsi», riferì loro.

«Chi è il fidanzato?» la curiosità di Bitta fu soddisfatta in parte.

«So che è palermitano», disse Marita.

Giulia scosse il capo, titubante.

«Magari è tornato in Sicilia, e lei l'ha accompagnato», l'ipotesi di Brigitta.

«Fanno gli innamorati», la mammina preferì immaginare una causa amorosa. «Dev'essere tardi», valutò poi accarezzandosi il ventre.

Margherita guardò le lancette del minuscolo ovale d'oro sul polso destro. «È quasi mezzogiorno.»

«Chissà perché non rientrano?» s'interrogò Imma.

«Fra poco li vedremo tornare; la manifestazione è finita da un pezzo», suppose Sama.

«Allora perché tardano?» la voce ansiosa tradì il timore che fosse accaduto qualche spiacevole incidente al consorte.

«Vogliono vedere gli sviluppi della protesta», Marita la tranquillizzò.

«Ho una strana sensazione», presagì lei.

«Che senti?» Giulia era preoccupata per i compagni nel caos.

«Boh, ho l'impressione che si siano cacciati nei guai.»

«Sei pessimista», osservò Bitta.

«Mah, l'intuito di moglie mi tradisce di rado.»

«Parli di un sesto senso, una sorta di preveggenza?» s'informò l'altra. Imma annuì pensosa.

«Invece io preconizzo che è il momento di apparecchiare la tavola», Rita ruotò le palme aperte. Risero di gusto e iniziarono a disporre le stoviglie semplici e floreali, le posate, i bicchieri sulla tovaglia a quadretti bianchi e rosa coi tovaglioli coordinati. Brigitta divise le pietanze pronte in porzioni uguali e affettò il formaggio, la smania di gustare qualche boccone.

«Un giorno simile a questo non ritornerà nelle nostre vite.» La parabola di Rita suonò pervasa di nostalgia nel presente già passato per essere stato pensato e vissuto. «Chissà come sarà la nostra vita? Mai più rivivremo l'atmosfera fuggente di questa giornata. Forse, domani, ci accorgeremo d'aver dimenticato la protesta di oggi, gli ideali, le idiosincrasie, i timori per le incertezze future», fantasticò Brigitta.

«Li ricorderò per sempre», sospirò Imma.

«Perché?» Margherita sollevò le pupille.

«Fanno parte del mio tempo, mi appartengono. Ho partecipato a una protesta più grande di me, sono stata dentro un clima bollente e particolare. Tutto sommato ho vissuto un attimo positivo e irripetibile.»

«Irripetibile?» ripeté Giulia dubbiosa.

«Sì, il nostro futuro è già scritto su un sentiero tracciato da cui difficilmente potremo allontanarci. Comprende i figli, la famiglia, la pazienza, il lavoro, la masseria, che costruiremo mattone su mattone», fu la concreta e semplice risposta di Imma.

«Mi sembra una vita positiva», ritenne Brigitta.

«Tutti noi cerchiamo le medesime certezze: la serenità, gli affetti, la sicurezza economica, i discendenti, un luogo accogliente in cui vivere», affermò Rita.

«Sono queste le cose essenziali, e tu le possiedi», convenne Sama. Imma alzò le spalle in un gesto di rinuncia rassegnata. Avevano appena finito di apparecchiare, quando trillò il campanello. Mara s'affrettò a guardare il videocitofono, era Salvo. «Ci sono anche i ragazzi, possono salire?» chiese.

«Certo», aprì la porta, e attese.

Fu il primo a comparire nella rampa delle scale. Rita intuì qualcosa di strano nel suo aspetto ma, siccome aveva il volto celato dalla sciarpa di lana, non seppe spiegarsi che cosa fosse. Appena fu alla portata del suo sguardo, scrutò i profondi graffi, gli ematomi e le goccioline di plasma che rigavano le guance accalorate. Gli andò incontro per accertare l'entità delle ferite, aveva a cuore la salute della moglie e desiderava porre rimedio anzitempo per lasciarla tranquilla, evitandole la pena di quel viso contuso e sanguinante.

«Che cosa ti è capitato?»

«Ah, graffietti», minimizzò.

«Come te li sei procurati?» si preoccupò.

«Ci siamo ritrovati nella rissa fra le diverse fazioni. Arrivavano oggetti da ogni parte», Salvo alzò le braccia come a volersi riparare. Poi apparve Massimo, che era conciato peggio di lui.

«Ve le siete date di santa ragione», constatò Margherita.

«I combattimenti sono stati violenti», parlò Massimo per tutti.

«Con chi vi siete scontrati? coi neri?»

«Con il servizio d'ordine», assentì a cenni.

«Vi siete gettati nella mischia e avete disatteso la promessa.»

«Ci siamo capitati», chiarì Max.

«Si preoccuperanno», anticipò lei.

«Dopo la sorpresa iniziale avranno poco da ridire. L'importante è essere tornati sani e salvi», aggiunse.

«I conflitti continuano?» chiese Rita.

«C'era calma, adesso», dubitò affatto persuaso. «Sembrava che le parti volessero riposare per riprendere a menare le mani altrove.»

«Su, entrate», si scostò per lasciarli passare.

Sal si diresse verso il bagno, ma il tentativo di sgattaiolare fallì.

«Santo cielo, come ti hanno conciato», gridò Imma vedendo i rivoletti carminio rappresi sulle tempie.

«Nulla, stai tranquilla.»

«E come? mi hai portato qui per farmi morire di crepacuore?» i quesiti soffocarono nel petto, le mani corsero premurose verso il marito, che indietreggiò per impedirle di sfiorare le ecchimosi sanguinolenti. Poi toccò a Giulia, anche lei si agitò nel vedere il suo uomo lacero contuso, come un guerriero apache, durante un attacco alla carovana.

«Ti ho lasciato un attimo, incredibile. Qual è il senso di tutto ciò?» dubitò senza aspettarsi una risposta sensata.

«Come fai a non capire? Lottiamo per difendere i nostri diritti», esplose, le pupille lucide e fisse e una smorfia di disappunto.

Lei scosse il capo, e gli si avvicinò comprensiva e ben disposta.

«Disapprovo la violenza», affermò tranquilla, mantenne il contatto empatico finché nelle iridi del suo ragazzo vide comparire un'espressione umana.

«Volevamo evitare la rissa, ci hanno trascinato dentro», cercò di giustificarsi lui.

«Avreste fatto meglio a tornare con noi», fu il secco commento di Britta incapace di tacere per carattere e vocazione.

A ben guardare, però, il più pesto di tutti era Gero, che era incappato nell'attacco furibondo dei garanti dell'ordine.

Le chiazze di vernice gli conferivano un'aria bohémien: un eroico artista che lottava per l'arte e la cultura. Pivello comparve subito dopo; lo seguiva il Leader, segnato da pochi graffi e qualche abrasione superficiale. Infine entrarono Lellino, Rossa, Glauco e

Tilde praticamente illesi. Tuttavia si capiva che ci avevano dato dentro anche loro. Rita indicò il bagno e mostrò la cassetta del primo soccorso. «Pulitevi le ferite. Qui potete trovare alcol, ovatta e cerotti.»

«Ha il bialcol?» Massimo s'acciglió.

«Sì.»

«Ti lanci nei combattimenti e temi il disinfettante», obiettò Sama.

«Mi dà fastidio il bruciore», replicò offeso.

Mentre i feriti si medicavano, Margherita buttò la pasta.

A tavola ripresero la conversazione sui casi del giorno.

«Spiegateci che cos'altro è successo, quando ce ne siamo andate», ingiunse Rita.

«C'e stata un'ultima carica violentissima. I manifestanti hanno travolto i sindacalisti e le tute blu. Gli uomini del partito sono riusciti a fluire dalla mischia grazie ai sorveglianti», raccontò Leader.

«Gli autonomi proteggevano i militanti», aggiunse Pivello.

«Hanno pure distrutto il camion», fece eco Gero.

«Poi si sono scatenate le risse fra i gruppi che si affrontavano a lotta libera.»

«Nei viali retrostanti il rettorato ho assistito a risse affollate. Gli studenti affrontavano a bastonate e sassaiole i militanti del PCI», riferì Leader.

«I sindacalisti si sono scontrati coi dimostranti armati di chiavi inglesi e ferraglia», constatò Max.

«Appena c'è stata una pausa siamo tornati», assicurò Gero.

«Incredibile, abbiamo assistito a violenti tafferugli fra i rossi. Se qualche anno fa me lo avessero preconizzato, avrei pensato che fossero folli», esclamo Brigitta.

«Ehi, professoressa, parla facile. Preconiché?» ironizzò il giovane contadino.

«Predetto, detto prima», chiarì arrossendo.

«Ah, ora non vergognarti», le andò incontro. «Fra poco inizia l'assemblea dei collettivi», rammentò Pivello.

«A che ora?»

«Alle tre e mezza, venite?» li invitò Leader.

Accettarono tutti, tranne Lello e Brigitta, che chiesero il permesso di riposare. Marita glielo concesse.

Glauco dubitò. «Adesso si dice così.»

Scoppiò una risata collettiva.

«Anche Giorgio dorme con una inglese che ha portato a casa stanotte», rivelò Massimo. Marita ebbe un tuffo al cuore.

«Noi torniamo a casa», affermò Salvo con un sorrisetto sbieco. Imma emise un sospiro di sollievo.

Partirono con la luce del primo pomeriggio.

Anche gli altri uscirono. Lei rimase da sola a rassettare il tinello e a riaversi dalle emozioni mattutine. Coniderò che era avanzato tanto cibo: lo sformato, il pecorino, il pane casereccio, le noci, le mandorle, i biscottini, i taralli e un'impagliata di rosso. Perciò decise di replicare il convivio.

Quando Brigitta e Lele ebbero giaciuto abbastanza, si alzarono e la raggiunsero in cucina. Bevvero insieme un corroborante arabo. Al momento di uscire, Rita raccomandò loro di invitare tutti a cena. Appena fu sola, andò in camera, il letto era in ordine, apprezzò la discrezione di Bitta, s'infilò sotto le coperte e riposò, la mente svuotata.

Quella sera si ritrovarono intorno alla tavolata a fare la festa alle cibarie contadine.

«Ho visto affluire i reparti della polizia e dei carabinieri», riferì Bitta.

«Chi li ha chiamati?» volle sapere lei.

«Il rettore, ovvio», dedusse Lellino, tamponandosi con il tovagliolo.

Pivello deglutì un boccone di verdure, poi prese la parola. «Qualcuno ha improvvisato delle barricate coi tavoli, le travi, le automobili rovesciate, distrutte, demolite pezzo per pezzo. Colonne di jeep, camion, pantere della polizia, pullman di carabinieri hanno riempito i viali intorno alla Minerva», raccontò, la forchetta a mezz'aria.

Marita sorseggiò l'aglianico. «Voi indiani che posizione avete preso rispetto agli atti odierni?» si rivolse a Gero.

«Ah, pur non essendo pacifisti a oltranza, abbiamo ribadito che avversiamo le prevaricazioni e il terrore », acclarò.

Lei assentì. «Però, quest'anno, La Repubblica ha collegato il Gruppo Geronimo alle azioni armate. I giornalisti hanno incominciato a seguire le vostre azioni, e le principali testate colgono ogni occasione per raccontare le gesta dei rivoltosi», osservò.

«Puttanate. È tutto falso, ci limitiamo a organizzare qualche corteo colorato per le vie, gridando "*Ea, ea, ea, ah!*" e danzando in allegria», Gero negò le illazioni e le accuse di collusione coi militanti armati.

«Ti credo. Però la mia opinione conta poco.»

«Oggi abbiamo meritato l'esercito e i blindati? dimmi la tua opinione», la esortò, le posate sul bordo del piatto.

Margherita tacque incerta. Pivello aggiunse che gli indiani occupavano le case sfitte. Gero inforcò un grosso boccone di pasticcio, e lo ingollò in silenzio. Leader era meno loquace del solito, intento a trangugiare le verdure e le spesse fette di formaggio, sotto lo sguardo ammirato di Rossa, che aveva tramato l'impossibile pur di sederglisi accanto. «Voi vivete nelle comuni, vi drogate, fate sesso con chi vi pare, la vostra contestazione cosiddetta culturale è utile, come l'aria fritta», asserì Leader in tono duro.

«Hai poco da criticare, tu», reagì Gero. «Mentre voi dell'estrema sinistra combattete il sistema con la forza, noi abbiamo scelto le vie creative, ispirandoci al Dadaismo. Rifiutiamo in maniera radicale i modelli di vita borghesi e i mezzi espressivi più tradizionali.»

«Sì, e vi rintontite con le droghe», obiettò Leader, la chioma mogano ondeggiò avanti e indietro.

«Conduciamo una vita surreale e fumiamo erba, vero. Però siamo contrari all'uso dell'eroina: é una droga pericolosa, che porta alla dipendenza e alla morte», ricambiò lo sguardo crudo di Leader che lo fronteggiava spavaldo.

Max aveva preso posto a capo tavola fra Giulia e Sbarbatello.

Aveva lasciato la parola agli altri, preferendo soddisfare con il cibo la libido orale. Ma ora che aveva finito le pietanze e placato l'appetito volle contribuire al dialogo costruttivo.

«I giornalisti mettono in evidenza ogni azione di protesta per assicurarsi lo scoop. Ci tengono sotto osservazione poiché siamo pittoreschi, come un circo; le manifestazioni fanno notizia; le principali testate giornalistiche colgono ogni occasione per raccontare ciò che vogliono alla loro maniera. È noto che una narrazione imparziale degli eventi è assai improbabile, quindi ci dipingono come gli pare», osservò.

«A oltranza osteggeremo il sistema e la stampa, neppure i carri armati ci fermeranno», s'infervorò Pivello.

«Userete anche le pistole?» indagò Leader.

«Solo se sarà necessario, e voi?» provocò lo sbarbatello.

«Mai, per quanto mi riguarda», si ribellò il leader fermo nella sua convinzione.

Il diciassette febbraio fu un giorno infinito per Imma, cosicché in macchina sentì il bisogno di riposare, socchiuse i cigli, si lasciò avvolgere dall'atmosfera familiare dell'utilitaria.

Durante il silenzioso viaggio verso Fievo ripensò al peso delle ultime ore. Lei viveva d'amore e tranquillità nella dimora che lui stava edificando. Si nutriva di affetti semplici e concreti. Il fardello che cresceva nel suo grembo era un peso d'amore. Solo di questo aveva coscienza.

Quel giorno, aveva visto la solitudine e l'insoddisfazione giovanile. Gli studenti, che reputava fortunati e superiori a lei, subivano il peso dei burocrati che non capivano e dai quali si sentivano respinti. Il carico che portavano era anche amore per se stessi e la vita, il futuro e la cultura.

Giulia immaginò che a loro erano toccati dei corpi. Le menti nel sogno avevano sognato un sogno. Le capacità speculative avevano costruito un miracolo. L'elaborazione del futuro aveva generato l'angoscia. Allora i loro cuori brucianti di candore avevano tremato davanti alla pesante lentezza della macchina sociale: gli attrezzi, il salario, la professione, il profitto, la finanza, l'economia, la politica, la burocrazia, gridando di dolore. Matilde era felice d'amare il prossimo. Intuiva, malgrado il suo infinito sentimento, che gli sconfitti, i vinti, i poveri di spirito, gli ultimi portavano il gravame delle loro vite e anelavano a trovare il riposo tra le braccia dell'amore pietoso e universale. Era convinta d'ignorare tutto. Però la saggezza l'aveva nutrita attraverso le linfe naturali, e tale cibo le aveva mutuato che si trova pace nell'amore. La furia dei manifestanti, che tanto l'aveva spaventata, nasceva dalla mancanza di accoglienza, credeva. Loro erano stati respinti dalle braccia dell'amore. La sua semplicità la induceva a credere che vivevano nel tormento privo di riposo, e sentivano la coercizione a battersi per costruire un nuovo rinascimento, un rinnovato umanesimo.

L'immaginazione fanciulla di Marita suppose che l'amore, come lo immaginava, andava ben oltre il sesso. Pensava amore, intendeva fraternità, uguaglianza, dignità della persona.

I rivoltosi scesi in strada erano folli, ma avevano il diritto di sognare e volere tutto. Quel giorno aveva visto degli angeli folli ossessionati da una teoria rivoluzionaria. O, forse, erano demoni bramosi di vita.

Parevano dáimōn, coscienze sospese fra il cielo e la terra, incerti tra la luce e le ombre. Quegli annunciatori erano macchinosi componenti di un'organizzazione mobile e ingiusta, collegati tra loro da idee elevate, che azionavano le loro gesta e, forse, nelle retrovie più oscure e violente, qualcuno armava le loro ali fragili. Bitta vagheggiò l'opzione che i più inquieti tra i contestatari fossero alienati di disillusione e la tinta dell'amore, che avevano ricevuto, fosse rosso-latteo-bruno. Era cibo greve.

L'abbraccio universale è dolce e privo di colore: dà senza chiedere, pensava. I figli di quel decennio anelavano ai sogni e ai liberi pensieri nella solitudine collettiva e, nell'ardire del suo eccesso, le iridi splendevano di vita e furore sotto il cielo plumbeo di quel mattino invernale.

Massimo considerò che le mani dei compagni si muovevano, sotto la cute tremava l'ardore rivoluzionario. Gli attivisti agivano nell'illusione di un sogno, chiedendo gesti d'amore e giustizia.

Erano i figli dell'Italia e, se il primo atto d'accoglienza è la nascita, loro erano nati da una madre anaffettiva e incurante dei bisogni delle proprie creature.

Desideravano abbracci, ascolto e comprensione per tornare o restare nel natio corpo fisico e spirituale.

Rossa, la pura innamorata di Leader, con la sua ingenua grazia, immaginò i propositi segreti di madre patria.

"Vedo adolescenti dinanzi agli atenei e agli angoli delle strade che sognano e parlano di sovvertire il sistema e quei ragazzi sono i miei figli."

Leader rivangò mille pensieri belli e altrettanti brutti e li elencò per non dimenticarli. "Italia, mi hai promesso tutto e ora lo voglio. Valgo due lire, oggi. Non riesco a sopportare il mio sentire. Finirà la battaglia spietata? ridiventeremo umani? Soffro, la mente si smarrisce nella follia collettiva. Non mi seccate, vadano a farsi fottere i politicanti. Cerco verità e sicurezza. Italia, quando diverrai la mia personale Angelica, la guida spirituale su questa terra governata da matti che si credono saggi, perché il popolo gli ha concesso il potere? Toglierai gli stracci che ti hanno gettato addosso generazioni di burocrati per mostrarti a me in tutta la tua fulgida bellezza? Italia, sarai mai orgogliosa dei tuoi figli: i rossi, i bianchi, i verdi, o a quadretti? Perché le tue università sono piene di grida? Sono stufo delle incongrue pretese di geriatrarchi e burocrati. Sono incazzato con i nuovi chierici, i baroni del sapere. Madre Italia, impedisci che gli ingranaggi spietati dei potenti triturino le nostre menti. Potremmo fare grandi cose, un bel lavoro di squadra, noi del '77 e te.

Gero non voleva un manipolo di eroi: gli eroi muoiono giovani e sono inimitabili. Desiderava vivere in un mondo di uomini. Doveva esistere un punto d'incontro. "Italia, non spingermi ai margini; non disperdermi in un paese straniero, e non chiedermi di rinunciare ai miei sogni. Mi rifiuto di rinnegare le mie ossessioni. Italia, i fiori di primavera stanno per sbocciare, fa' che siano puri e privi di sangue. Ogni giorno i figli del popolo assassinano un fratello. I notiziari leggono i bollettini di guerra e i verdetti dei processi per terrorismo. Qesta storia mi frustra, perciò fumo marijuana, mi stordisco e mi ubriaco di vino rubino frizzante. Resto chiuso intere giornate a guardare le polveri cosmiche che, come spettri evanescenti, appaiono nei fasci di luce alla finestra. Mi nascondo nei crepacci temporali e m'avvicino al trascendente."

"Scopo le più belle, e non regalo le rose rosse, né le bianche, né le gialle. Leggo l'Espresso, che turba la mia coscienza, il Manifesto, che aggiunge ossessioni alle mie paure. Leggo di politici onesti (e rido) e di seri capitalisti, o di industriali preoccupati per le sorti delle loro ricchezze, e di scrittori impegnati, di fotografi e cineasti che delle donne mostrano finanche i genitali. Sono pieni di nudi i teli nelle sale, i muri scrostati, le riviste patinate. Non permetterò che la mia vita emotiva sia guidata dalla stampa asservita, o dalle riviste vestite di voyeurismo.

Le mie sostanze personali consistono in due canne d'erba e milioni di vagine vendute al posto della letteratura. Finirò per impazzire, se continuo a pensare alla grassa burocrazia che dirige le nostre vite. Non accetto di finire in un carcere o in un manicomio. Mi rifiuto d'avere a che fare con la gente ubriaca di potere. Non voglio morire in un cantiere o in una fabbrica di automobili", pensò Giorgio sazio di sesso.

Glauco desiderò che tutti i bambini del pianeta avessero cibo a sufficienza e l'accesso al sapere. Implorò che Italia offrisse di che vivere ai contadini meridionali. Si augurò che i tenaci cafoni e gli sfaticati terroni, che lavorano sedici ore al giorno, rifiutassero di chiedere asilo in cambio di un tozzo di pane.

Sognò che i figli dei proletari non vendessero l'anima per diventare carne da macello o eroi.

Ebbe idee roventi di sarcasmo. "Italia, odi le pretese degli operai assordati dai rumori e soverchiati dai rotismi della catena di montaggio? Ti paiono eccessive le rivendicazioni dei disoccupati che chiedono un lavoro per sfuggire all'indigenza e conservare la dignità. Aiuto.

"Italia, ora mi rimbocco le maniche. Che altro posso fare?, basterà studiare?, chinare la gobba?, partire soldato? La naia mi fa schifo, meglio che cominci a passare gli esami per rinviare il CAR. Non voglio lavorare al tornio, come mio padre, né diventare psicopatico. Dal fondo delle increspature terrestri, madre Gea ascolta il tuo respiro, che si fonde con i diamanti di ghiaccio sotto il suo immutabile sguardo, e testimonia la storia che è stata, e sarà."

A Lele venne in mente la rivoluzione culturale del '68: suo fratello vi aveva partecipato e si era schierato con la sinistra extra parlamentare. Ricordò una frase che gli ripeteva spesso.

«Bisogna promuovere attivamente l'avvento di una moltitudine senza oppressi e l'apertura di una società liberata e fraterna.» Ignorava chi fosse l'ideologo di quella massima, ma sapeva che era un uomo "libero religioso e rivoluzionario non violento", ed era certo di volergli idealmente assomigliare per offrire il suo personale contributo alla nascita di masse libere e fraterne.

La mente di Pivello suggerì: "Non credo alle vostre leggi. Non dirmi di smettere lo spinello. Siedo in camera mia, strafatto. Sento i muri vibrare. Sniffo cocaina, le narici mi fanno cantare. Ho visto le cupole di Roma infilarsi nelle nuvole. Sono un alienato sotto il cielo dell'urbe. Nevica, datemi duecento lire. Dovresti vedermi come prendo la vena e la bianca fluisce dritta al cervello. Mi brucia. Sono filonegro, di sinistra, frocio, checca. Sono un beatnik, un hippie, un capellone mai schierato. Respiro aria pulita. Siedo nudo sull'erba, blu, vibrante di terrore."

La protesta proseguì, il Ministro dell'interno ordinò l'attacco coi blindati, gli estremisti risposero con la guerriglia.

Nel comunicato all'Assemblea Nazionale del Movimento Universitario del ventisei e ventisette febbraio, gli Indiani Metropolitani dichiararono: «Denunciamo e rifiutiamo l'allucinante clima di violenza e prevaricazione, ci dissociamo da qualsiasi conclusione di questa assemblea e dalle migliaia di mozioni presentate dai professionisti della politica.»

La crisi dei movimenti indusse gli indiani a reagire e a rifiutare la contestazione violenta. Scelsero la protesta culturale e pacifica e negarono i modelli espressivi borghesi.

CAPITOLO 3

Primavera 1977

REPRESSIONE

Sabato 5
«Il magistrato incaricato di condurre l'inchiesta sul rapimento di Francesco Fonti da parte di GP ha imposto ai familiari di non pagare il riscatto. Gli investigatori stanno conducendo indagini e perquisizioni serrate e, grazie alle segnalazioni di alcuni testimoni, pensano di poter individuare in tempi brevi il covo eversivo ed essere, quindi, prossimi alla liberazione dell'ostaggio», annunciò il telecronista.

Venerdì 11
«Oggi a Bologna, durante una manifestazione, è stato ucciso Francesco Lorusso, un militante di Lotta Continua, studente venticinquenne di medicina. Tutto ha avuto inizio in mattinata intorno alle dieci. Alcuni militanti hanno tentato d'entrare nell'Istituto di anatomia dov'era in corso una riunione di Comunione e Liberazione. Ne è seguito un contrasto con il servizio d'ordine ciellino, dopodiché il gruppo cattolico si è barricato dentro. Il rettore, informato dei fatti, ha chiesto l'intervento della polizia. Gli attivisti hanno cercato di spiegare che avevano subito un attacco, ma i poliziotti li hanno caricati, consentendo ai cattolici di uscire. I carabinieri hanno respinto i dimostranti fino all'incrocio di via Mascarella con l'uso intensivo di gas lacrimogeni. Lì qualcuno ha lanciato due bombe molotov, una delle quali ha preso il telone della camionetta degli agenti.
Sono partiti degli spari. Francesco è stato centrato al torace da un proiettile esploso da un carabiniere. Nel pomeriggio si è riunito un corteo di protesta non autorizzato, che è stato disperso con violente cariche. La guerriglia e gli scontri sono

proseguiti per tutta la giornata», Margherita annotò.

Sabato 12
«Lotta Continua ha indetto a Roma una manifestazione nazionale per contestare la repressione cui hanno partecipato più di cinquantamila dimostranti. Forte e sentita la protesta per la morte di Francesco Lorusso.
Lungo il percorso vi sono state azioni di guerriglia urbana, l'assalto alla sede della Democrazia Cristiana in Piazza del Gesù, l'esproprio di un'armeria. Non sono mancati le sparatorie tra i militanti e le forze dell'ordine. Il corteo si è sciolto in Piazza del Popolo con l'arresto di centinaia di manifestanti.»
«A Bologna, alle ventitré e quindici minuti, la polizia ha chiuso Radio Alice, i redattori sono accusati di avere guidato le manifestazioni.»

Domenica 13
«L'uccisione di Francesco ha innescato una serie di conflitti fra i dimostranti e i carabinieri. Le azioni si susseguono da venerdì e interessano l'intero capoluogo. La zona universitaria e altri centri nevralgici sono stati occupati dai mezzi blindati inviati da Cossiga per reprimere la guerriglia.

Lunedì 14
«A Bologna le autoblindo inviate dal Ministro dell'Interno hanno sgomberato gli studenti che occupavano gli atenei.»

Martedì, 15 aprile
«Il progetto di riforma Malfatti è stato approvato dal Consiglio dei Ministri.»

Nel periodo successivo, Mara ritornò alle consuete abitudini, si serrò dentro casa e riprese a studiare. Ai soliti usi, aggiunse l'abitudine di recarsi ai convegni politici da Max, dove trovava Glauco e Matilde, Lele e Bitta, che ormai facevano coppia fissa. Giorgio, il Barracuda seduttore, mai la perdeva di vista, la osservava in silenzio, lo strabismo destrorso gli conferiva un'irresistibile aria torbida.

Coglieva il suo sguardo insistente e ne aveva timore, la sua non era soggezione, piuttosto la vaga paura dell'ignoto che aleggiava in lui, cui faticava ad attribuire una fisionomia.

Alla compagine si univano quasi sempre il Leader, Rossa e il Pivello. Geronimo, l'intrepido che voleva fondare un partito, si faceva vedere di rado. Ai frequentatori abituali, talvolta si aggiungevano degli sconosciuti che comparivano una sera e poi sparivano nell'ombra da cui erano sbucati.

Ella osservava la felicità delle coppiette, rallegrandosi per essere stata la complice inconsapevole del dio amore. Notava che ogni duo viveva il sentimento amoroso con modalità diverse. Ele e Brigitta, fusi in un abbraccio avvincente e voluttuoso, somigliavano a una vecchia coppia di coniugi, tanto erano sincroni e solidi nel loro sentire.

Glauco e Matilde si sforzavano di contenere la reciproca pasione ed evitavano le eccessive effusioni in pubblico. Però si capiva che sotto la cenere covavano ardenti tizzoni di erotismo e sensualità. Il pudore conferiva loro un'involontaria aura sensuale e morbosa, che li rendeva più erotici di quanto volessero apparire. L'amore sfuggiva al controllo del raziocinio e seguiva le più spontanee vie sensoriali.

I sentimenti di Bitta e Lele erano di natura gioiosa e libera. Lasciavano spazio al gioco erotico e trascuravano di nascondere il vicendevole desiderio.

L'appartamento della vedova, ormai rassegnata all'andirivieni, era divenuto il pensatoio comune. Là si dibattevano questioni sociopolitiche, culturali e artistiche.

Una dozzina d'intellettuali, ignari d'essere tali, si riunivano per discutere i ultimi sviluppi, senza la pretesa di sovvertire gli assetti esistenti.

Talvolta le femmine si appartavano in una stanza e vi rimanevano per ore a parlare delle questioni di genere. La raccolta delle firme era terminata l'otto marzo, la giornata dedicata ai diritti dell'infanzia e delle donne, grazie all'impegno di Giulia che, strano a dirsi, non aveva avuto problemi coi fascisti. Piuttosto, l'aveva stupita la scarsa sensibilità degli uomini che rifiutavano di firmare.

Le compagne attribuirono tale comportamento alla consuetudine maschile di sottovalutare l'operato delle donne.

Marina, che avrebbe dovuto cooperare, aveva preso il volo. Giulia ebbe il supporto delle donne del quartiere Tor Bella Monaca. Margherita era persuasa che le compagne potessero farcela. Sama le chiese la fonte di tale convinzione, ed ella evidenziò che con la giunta di sinistra le cose sarebbero state più facili. I consiglieri e gli assessori del PCI avrebbero assicurato il benessere delle classi meno abbienti.

Bitta era di tutt'altro parere: i politici avevano tanti problemi da risolvere ben più gravi e pressanti di quelli posti da loro. Era di secondaria importanza offrire il doposcuola a una ventina di bambini, ancora lungi dall'essere elettori, o un consultorio alle donne di un quartiere periferico. Il giudizio smaliziato dell'amica fece impallidire Sama che, imbronciata e delusa, si abbatté. Forse dava per scontato l'assenso e aveva sottovalutato la pochezza delle richieste rispetto agli enormi problemi gestionali di una metropoli. Però aveva intenzione di difendere gli aneliti in cui credeva, soprattutto se creavano benessere.

Aveva adocchiato alcuni locali adatti a organizzare lo studio sussidiario e un ambulatorio per le donne e le famiglie che necessitavano d'assistenza sanitaria e psicologica.

Se le domandavano chi avrebbe gestito la scuola popolare e chi le visite mediche, rispondeva che c'erano molti volontari disposti a donare un po' di tempo. Operatori di ogni censo credevano nel volontariato e nella solidarietà, ripeteva, molti offrivano una quota di tempo e l'esperienza, ed erano pronti a collaborare e a sostenere l'innovazione.

Decisero che avrebbero presentato la petizione sia al comune, sia alla circoscrizione. Giulia telefonò in municipio, prese appuntamento con il sindaco e stabilì che sarebbe andata con una piccola delegazione.

La data fissata, lunedì sei aprile.

Presero in esame ogni eventualità e stabilirono che, se la richiesta fosse stata respinta in toto, avrebbero inscenato una manifestazione di protesta. Non esclusero i volantini e un corteo pacifico, ma balenò anche l'intenzione di occupare l'edificio. Ci stava un gesto eclatante per attirare l'attenzione dei mass media sulle problematiche civiche e la carenza dei servivi sociosanitari e assistenziali.

Margherita si ritrovò a fare parte del comitato femminista, sebbene con impegno marginale e privato, ma era pur sempre una studentessa della sua epoca, che voleva intendere il presente intriso di protesta e studio. Apparteneva al nucleo studentesco e tanto bastava a fare di lei una protagonista di quegli anni.

Un giorno, in un futuro inimmaginabile, dai nebbiosi veli della memoria sarebbero riemersi i ricordi nascosti fra le pieghe dell'infinito, allora avrebbe rivisitato gli avvenimenti nell'intreccio delle trame, e si sarebbe vista chissà come? Chissà quale il giudizio?

DIPENDENZA

Le manifestazioni studentesche avevano impegnato le sue giornate e aveva dimenticato di ritirare la borsa col germano. Un pomeriggio decise di recarsi dalla giovane. Percorse il quartiere San Lorenzo fino al fondaco, sperando di trovarla là.

Varcò l'ingresso. Attraversò l'ampio cortile interno e si accostò alla porta dello stanzone in cui vivevano gli hippy. Guardò attraverso le vetrate, ma vide nessuno. Bussò sui vetri e attese che qualcuno rispondesse, o almeno s'affacciasse. Silenzio.

Decise di entrare, prese coraggio, abbassò la maniglia e avanzò nell'antro, dove rimase accecata dal buio. «Ehi! C'è qualcuno?» chiamò.

Non vi fu risposta e ripetè a voce alta. «Sergio, Anna, ci siete?» Fu allora che udì un suono indistinto, proveniente dal retro magazzino, che la persuase a chiamare ancora, prima di andarsene. «Anna, sei qui?»

«Chi cerchi?» domandò una voce fievole.

«Anna», guardò nel vuoto.

«Non c'è.»

«Dov'è?»

«Non lo so», i suoni divennero materia e forma di ragazza.

Nel vederla si rincuorò. «Davvero non lo sai?»

«Anche se lo sapessi, perché dovrei dirtelo?» trascinò la voce.

Doveva essersi svegliata da poco, tanto era pallida e ipotonica. «Perché ho preso un impegno: debbo ritirare una borsa.»

«Ah! Mi dispiace, non è qui.»

«Non c'è neppure Sergio?»

La hippy dissentì, mostrando una larvata insofferenza, voleva essere lasciata in pace. Mara capì e desisté. Poi ci ripensò spinta dall'intuito che le suggeriva di scoprire dov'era Anna a tutti i costi. Perciò, prima di andarsene, fece l'ultimo tentativo.

Di solito era discreta, ma quel caso era speciale. Il suo innato istinto da creatura di campagna, abituata a cavarsela sia nelle macchie, sia nelle giungle cittadine, voleva accertarsi che la tizia stesse bene. Poco le importava l'agognata borsa. Aveva intuito che Sergio e Anna erano fusi in un legame peculiare, che era dato dal vivere in una comune e da una sorta d'interdipendenza, che scaturiva dall'uso delle sostanze e li costringeva in un'unione di reciproca subordinazione.

«Senti», esordì. «Sono preoccupata per lei, sono stata qui, ho parlato con Sergio, ma non l'ho vista. Lui mi disse che era indebolita. In effetti, quando la vidi per strada, mi sembrò sofferente. Quindi insisto per sapere come sta.»

Le asserzioni tranquillizzarono la giovane. «Perché la cerchi? sei una parente?» volle sapere.

Scosse il capo. «Sono una cliente e sono interessata alla sua salute, dacché l'ho vista in pessime condizioni.»

«Ti sarai sbagliata», si eclissò dietro la tela.

«Senti, tu, se non mi dici dov'è, chiamo i carabinieri», la frase minacciosa uscì, senz'averla neanche pensata, tanto che a stupirsi fu più lei a che la hippy, che pure impallidì e indietreggiò. Si avvicinò al bancone e la fissò atterrita.

«Se chiami gli sbirri ci metti nei casini», fece cenno di seguirla. Allora, inaspettatamente, ebbe timore di oltrepassare il tendone poiché ignorava che cosa avrebbe scoperto oltre. La giovane l'attese accanto alla tenda e tenne un lembo scostato per farla entrare.

Intravide una dozzina di letti disfatti. Capì che gli occupanti erano in giro a quell'ora pomeridiana. Avanzò, seguita dalla tipa, e oltrepassò la soglia di stoffa. Appena fu dentro, si perse in un miasma di stimoli visivi. L'afrore di corpi, l'aroma acre del pellame, le emanazioni chimiche e nauseabonde invasero le narici, e la vista si smarrì nel caos.

In mezzo alla stanza, su un enorme tavolo di legno grezzo, scorse degli avanzi di cibo decomposto. A giudicare dalla puzza e dalle muffe dovevano essere lì da giorni. Alcune stoviglie e posate sporche erano sparse tra i residui alimentari, frammisti a cucchiaini, bottiglie di birra e vino. Contro uno spigolo, un lavandino di pietra gocciolava unto alimentare esalante un odore acre di rancido. Accanto, una vecchia cucina parlava di sporcizia e luridume, come il lavello.

L'hippy s'inoltrò e si fermò vicino a un letto. Marita scrutò nella penombra e, celate da vecchie coperte rattoppate, scorse due sagome immobili. Al primo sguardo le parve dormissero un sonno innaturale, somigliavano più a cadaveri che a esseri viventi. Nei volti smagriti, il colorito ocra, riconobbe a stento Anna e Sergio. Una lieve vertigine la colse, si era cacciata in un pasticcio.

«Ma che cos'hanno?» la scrutò.

«Dormono.»

«Gli altri dove sono?»

«Che ne so, alcuni stanno via settimane. Tanti si fermano una notte», chiarì.

«E tu?»

«Io cosa?»

«Non li aiuti?»

«Dovrei?»

«I tuoi compagni vanno in crisi, e te ne freghi», eruppe Marita.Fece spallucce. «Capita di fare viaggi più lunghi», biascicò.

«Da quante ore stanno così?» insistè Rita.

«Da stanotte», suppose mentre con un elastico raccoglieva le chiome sudicie dietro la nuca.

«Non ti sei preoccupata?» ripeté.

Fece spallucce. Nell'avvicinarsi al letto, la punta del piede calciò un piccolo oggetto, che emise un suono metallico. Guardò: un cucchiaino roteava fra un fornello da campeggio, siringhe usate e lacci emostatici. «Ora chiamo il pronto soccorso, spiego la situazione e dico di mandare un'ambulanza», decise senza esitare.

«Fai come ti pare», si rassegnò.

«Avete un telefono?»

L'altra dissentì. «Chiedi a qualcuno del palazzo», suggerì cianciando le sillabe. Margherita ricordò che poco distante c'era una cabina telefonica. Aveva qualche gettone nella borsa e decise di chiamare da lì: avrebbe guadagnato attimi preziosi. L'operatore che rispose comprese la gravità e volle sapere i particolari: erano coscienti... respiravano. Assicurò che erano privi di riflessi, la respirazione difficoltosa.

«Com'è il battito?»

«Il polso è flebile.»

«Sono in ipotermia?»

«Sì», rispose sicura. Anna era fredda come il marmo, quando l'aveva sfiorata.

«Reagiscono agli stimoli uditivi e visivi?»

Spiegò che li aveva chiamati, mai avevano dato segni vitali. L'uomo chiese l'indirizzo, le raccomandò d'attendere l'ambulanza, ché la squadra sarebbe arrivata nel giro di pochi minuti.

I sanitari giunsero presto, illustrò loro le circostanze. Mentre gli infermieri prestavano i primi soccorsi, le ragazze uscirono dal dormitorio insieme a un operatore che gli pose le domande di routine. Marita precisò che era estranea alla comunità, si trovava lì per ritirare una borsa, e sapeva poco o nulla degli ospiti.

«Mi dia le loro generalità?» Gli disse i nomi. «Null'altro?» «Chieda all'inquilina.»

L'operatore pose la medesima domanda all'hippy che vaneggiò una risposta confusa. Si rivolse di nuovo a lei. «Hanno i documenti?» Scosse il capo. «Conosce qualche familiare?»

Negò di nuovo. «Sono gravi?» domandò al suo interlocutore.

«Sono in coma.»

«Come farete ad avvertire i genitori?»

L'altro tentennò. «La direzione segnala i casi ai carabinieri. Loro cercano fra le persone scomparse e, se hanno fortuna, risalgono ai parenti.» Le disse di firmare il verbale. Ella esitò, ma lui le fece intendere che era proprio necessario. «Ha telefonato lei ed è l'unica in grado di farlo», chiarì strizzando i cigli.

Appose la firma in calce al documento.

«Se dovesse avere delle informazioni ce le comunichi, abbiamo bisogno di parlare con i famigliari.»

«Quale reparto devo contattare?»

«Il pronto soccorso del Policlinico.»

Intanto comparvero i portantini, i corpi esanimi giacevano sulle barelle. Comprese che la situazione era disperata.

I barellieri raggiunsero il mezzo, ed ella rimase sulla soglia a guardare le sagome immobili sotto le coperte grigie.

Giurò che mai avrebbe nuociuto a se stessa. Pensò alle famiglie che erano all'oscuro di tutto e si rattristò. Si compenetrò nel dolore dei genitori e sentì montarle nel petto una sofferenza inaudita.

"Scoprire che il proprio figlio si droga, si brucia le vene e il sistema nervoso e si offre a una morte lenta e straziante deve essere la più atroce delle pene. Noi donne concepiamo i figli e diamo loro la luce, nessuna madre e nessun padre sopravvive al lento morire che nega la vita."

Il giorno seguente andò al Policlinico.

Chiese notizie di Anna e Sergio a un'operatrice del Pronto Soccorso, che pretese sapere se era una parente. Quando conobbe la storia divenne molto scortese. «È proibito rilasciare informazioni agli estranei», asserì brusca.

«Ma li ho soccorsi, ho firmato il verbale, vorrei sapere come stanno», implorò.

La donna si addolcì, indagò i particolari per risalire alla pratica. «Ehm, sono ricoverati in rianimazione.»

Dunque erano gravi, ma c'era speranza, immaginò sollevata.

«Hanno avvisato i familiari?»

Sbirciò le carte e annuì «Sì, dunque smetta di darsi pena. Non posso dirle altro», terminò decisa.

Era abbastanza. La ringraziò e uscì dal nosocomio, conscia che abbandonava per sempre al loro destino due persone che, come tante altre, le si erano mostrate nello spazio di un meteoroide, simili ad apparizioni fantasmatiche.

Presto sarebbero precipitate nella grotta delle immagini illusorie, larve irreali nella frazione millesimale del tempo cosmico, visioni defunte, spettri inconsistenti.

Sospirò e tornò dentro la bambagia che si era sprimacciata all'interno della preziosa dimora romana. Là si sentì sfinita dallo studio, segnata dai fermenti, atterrita dagli attentati e dai rigurgiti sociali. Aveva bisogno di riposo. Quale luogo poteva garantirle un'evasione dal clima avvelenato che respirava nell'ambiente universitario se non Aquinto?

Un taglio netto, ecco quel che le occorreva.

Le lezioni erano terminate, gli appunti trascritti, l'ultima sessione d'esame era programmata a fine maggio, poteva studiare a piacimento nel focolare domestico.

La professoressa aveva letto la tesi, si era complimentata per la ricerca, le aveva suggerito d'approfondire alcuni punti e di alleggerirne altri, troppo documentati.

«È il difetto di chi ha a disposizione tanto materiale, finisce per produrre un testo ridondante», il commento.

Aveva colto la suggestione e sapeva che cosa fare: scrivere un trattato snello, la gradevole lettura, eliminare aggettivi e avverbi inutili, tagliare i concetti ripetuti, individuare i temi portanti e ridurre all'osso l'argomentazione. Voleva una scrittura elegante e piacevole, e un'impaginazione fine e accurata.

Ancora mancava la pace nel quartiere San Lorenzo, nel Piazzale della Minerva, in via dei Sabelli, dei Volsci, dei Sardi.

Le agitazioni fagocitavano le sue energie.

I dibattiti da Max la sfibravano.

Le vacanze di Pasqua si avvicinavano. Decise di regalarsi un periodo di riposo ritemprante a Fievo. Raccolse il materiale, preparò la valigia, prese la Lettera 35 e partì una sera di fine marzo. Ad Aquinto si sarebbe immersa in un'atmosfera pacata: sole, vento verde, sentimenti profumati di fiori campestri, e l'oblio bianco, come una pagina immacolata.

MANIFESTAZIONI

Sull'agenda scrisse poche note.

Giovedì, 21 aprile
«A Roma, i poliziotti sono intervenuti per sgomberare alcune facoltà. Si sono susseguite battaglie violentissime fra gli studenti e gli agenti e tra le fazioni politiche della destra e della sinistra. Molti militari e studenti sono stati feriti. È stata colpita anche una giornalista americana. Purtroppo l'allievo sottufficiale Settimio Passamonti ha perso la vita.»

Venerdì 22
«Il Ministro dell'Interno ha vietato qualsiasi manifestazione pubblica a Roma fino al trentuno maggio.»

Giovedì 28
«A Bologna i dimostranti hanno inscenato un corteo festoso per condannare i gravi episodi. La modalità pacifica è servita ad aggirare i divieti imposti dal prefetto ed evitare le violente rappresaglie. Le varie parti del corteo erano separate da clown con la biacca e i tromboni. Dietro a un enorme drago di cartone colorato, simbolo del fenomeno, sono sfilati i mascheroni satirici di Andreotti e Berlinguer, i discussi protagonisti del compromesso storico.»
Venerdì 29 e sabato 30 aprile
«A Bologna si è riunito il secondo coordinamento nazionale del Movimento.»

Martedì, 3 maggio

«È stato rinviato il processo alle BR a causa delle minacce ai giudici e ai giurati.»

Un pomeriggio, le telefonò Giorgio. Le chiese di uscire con lui. Voleva parlarle. Accettò titubante, e andò.

Quella sera, le rondini, caporali nel cielo, impazzivano di gioia nell'aria maggese. Sfrecciavano a caccia di Ditteri davanti al suo naso alla finestra.

Giorgio voleva una storia vera, lo sguardo supplice.

«Dormi con me, Margherita. Voglio sentire il profumo della tua purezza, la mia pelle che sfiora il tuo corpo virginale, senza violarlo.»

«Perché hai tanto desiderio di accostarti alla mia verginità? Il mio corpo é carne, roccia e sangue, come miliardi di altri.»

«Perché ha l'essenza di castità.»

«L'anima mia è pura. Puoi percepire il mio anelito luminoso e casto come la materia, la polvere di stelle. La mia segretezza mai è stata infranta. Sguardi impudichi hanno indugiato sulle mie sembianze. Mani corrotte hanno toccate le mie. L'anima è intatta, illibata. Nessuno, oltre il me, l'ha sfiorata o vista o conosciuta. Questa é l'autentica castità, non l'illibatezza racchiusa in un impalpabile velo nel delta di Venere.»

«Desidero il contatto: pelle a pelle, i muscoli accarezzati dalla tua veste sericea, la tua palma sul mio sesso che, abbandonata la scaramuccia, sa di resa. Ancora desidero insinuare le mie dita terrene fra le tue pieghe sottili e diafane, come ali di angeli. Ho bisogno di sentirti. Altrimenti, impazzisco.»

«Non lascerò che tu infranga la mia veste e che i nostri corpi stiano vicini. Se mi ami, devi sentire la mia anima e saziarti di essa. Conoscimi. Il mio animo vuole essere guardato con occhi d'amore. Desidera essere visto e riconosciuto. Anch'io avverto il forte bisogno d'abbracciare un maschio, vergine per me solamente, e un'anima intatta che ama solo me.»

«Tutto il mio essere diverrà puro accanto a te. Voglio averti sopra di me, dormire con te, e nel sonno sognare te. Voglio rorme cu tè e dint'a lu suonno me voglio sunnà a tè. Senti com'é bello l'amore detto nel mio dialetto.»

«Stupendo, è una poesia.»

«Allora rimani, non un gesto impuro ti sfiorerà.»

«Forse, un giorno, accadrà. Non ora, sei ancora impreparato all'amore, come lo intendo io.»

Giovedì 12

«Manifestazione nazionale organizzata dai Radicali a Roma in occasione dell'anniversario della vittoria referendaria sul divorzio. Giorgina Masi, studentessa diciannovenne del Liceo "Pasteur", è stata uccisa da un proiettile sparato da ignoti, durante una sommossa scoppiata nel corteo in cui ci sono stati duri contrasti tra i manifestanti e la polizia. Il quotidiano Lotta Continua in prima pagina accusa l'operato del servizio di ordine pubblico, e sostiene che "ha sparato la polizia" e "Cossiga mente". »

La notizia del giorno.

Il 12 maggio 1977, Giorgiana Masi – studentessa diciannovenne del Liceo "Pasteur" -fu uccisa a Roma durante una manifestazione organizzata nell'anniversario della vittoria referendaria sul divorzio. Temendo il ripetersi degli scontri con gli "Autonomi", che il precedente 21 aprile 1977, avevano causato la morte della guardia Passamonti, le autorità di pubblica sicurezza avevano vietato la manifestazione e, per far rispettare il divieto, avevano disposto un nutrito numero di poliziotti. Esso non servì a evitare nuovi e gravi scontri tra dimostranti e forze dell'ordine. Furono lanciati ordigni incendiari. Si sparò. Verso le 20.00 due ragazze e un carabiniere furono colpiti da arma da fuoco. Una delle ragazze era Giorgiana Masi che, colpita alla schiena, morì durante il trasporto in ospedale. L'inchiesta non consentirà di individuare l'autore dell'omicidio; esito sfavorevole avranno anche le ulteriori indagini successivamente compiute.

Giorgiana Masi, studentessa di 19 anni, è stata uccisa il 12 maggio 1977, al centro del Lungotevere davanti a Ponte

Garibaldi, mentre correva verso Piazza Sonnino in seguito a una carica della polizia. Secondo l'autopsia il proiettile, esploso a un'altezza di novantatré centimetri da terra, ha viaggiato con un andamento rettilineo: è entrato nella regione lombare posteriore, proprio sopra l'osso sacro, ha trapassato una vertebra, ed è uscito qualche centimetro sopra l'ombelico.

Quasi nello stesso momento in cui cadeva Giorgiana un proiettile penetrava la coscia di Elena Ascione che fuggiva in direzione di piazza Sonnino. La sua testimonianza: «A un certo punto una parte della polizia si è mossa verso ponte Garibaldi. Non potendo attraversare ho deviato per Piazza Sonnino ed è a questo punto che si sono sentiti dei colpi d'arma da fuoco provenienti esclusivamente dalla parte in cui stavano i poliziotti. Non sono in grado di precisare se a sparare erano le pistole o i mitra. Io mi sono messa a scappare, ma mi hanno preso subito da sinistra, davo le spalle al ponte, e non ho potuto vedere le altre persone che cadevano. Erano circa le venti.»

Sabato 14
«A Milano, l'agente Antonio Custra è stato ucciso. Una foto mostra un eversore col passamontagna che impugna una P38 e la punta in direzione dei poliziotti.»

Maggio finì. Marita tornò a Roma, sostenne l'esame e lo passò con trenta e lode.

La scrittura di locazione scadeva il ventiquattro di giugno, un inesorabile venerdì.

Si recò in anticipo dalla locataria per chiederle di stipulare un nuovo atto, poiché contava di rimanere nella casa sino al conseguimento della specializzazione biennale che l'avrebbe condotta all'Esame di Stato, il cui varco era indispensabile per ottenere l'iscrizione all'Albo Professionale degli Psicologi Italiani.

Con grande sconcerto venne a sapere dalle sue fauci fielose che i locali erano già stati affittati a un'altra, a partire dal venticinque. Un pungolo affilato piantato nello sterno le avrebbe nociuto di meno: la dissertazione era il quattro luglio. Si sentì mancare, il discorso infido della zitella acuì il malore. «È una studentessa modello, una matricola di Medicina», la informò, il ghigno cinico sulle labbra invisibili sotto il rostro adunco.

«Mi lasci fino al quattro luglio», la pregò, ma essa fu impietosa.

«Neanche a dirlo, anzi se non libera il bilocale entro i termini, dovrà corrispondermi l'affitto fino a settembre, e comunque sarà fuori», aggiunse.

S'inquietò con la crudele signorina ché, malgrado i quattro anni d'intesa perfetta, le giocava quel tiro bieco e subdolo a pochi giorni dalla discussione della tesi.

Quella creatura diabolica, l'animo da usuraia, come poteva essere tanto ingiusta e crudele con lei, che s'era comportata sempre in maniera esemplare, ed era stata puntuale nei pagamenti. Si convinse che il gesto fosse una meschina vendetta per essersi permessa di ospitare non uno, bensì otto maschi che "potevano essere terroristi."

A tale eventualità, infatti, alluse la megera nella spinosa conversazione che ebbero. Del resto, aveva sempre guardato con sospetto gli attivisti, gli studenti trasandati in eskimo,. Avrebbe dovuto aspettarselo.

Si mise alla ricerca di un alloggio, girovagò per i dintorni, suonò invano molti campanelli. Alla Casa della Studentessa i posti erano tutti occupati fino a metà luglio.

"Mi tocca pernottare in una pensione, spendere tanto e sentirmi in pericolo", si rassegnò al peggio.

Il disegno di dormire in un'anonima stanza d'albergo le era oltremodo sgradito. Andò da un posto all'altro, pensando ai numerosi impegni: confermare il numero degli invitati alla trattoria PapaRe in Trastevere, lasciare la caparra e definire il menù, ritirare le bomboniere e i confetti.

Si sentiva molto agitata sia per la tesi, sia per le incombenze, che rimanevano da sbrigare. Temendo di dimenticare qualcosa, ripassava a mente ora la dissertazione, ora le incombenze. Si ripeteva di continuo che doveva ancora acquistare le scarpe e la borsa da abbinare all'abito in chiffon beige, le maniche a mantella, una cascata di motivi floreali verde tenue in fondo alla gonna. Pensava a un paio di décolleté nocciola chiaro e a una pochette abbinata, che aveva visto in una vetrina di via Frattina. Urgeva prenotare il parrucchiere e spedire i bagagli ad Aquinto per ferrovia.

Pensava al giorno della laurea, come a un termine e un inizio. Nella mente proiettava il suo film in cui si vedeva circondata dai familiari e dagli intimi. Immaginava l'esposizione davanti a quella platea cara, prima che tutto finisse in lode e in un convivio edonistico e liberatorio.

Giovedì, 2 giugno
«A Milano, le BR hanno gambizzato il giornalista Indro Montanelli, direttore de *Il Giornale Nuovo*.»

Venerdì 3
«A Roma, le BR hanno gambizzato il direttore del TG1, Emilio Rossi.»

Martedì 7
«Il Senato della Repubblica ha bocciato la legge sull'aborto, già approvata alla Camera.»

Venerdì 10
«In molti centri sono in corso manifestazioni indette dalle organizzazioni femminili per opporsi alla votazione del Senato.»

Martedì 14
«Questa mattina è stato rilasciato Francesco Fonti, il funzionario del Ministero di Grazia e Giustizia rapito dal corpuscolo GP. Gli investigatori sono sulle tracce dei sequestratori», lesse il giornalista del tiggì.

Lunedì 20
La mattina spedì i bagagli al paese. Il tassista brontolò che erano troppi e pretese doppia tariffa.

Per fortuna, il seguito fu più lieve: trovò una sistemazione nell'astanteria di un pensionato. «Ho posto in una doppia, adesso è libera», informò la suora che la ricevette.

La prenotò fino al quattro di luglio, del resto aveva poche scelte, l'eventualità di condividere la stanza con un'estranea la disturbava, ma poteva sopravvivere poche giornate, l'intenzione di rimanere nella capitale il minimo indispensabile a terminare le pratiche amministrative. Poi la famiglia l'avrebbe raggiunta, e sarebbe ritornata con loro a Fievo.

Venerdì 24

Si svegliò di buon'ora e si dispose a sgombrare le ultime cose, un'infinita tristezza. Maledisse la perfida proprietaria, che aveva dato parola alla matricola di medicina senza neppure consultarla, e si persuase ancor più dei suoi propositi vendicativi.

La giornata si prospettava faticosa e densa d'impegni. Era conscia che comportava pazienza e si domandava se sarebbe riuscita a terminare le commissioni.

In primis, doveva recarsi in segreteria.

Alle undici, consegnò i documenti e il materiale che le avrebbe permesso di accedere all'esame di Laurea. In piedi davanti allo sportello, al cospetto del burocrate che compilava il fascicolo della carriera universitaria, Rita produsse le ricevute dei pagamenti, la domanda di Laurea intestata al Magnifico Rettore e tutti gli altri incartamenti. Sbrigate le pratiche, l'impiegato asserì. «Dottoressa, siamo a posto.» Credendo che si rivolgesse a qualcuno a tergo, si voltò, ma dietro di lei c'era nessuno. Vide alcuni studenti annoiati in coda dinanzi a un altro finestrino. Guardò il funzionario, che tanto l'aveva terrorizzata all'inizio della carriera con le infinite prassi amministrative, e capì che la dottoressa era lei.

«Reagite tutti così, la prima volta, poi ci fate l'abitudine, signorina, complimenti, è dottoressa in Psicologia, auguri per l'avvenire», esplicitò.

«Grazie, arrivederci», emise compiaciuta, e si avviò all'uscita.

«Ecco una che ce l'ha fatta, beata lei», commentò qualcuno. Aprì la porta, uscì nell'aria tiepida, sentì un pizzicore dietro la schiena, un fruscio di ali e la voglia di volare.

Tornò nella dimora che era stata il suo rifugio nella stagione della leggerezza. Le stanze che, fino a quella mattina, aveva sentito ospitali e familiari l'accolsero come un'estranea. Emise un intenso sospiro. Ricacciò indietro la malinconia e si mise all'opera.

Appena ebbe finito, chiamò un taxi, ingoiò la nostalgia, che invadeva l'anima, e si proiettò nel futuro. Afferrò la valigetta coi pochi effetti personali e serrò la porta, per sempre.

Suonò alla porta della dirimpettaia vendicativa. S'affacciò la domestica. Pensò che era preferibile così: le sarebbe spiaciuto vedere la faccia verde limone della zitella. Consegnò le chiavi, uscì da quel palazzo e dai suoi anni inconsapevoli.

Il tassinaro l'aspettava in strada.

FRANCESCA

Sentì un fremito sull'epidermide, i battenti a vetro spalancati e le persiane socchiuse lasciavano circolare l'aria.

Attraverso le fessure la luce intensa s'infrangeva sul pavimento, sulla lamia e gli scarsi arredi. L'evenienza le piacque, nella stanza c'era un gradevole chiarore fresco, nonostante l'elevata temperatura esterna. Si accostò alla finestra e l'aprì.

I raggi del sole pomeridiano la inondarono, si sporse sulla via frequentata, i dirimpettai la guardarono attraverso le tendine trasparenti. Richiuse i battenti a grata, e tornò a immergersi nell'intima penombra.

Sistemò i pochi oggetti e il corredo: era la prima cosa che faceva quando occupava una nuova camera. Ordinò la biancheria nei cassetti e appese gli abiti in un reparto dell'armadio. Una presenza fantasmatica la spinse ad aprire l'altra anta, la trovò vuota. La sconosciuta ospite, ammesso che esistesse, non aveva bagagli. Mal digeriva l'eventualità di spartire il riposo, ma il convitto era rinomato, e si sentì quieta. La frescura stimolò la voglia di riposare. Il letto l'attraeva, sebbene fosse rigido ed estraneo, era impaziente di stendersi: il continuo girovagare l'aveva devastata. Sfilò gli abiti leggeri, tirò indietro il copriletto chiaro e si distese sulle lenzuola fresche, che profumavano di santità e pulito.

Cercò di rilassarsi.

"Ah, che sollievo", sospirò, allungando i piedi accaldati e gonfi dal gran camminare. La calura e la stanchezza vinsero il desiderio di rimanere sveglia e cosciente, nel caso fosse comparsa la sconosciuta, e si assopì.

Un impellente bisogno fisiologico la svegliò.

Nella toilette, un reggiseno e un paio di mutandine bianche di cotone a maglina penzolavano da un filo di plastica trasparente attaccate a due mollette. Suppose fosse la biancheria dell'altra ospite e tornò ad allungarsi sul biancore algido e frusciante di lavanderia. Abbassò le ciglia, un sonno leggero sopraggiunse a confortarla, sentì il ponentino che baciava gli alluci, lambiva le caviglie, risaliva i polpacci fino all'inguine. Languì di piacere e si abbandonò.

Il cigolio della maniglia che si abbassava la indusse a schiudere le palpebre. Il dormiveglia lasciò il posto alla coscienza vigile. Stava sopraggiungendo la sera. La stanza era immersa nell'ombra rischiarata dalle prime luci dei lampioni, che filtravano fra i listelli lignei. "Ho dormito", rifletté. "Eccola qua. Vediamo chi è", si disse curiosa e diffidente.

Si girò, rimanendo distesa nel fievole chiarore dei neon. Dinanzi alla porta a vetri si muoveva una sagoma scura. Si coprì fino al petto. L'uscio si schiuse e la vide entrare. Era una bellezza italiana: chioma lunga, liscia e bruna. Sui jeans aderenti e sdruciti indossava un camicione a quadri blu e verdi, la borsetta a tracolla. Si sforzò di capire la sua provenienza ma, per quanto cercasse di collocarla in un ambiente, la vedeva divergere altrove. Appena s'accorse di lei, trasalì. La salutò sorridente. L'altra si riprese dalla sorpresa ed emise un turbato buonasera. Marita si presentò.

«Alessandra», rispose.

«Sei qui da molto?» s'informò per entrare in confidenza.

«Da ieri sera.»

«Io sono arrivata poche ore fa, mi fermerò una settimana, e tu?» le domandò: trovava strano tacere con chi avrebbe dormito a trenta centimetri dal suo respiro.

«Trascorro qui la notte, domattina partirò per raggiunge i miei compagni», aprì l'anta e pose la borsa nell'armadio.

«Beata te», s'irradiò della gioiosa ingenuità che la distingueva.

«Perché?» dubitò.

«Parti con gli amici», suppose sorridendo.

La guardò come si guarda una folle o una sciocca. «Eh, sei

convinta che partire mi renda felice?»

A quella domanda si sentì un'idiota e, per rimediare, precisò che l'aveva immaginata in partenza per un soggiorno marino in comitiva, il periodo era ottimo.

Rise alla sua ipotesi, lanciandole occhiate indecifrabili. Marita si percepì, come una crisalide senza ali, fuori dal bozzolo, avvolta nel candore monacale.

«Non vai al mare, dunque», disse delusa.

«Che cosa ti fa pensare che ci voglia andare?»

«Mah, ti ho attribuito un mio desiderio», s'imbarazzò.

«Andremo a Genova», ammise pensosa. Si accostò ai battenti socchiusi e scrutò fuori attraverso una fessura. Sembrava interessata ai passanti. «Poi proseguiremo a Settentrione o all'estero.» Marita capì che era turbata e parlava per distrarsi. «Questa è una speranza», aggiunse. «Non è detto che sarà così», tenne a specificare per chiudere i penosi dialoghi sul suo viaggio. «Chissà se ne vale la pena?», opinò in un tono strano.

Si percepì meno sciocca. Ale si era rilassata, la guardava con aria mite e tormentosa. «Speriamo che riescano ad arrivare», disse accorata, sedendosi sul bordo del materasso.

Margherita decise di andarci cauta. «Certo i treni fanno sempre ritardo. Proseguirete per la Francia?» riprese a fare domande, aveva intuito che desiderava conversare.

«Ignoro la destinazione, hanno organizzato loro», le confidò. La sua aria assorta la fece sentire sciocca. Qualsiasi concetto assennato veniva rimbeccato in maniera drammatica che conferiva futilità a ciò che diceva, come fosse una facezia d'inutile allegria.

Mic si preoccupò. «Parti presto?»

«Prenderò il primo treno del mattino, uscirò all'alba, farò piano», promise, guardandola di sottecchi. Sbottonò la camiciola, la tolse e la pose sopra la sedia, vicino al letto. A fatica, sfilò i blue-jeans stretti e rimase coi collant trasparenti. I folti peli disegnavano un triangolo muscoso sul pube, accolto dai fianchi morbidi. Il ventre prominente emanava una luce che comunicava un messaggio vitale. Lo stupore le provocò un intimo imbarazzo.

Alessandra incarnava il tipo mediterraneo: il viso squadrato, incorniciato dalla chioma morbida, l'alta statura, il fisico sano e sportivo, i fianchi ampi. Si alzò e si chiuse nel gabinetto. Rita udì gli scrosci. Poco dopo uscì nuda, i collant gocciolanti fra le mani a coppa.

Cercò d'indovinare chi fosse una tipa munita d'un paio di mutandine, un reggipetto, una casacca, jeans, borsetta e mocassini. S'avvicinò alla finestra, schiuse un'imposta, circospetta, sbirciò in basso, adocchiava la strada più che le condizioni meteorologiche, stese i collant, li fermò al filo con una molletta, e richiuse il battente, poi s'infilò sotto le lenzuola e si distese supina, l'aria triste e malinconica. Lo sguardo sfiorò il soffitto, prima che le ciglia si chiudessero.

Le parve misteriosa. Decise di fare un giro nel pensionato per lasciarla riposare. Raggiunse il salotto, dove alcune studentesse ascoltavano il notiziario serale, accennò un saluto e sedette su un divano in disparte. Il giornalista diede le notizie politiche e segnalò la fuga dal carcere di alcuni terroristi. Soliti casi, considerò. Anche lei, come la maggior parte degli italiani, si era assuefatta ai contrasti politici, ai bollettini di guerra, alle azioni terroristiche.

Al tiggì seguì la pubblicità. Le balzò in mente l'atteggiamento di Ale e provò un vago disagio. Tornò in camera, la trovò immobile sotto le lenzuola. Sedette sul letto, appoggiandosi al cuscino. Accese la lampada, una luce fioca illuminò la stanza. Si sentì meno vulnerabile. Guardò l'orologio: le nove e trenta. Il pensionato aveva chiuso il portone, nessuna poteva entrare, né uscire.

Una languida morsa al cardias le rammentò che era digiuna, scese dal letto, aprì l'armadio, aveva conservato qualche vasetto di yogurt, un pacco di biscotti e uno di fette biscottate, provviste indispensabili a evitare gli attacchi di fame, che la rendevano irascibile e ansiosa. Alessandra si mosse, le offrì un biscotto.

«No, grazie», guardò la scatola sul comodino.

«Hai cenato?»

«No.»

«Prendine qualcheduno», le porse il pacchetto.

«Grazie», ne prese una manciata e li divorò.

Intuì che era digiuna. La condivisione del cibo si rivelò un bel gesto, gli sviluppi sorprendenti. L'altra divenne meno diffidente, pur mantenendo l'aura altera, smise la cautela esasperata e si rilassò.

Al suo cospetto Margherita si sentì una nullità, forse per la risolutezza congiunta al sordo distacco e all'inumana ostinazione che prevaleva in lei. Si convinse che custodisse nell'anima un segreto indicibile. Quale spaventosa verità preservava una giovane dall'età indefinita? che cosa si agitava nella psiche di una donna, che dormiva in un pensionato per studentesse, gestito da monache protette dall'abito bianco e dal candido velo? Nulla o tutto, ombra o luce.

Nella notte, i reciproci fantasmi si fusero in spettri inermi e insonni. «Non riesci a dormire?» Marita s'inquietò, sentendola rigirarsi fra i lenzuoli. Ale dissentì.

«Neanch'io, forse ho riposato troppo nelle ore pomeridiane.»

«Invece, io penso a domani», l'espressione confidenziale.

«Sei ansiosa per il viaggio?»

«Sì.»

«Che motivo hai di preoccuparti? viaggiare è bello, parti in compagnia», era persuasa che tutti si divertissero, tranne lei.

«In verità, alle sette ho appuntamento alla stazione Termini, se qualcuno riuscirà a raggiungermi», enunciò in un sospiro carico d'ansia. «Altrimenti devo proseguire da sola fino a Genova, dove incontrerò Anton e gli altri.»

Comprese che l'arrivo degli amici era una questione di vitale importanza. «V'incontrerete alla stazione?»

«Nelle vicinanze, se arrivano entro le quattro è tutto a posto», sembrò raccontarsi una trama rassicurante.

«Altrimenti?» scandagliò ancora Rita.

«In caso contrario, si vedrà», sospirò.

«Siete disorganizzati a quanto pare?» insinuò la candida margherita in boccio.

«Tu credi?» opinò seccata.

«Ehm, partite alla ventura», continuò impietosa.

Alessandra le lanciò uno sguardo carico di disperazione. Poi, fu costretta a replicare. «Andremo all'estero, ma temo che arrivino troppo tardi», sospirò.

Marita ebbe la sensazione che le chiedesse di porre tregua all'interrogatorio, ma le sembrò che la sua innocua curiosità la distraesse dai gravami o l'aiutasse a preventivare il futuro.

«Beh, qual è il problema? partirete un altro giorno, avete riservato i posti? temete di perdere le prenotazioni?» proseguì imperterrita, forte la sensazione che Alessandra volesse incenerirla.

«Ignoro con quali mezzi viaggeremo», replicò, l'aria triste.

«Che strano», Mara non riuscì a trattenersi.

«So che desidero riabbracciare Anton, accanto a lui mi sento protetta.»

«Chi è?»

«Il mio compagno.»

«Come mai partite separati?»

«Non ci vediamo da tre mesi.»

«Ah, dunque non convivete?»

«Vivo con lui, ma siamo lontani da tre mesi», gli occhi brillanti di rimpianto, nostalgia e speme le fecero capire che era innamorata.

«Non vi siete lasciati?»

«No, no.»

«Vi amate?»

«Sono molto innamorata, farei qualsiasi cosa per amore suo», mise un tale ardore nella voce che parve trasfigurare.

«Qualsiasi cosa?»

«Sì, tutto. Lasciai la famiglia per stare con lui, mi opposi al volere dei miei», le iridi brucianti.

«Perchè si opponevano?»

«Disapprovano le sue scelte politiche.»

«Perché?»

«È un attivista?»

Finse un candore che pure c'era in lei, ma prevalse la futura psicologa assertiva. «Fa politica attiva?» desiderava sapere, poiché intuiva altro.

«Sì.»

«Beh, l'attivista moderato, che rifiuta la violenza e le Skorpion, può divenire un leader ideale», decretò ingenua e salvica.

«Credi alle rivendicazioni?» Ale si espresse in tono molto serio. Intuì che la domanda richiedeva una risposta astuta e sensata, il modulo sprovveduto e candido poteva funzionare.

«Ovvio che sì, condivido i principi di giustizia, equità e democrazia, però disapprovo le stragi», fu sincera: era ciò che pensava.

«Secondo te, quali metodi sono efficaci per dissentire sullo strapotere dei governi e delle gerarchie dominanti?», incalzò l'altra.

«Userei tutti i mezzi della democrazia e agirei dall'interno del sistema. Di certo, la guerriglia sparuta è destinata a fallire. Il cambiamento di un sistema socioeconomico centenario si sconfigge cambiando le menti e i valori. Piuttosto, parlerei di controcultura e di confronto pacifico.» Margherita mal tollerava chi voleva imporle una scelta definitiva. Lei badava a se stessa e costruiva il futuro su solide basi: la volontà, l'intelletto, il sapere, l'impegno, il lavoro.

«Già, ma penso che lo stato vada sovvertito dalle basi, poiché avalla un sistema che permette lo sfruttamento delle masse operaie? sai quanto sangue innocente è versato sul lavoro? ignori le conseguenze dello sfruttamento. Il governo tutela i forti e trae vantaggio dai deboli, protegge i privilegi dell'alta borghesia, degli industriali e dei burocrati conniventi e tutela i politici corrotti. Il popolo dichiara guerra con ogni mezzo.» Rita comprese che quella donna aveva una fede cieca in ciò che asseriva.

«Sono figlia del ceto operaio anch'io. Mio padre è deceduto sul lavoro. Però, non combatto la nazione giacché faccio parte del popolo italiano, e la popolazione non è in guerra», ammise convinta.

«Tu credi?» l'intonazione rabbiosa la stupì, ma non si arrese.

«Certo, i destabilizzatori hanno dichiarato guerra, ma sono una frangia estremista e minima di cittadini; il popolo italiano disapprova le azioni violente», ripeté convinta.

«Questo è vero. Però qualcuno deve iniziare.»

Marita dissentì. «La rivoluzione divampa se tutta la popolazione reagisce agli aguzzini. In caso contrario le azioni sono destinate al fallimento. Lo insegna la storia, le sanguinose rivoluzioni, che hanno sovvertito gli imperi dell'Est, hanno coinvolto le masse, eppure... Hai presente Spartaco, invece?»

Assentì. «Nondimeno è nostro compito rovesciare l'ordine esistente», recitò un copione appreso a memoria, ignorando le sue osservazioni inoppugnabili.

«Con le mitragliette?» la provocò.

«Sì», ribadì l'altra.

«Spareresti a un industriale?» incalzò convinta di poterla condurre sulle vie della ragione.

«Certo», fu la risposta priva d'esitazione.

«Perché?»

«Sfrutta gli operai», replicò convinta.

«Però gli da un lavoro che loro accettano, non gli spara mica», replicò la psicologa, spinta dalla logica del buon senso.

«Li uccide alla catena di montaggio», persisté l'altra.

«Le vittime sono tutelate dalla legge, esiste la magistratura. Allora, mia madre avrebbe dovuto sparare al datore di lavoro del marito. Questa è la legge del taglione. Dai, evita le cavolate. Tu uccideresti un poliziotto che presta servizio per la difesa dei cittadini?» desiderò confrontarsi per indurla a ragionare su idee ovvie e avvedute, ma essa ribadì con un'affermazione categorica, Marita la fissò incredula, un fremito di terrore corse sotto la pelle.

«Anche la polizia spara durante le manifestazioni», osservò.

Impossibile smentirla: i morti nelle pacifiche proteste erano stati troppi, quell'anno. «I poliziotti appartengono ai ceti operai e contadini e s'arruolano per campare», replicò.

«Scelgono di stare dalla parte sbagliata, perciò meritano la morte», la frase perentoria ed estrema.

«Alessandra, parli sul serio?» s'accorò.

Annuì. «Non esiterei a uccidere un servo del governo.»Comprese che era sincera nella sua durezza.

«Mi dispiace, ma sono in disaccordo, le tue idee sugli scontri armati sono opinabili. Posso capire l'ideologia, ma disapprovo i mezzi. Il Mahatma Ghandi ha insegnato la non violenza, e io ci credo. Non si può condannare lo stato violento e oppressore, se si adottano gli stessi sistemi.

Tu confermi le idee di alcuni filosofi e psicoanalisti contemporanei che valutano il potere da nuove prospettive e osservano i meccanismi attraverso cui la repressione viene introiettata dagli oppressi. Loro sostengono che esiste un meccanismo inconscio che induce i deboli ad assimilare il potere repressivo di chi li opprime. Sono, dunque, più libera di te, giacché scelgo altri schemi comportamentali. Non sono soggiogata da nessun processo. Posso delirare su ogni questione quanto mi pare», Marita era convinta che l'individualismo fosse la strada per la salvezza, rifiutava per sé esperienze solo collettive o soltanto politiche.

Desiderava sperimentare le piccole e grandi autonomie quotidiane in ogni ambito che le piacesse e nei settori che suscitavano interesse. Soprattutto, difendeva la possibilità di cambiare parere sulla politica, i partiti, la cultura e su ogni essere umano che le capitasse d'incontrare, poiché era una creatura in divenire evolutivo. La staticità le dispiaceva, la mente volava libera, desiderosa di crescere e mutare fra le increspature dello spazio infinito. Infinite le potenzialità intellettive e l'autodeterminazione.

«Sono interessanti le tue idee, apprezzo il modo schietto e puro che hai di sostenerle, peccato ch'io debba partire, altrimenti mi dedicherei a te, ti farei capire tante cose, cambieresti opinione», disse greve. Nelle sue affermazioni colse una vaga minaccia, la prudenza le suggerì d'indirizzare la conversazione su argomenti letterari, per l'esattezza sulle figure femminili storiche e letterarie.

«Mi sento vicina ad Anita Garibaldi e a nessun'altra donna», stabilì Ale decisa.

«Io mi avvicino a Virginia Woolf o a Jane Austen piuttosto che ad altre ancelle della poesia e della prosa moderna e contemporanea», rispose Rita.

L'altra si accigliò, incerta se provare rabbia per la sua innocenza o avere pietà della sua purezza a tutti i costi.

A momenti tacevano, Marita tentava di dormire, abbracciava il cuscino, stringeva le palpebre, ma il sonno latitava. Anche la sconosciuta faticava a prendere sonno. A tratti, riprendevano il discorso sulla politica. Lei parlava di padroni, servi, resistenza, militanti armati. Mari replicava con motti di pace.

All'alba, spossate dalle chiacchiere notturne, si assopirono.

La luce del nascente giorno filtrò attraverso le veneziane socchiuse, e Rita comprese che era giunta l'ora di separarsi dalla compagna di una notte. Infatti ella si levò e si chiuse in bagno. Quando uscì si preparò: mise la camicetta a quadri, infilò le mutandine, le calze e il pantalone. Schiuse la finestra e ispezionò la strada. Marita avvertì un fremito, rabbrividì fra le lenzuola tiepide del suo calore al fresco dell'aria mattutina. Alessandra si accostò al letto.

«Vado, ciao.»

«Fai buon viaggio.»

«Grazie.»

«Ti auguro d'incontrare il tuo compagno.»

«Speriamo, devo dirgli una cosa importante che ignora», mormorò, carezzandosi il ventre.

«Buona vita», Margherita avvertì una grande tristezza nell'anima. Il magone salì alla gola e la strinse, soffocandola.

«Grazie di tutto, anche per i biscotti», esitò, come chi desidera rimandare la storia di quel giorno.

«Figurati.»

«Arrivederci, magari capiterà che ci si riveda, riprenderemo il discorso interrotto», promise cupa.

«Chissà?» Rita la salutò persuasa che mai più si sarebbero incontrate.

Alessandra si accomiatò, riluttante, e uscì. Chiuse l'uscio dietro di sé e si allontanò dalla sua vista.

Appena fu sola, si percepì infelice. L'alone di rischio che aveva aleggiato nell'aria, l'intera notte, s'infittì. Aveva assorbito il dramma di Ale attraverso le vie empatiche misteriose e segrete della psiche. Ebbe la sensazione che l'incontro fosse da annotare, il ricordo di Alessandra sarebbe rimasto indelebile nell'anima.

NEL COVO

A Oriente l'aurora accese l'aria all'orizzonte.

A Occaso il crepuscolo seguì a passi lenti la madre notte.

L'alba silenziosa avanzò sull'Urbe ancora quieta. Oltrepassò i colli, scivolò sul mare, invase la grotta celeste, inondò la metropoli immobile nell'ultimo sogno. Penetrò nelle case con movenze leggere, vestita di rosa. S'infilò sotto le porte e negli spiragli delle finestre. Il chiarore attraversò un vicolo di periferia, riempì la stanza in cui due innamorati dormivano sonni angosciosi, avvolti l'uno nel respiro dell'altra, persi in un unico afflato. La tinta tenue e rosata macchiò il candore del gesso e la scarna mobilia, finché un fascio di luce tagliò i loro corpi sconvolti da un riposo privo di sogni. Avevano sogni immensi che preferivano sognare a occhi aperti.

Nella camera accanto, nella semioscurità, due uomini distesi su letti separati da un tavolo di servizio fissavano il soffitto, trattenendo persino il respiro. Il silenzio fitto e greve si tagliava col bisturi. Un orecchio acuto avrebbe percepito i passi felpati e felini dell'alba che avanzava.

Uno dei due, l'aria da capo, all'incirca trentenne, la barba lunga e il cranio rasato, diede un'occhiata all'orologio.

«Ci siamo?» chiese un Ricciolino con un paio di baffetti sotto il naso.

Scosse il capo. «Non è ancora il momento», rispose.

«Non vedo l'ora che finisca», sospirò inquieto il Riccioluto, un tic ritmico tormentava la palpebra sinistra.

«Cerca di restare calmo. Niente cazzate, ora che stiamo per

andarcene», impose l'uomo, i modi autoritari.

Il ragazzo lasciò il letto in mutande e canottiera, sistemò il codino annodato sulla nuca, andò in cucina, preparò la caffettiera e riscaldò il latte, al chiarore dell'aurora. Sedette sulla seggiola accanto alla finestra che dava sul vico. Si accostò e, attraverso i fori della tapparella, spiò la via che percorreva i caseggiati fin dove s'apriva in un prato brullo.

Si tranquillizzò.

Udì il gorgoglio, prese una tazzina dallo scolapiatti appeso sul lavandino e vi colò dentro il liquido bollente. Sul fondo, lo zucchero si liquefece, mescolandosi all'aroma corroborante.

Afferrò il pacchetto e accese una sigaretta. Tirò avidamente finché le guance si affossarono, inspirò il fumo, sorseggiò la bevanda, e ancora volle sentire il gusto acre del tabacco.

Sul tavolo una scatola di biscotti: li fissò bramoso, come se avesse voglia di divorarli, ma rinunciò, forse, sapendo che l'ansia gli avrebbe impedito d'ingoiare il bolo pastoso di quelle frolle da prima colazione.

Fece una doccia tiepida e rapida, tornò in camera, un telo intorno ai fianchi, il Capo stipava i capi di vestiario uno zaino.

«Ho preparato il caffellatte, il bagno è libero.»

L'altro assentì senza spiccicare parola, e uscì.

Il giovane si vestì, intrecciò la coda, raccolse un jeans, un maglione e le poche cose sparse e le buttò alla rinfusa in un sacco di tela incerata.

Appena fu pronto, il Capo bussò piano alla porta accanto. «Ragazzi, tocca a voi.»

Il Moro, capelli arruffati, barba incolta, sopracciglia folte e unite, scattò a sedere sul materasso. «Ora, ci alziamo.»

Si chinò sulla ragazza, scostò dalla tempia un ciuffo odoroso di notte e la baciò. «È ora.»

«Ehm, sì», si stiracchiò, sedette in mezzo al letto, lui la strinse a sé. «Andrà tutto bene», le sussurrò, lei annuì.

Andarono in cucina a piedi nudi, bevvero il latte macchiato e trangugiarono alcuni frollini. Dopo la doccia, si prepararono con cura meticolosa, come se dovessero partire per un viaggio risolutivo.

Infilarono i vestiti sgualciti in una sacca da viaggio, chiudendo con la cerniera un atto della loro vita. Nella mente passarono immagini antiche, si percepirono a un bivio decisivo. Si unirono ai compagni in cucina, la tensione elettrizzava l'aria che respiravano. «Ricordate le istruzioni», disse il Capo inquieto.

La moretta si aggrappò al collo del fidanzato, lo baciò, mise la borsetta frangiata di traverso sul petto, accennò un saluto. «Dovete raggiungerci entro le otto», le rammentò il Rasato. «Se uno di noi ritarda, gli altri devono partire.»

Annuì e uscì. Lanciò una rapida occhiata alla strada, vide che tutto era quieto e proseguì, l'ansia le attanagliava il petto, mozzandole il respiro. Notò un furgoncino bianco mai visto prima. Lesse la scritta Impresa di pulizia, trattenne il fiato e guardò nell'abitacolo: era vuoto, si diresse verso la fermata dell'autobus, infilò le mani nelle ampie tasche della giacca per nascondere i tremiti. Salì, sedette su una seggiola appartata.

Durante il tragitto verso la stazione Termini, ripensò ai mesi vissuti da reclusa coi compagni. Ora era sul punto di lasciare l'Italia, per sempre. Pensò ai genitori che ignoravano dove si trovasse e con chi. Provò una pietà filiale e compassionevole per loro, come quando li sognava nel buio opprimente della notte. Si prefigurò il viaggio che l'attendeva.

Immaginò il percorso sull'oscuro serpente di catrame dell'autostrada del Sole, il confine, una nuova identità, una seconda vita. Si vide nelle sembianze di un angelo oscuro, le ali bruciate dall'ardore. Sospese il giudizio e si riconobbe nella luce di una creatura che aveva operato scelte forti e definitive, spinta dalla passione per ideali collettivi che credeva salvifici.

A un tratto, quel daemon interiore, che tanto l'agitava, si personificò nelle sembianze di un demone orribile, sospeso tra il divino e l'umano e l'avvolse nelle sue spire soffocanti. Si sentì mancare stretta in quell'abbraccio mortale. Il respiro divenne flebile, la vista s'annebbiò. Un fiato di fuoco alitò nella sua cavità orale, e le parve di sprofondare.

L'esplosione la stordì, cadde dal sedile, scivolò sempre più in basso, risucchiata dal calore e asfissiata dalle ali plumbee. Poi vide il nulla, non ebbe né corpo, né spirito.

Il ragazzo scarmigliato mise un cappellino di cotone nero, avendo cura di coprire le ciocche irte, e se lo abbassò sulle sopracciglia irsute, lasciò la casa dieci minuti dopo la Moretta.

In una desolata stradina di periferia, sotto un viadotto prossimo al casello dell'autosole, uno sconosciuto, il berretto blu calcato sugli orecchi, parcheggiò una vettura color ghiaccio, scese e s'allontanò, lasciando le chiavi inserite nel cruscotto. Proseguì sulla viuzza sterrata, che si perdeva nei campi, fino a due piloni affiancati. Ci girò intorno; dietro, ben nascosta alla vista, sostava automobile scura.

Tolse le chiavi di tasca, aprì la portiera e salì, le pupille scandagliavano i dintorni. Si chinò sotto il sedile passeggero, la mano destra afferrò un involto di tela da cui estrasse una mitraglietta, si assicurò che fosse carica, tolse la sicura e la mise sulla seduta, pronta all'uso.

Alle sette e mezza, comparve il barbuto, rapato a zero, avanzò, raggiunse la vettura bianca, salì, si mise al posto di guida, il bavero della giacca sollevato. Trattenne il fiato e attese. I minuti volavano.

L'individuo nell'auto nera scrutava l'orizzonte, l'agitazione gli strappava i muscoli, le mascelle contratte. Appena scorse il Ricciolino si distese, seguì le sue mosse: camminava a passi cauti, come un contadino che si reca a visitare i campi, raggiunse la vettura con calma, montò a bordo e sedette accanto al guidatore. Erano le sette e quaranta e tutto procedeva secondo i piani. Quando comparve il Moretto, mancavano pochi minuti alle otto. La contingenza diveniva seria, pensò il basista.

«Perché hai fatto tardi?», s'inquietò il Rasato.

«Troppi sbirri, ho dovuto essere cauto», chiarì, guardandosi intorno.

«Dobbiamo partire», disse il capo.

«Aspettiamole ancora un po'», propose il ragazzo.

L'altro accennò un diniego «Se le hanno fermate?»

«Il piano salta», confermò il Riccetto irritato.

«Lei non ci tradirebbe mai», obiettò il giovane.

Il Rasato s'aggrondò. «Non si tratta di questo, sai quanto tengo alla mia donna, eppure...», terminò, insaccando il collo.

«Sono le otto e cinque», insisté il Ricciolino.

«Andiamo», ingiunse Capo, mise in moto e partì.

Il Brunetto capelluto ispezionò i dintorni nell'attesa fiduciosa di scorgere la sua donna, ma ella non comparve nella cornice parabrezza e neppure nel lunotto posteriore. Si sentì raggelare; l'anima gli sfuggì dal petto, si liquefece sotto un oscuro cavalcavia del raccordo anulare.

Appena imboccarono l'autostrada, avvertì uno squarcio nel ventre, un coltello si conficcò nello stomaco, e scavò, ma seppe trattenere l'urlo di strazio. Aveva una missione da compiere, la cui importanza valicava il privato. I sentimenti andavano repressi, l'amore per la compagna non doveva distoglierlo dal suo impegno.

La punta tagliente lo lacerava, il malessere interiore fluiva intimo e silenzioso, l'automobile correva sulla pista di catrame, che si snodava ampia e dritta, dinanzi a lui.

Il Capo spingeva il piede destro sull'acceleratore, la fretta d'oltrepassare Ventimiglia e scomparire nei dedali di viuzze di una cittadina di mare sul Golfo del Leone.

La moretta mosse le palpebre lentamente. Esitò nel timore di trovarsi davanti lo spettro alato e minaccioso che l'aveva soffocata fino a farle perdere la coscienza, risucchiando tutto il suo vigore, svuotandola di ogni energia.

Le prime cose che intravide, attraverso le ciglia umide, furono il soffitto bianco e la fredda luce al neon, che filtrava dal tubo di vetro a illuminare un letto bianco di lenzuola asettiche, un tavolino di PVC giallo paglierino, il cui ripiano era bordato da una fascia di metallo argenteo, una sedia uguale al tavolo e un comodino posto fra il letto in cui ella giaceva e un altro intatto.

Fu allora che si accorse di esistere. Esistere lacerava dentro. Avvertì forti dolori in tutti i muscoli, la testa doleva.

Nel braccio sinistro, le avevano infilato un ago-cannula da cui partiva un tubicino flessibile, percorso da goccioline trasparenti, che scorrevano regolari, le seguì fino all'ampolla di vetro appesa all'asta, piena a metà del liquido della fleboclisi.

"Sono finita in ospedale", dedusse angosciata, percepì una dolenzia diffusa e pervasiva fin dentro lo scheletro.

Fauci mordaci le sbranavano l'anima. Una lancinante fitta all'osso coronale le provocò uno spasmo penoso. Si toccò la fronte. I polpastrelli sentirono la garza del bendaggio, ruvida e sottile, capì che si era ferita, ma non riuscì a ricordare come fosse accaduto. Una persistente inquietudine le trasmise un senso d'incertezza e pericolo. Frugò nella memoria, nulla emerse dalle nebbie della corteccia madre, poi una percezione sorresse la coscienza vigile: un acuto turbamento, come se un impegno inderogabile la legasse a qualcuno o a qualcosa che era svanito.

Mentre congetturava le più svariate ipotesi su chi fosse, che cosa facesse nella vita e da quali esperienze originasse l'affanno che la sconquassava, entrò un dottore.

«Bene, signorina, vedo che si è ripresa», esordì.

«Esisto.»

«Le fa male?» indicò la contusione.

«Molto, che cosa mi è successo?»

«Ha riportato un trauma cranico.»

«Dove?» chiese immemore.

«Nell'autobus sul quale viaggiava.»

«Com'è successo?»

«È svenuta, i soccorritori hanno raccontato che ha battuto con violenza la fronte nello spigolo di un sedile.»

«Ah! Quanto tempo devo rimanere qui?»

«Quarantott'ore, almeno», la rassicurò vedendola tesa.

Annuì, un lieve cenno del capo. Si fissò a inseguire un ricordo che voleva riemergere, ma il vuoto lo trattenne.

«Le hanno dato da mangiare?»

«No.»

«Dirò di portarle la cena, è deperita. Le piace mangiare?»

«Mah, non lo so.»

Lo fissò dubbioso. «Lei è la signorina?»

Esitò, le pupille ruotarono. «Non ricordo», rispose.

Il dottore annuì. «Rammenta il suo indirizzo o altro?»

Ella dissentì.

«Un'amnesia è compatibile», disse il medico affabile.

«Sono del tutto priva di ricordi», confermò.

«Nella sua borsa non hanno trovato documenti, quindi non possiamo avvisare i suoi familiari.»

La vinse un senso di soffocamento, l'accenno ai parenti la fece trasalire. Come mai tanta ansia e apprensione? Una catastrofe si agitava dentro e intorno a lei, come se un'onda anomala stesse per abbattersi sulla sua vita, gli esiti devastanti. Ignorava l'origine del dramma, da chi provenisse e da che cosa. L'orrore era senza volto.

«Signorina, mi sente?» ripeté, vedendola assorta.

«Sì, mi scusi.»

La studiò e annuì. «Segua gli indizi, presto ricorderà tutto.»

«Allora, sarò dimessa?»

«Appena si sarà ristabilita, domattina farà una lastra.»

Appena il dottore uscì, si coprì il mento con il lenzuolo e guardò l'ora al polso, l'una del meriggio, fissò il lettino deserto, e si rallegrò d'essere l'unica ospite.

CHI SONO I TERRORISTI?

Dormì fino a tardi, la nottata in bianco l'aveva devastata. Si svegliò ch'era ora di pranzo. Per comodità, aveva optato per la pensione completa, quindi si preparò e scese nel refettorio, il buon cibo la rinfrancò, e fu lieta della scelta. Del resto, le sarebbe dispiaciuto mangiare in mensa o in qualche trattoria, poiché le sembrava dispersivo e dispendioso. Dopo il pasto, uscì per una breve passeggiata. Al rientro, sedette sul letto e si dedicò al ripasso della tesi.

Scordò Alessandra e l'ansia notturna, l'asilo le parve meno triste. Si lasciò assorbire dai discorsi teorici e metodologici sulle Teorie Psicologiche, si distese, il sonno la vinse.

Si svegliò a ora di cena. La mente aveva esatto il dovuto riposo, lo stomaco richiedeva cibo. Sistemò i vestiti e i capelli, chiuse la porta della stanza e scese la scalinata.

Giunse nel salone, il televisore mandava in onda i consigli pubblicitari in attesa dell'edizione serale del notiziario. Aveva finito la minestrina e aspettava che le fosse servita la seconda portata, allorquando udì la sigla del tiggì.

Il cronista recitò. «Ultimi aggiornamenti riguardanti il caso di Francesco Fonti rapito dalla cellula GP e rilasciato ieri nella campagna romana. In seguito alla testimonianza del funzionario del Ministero di Grazia e Giustizia, gli inquirenti sono riusciti a risalire ai responsabili e a fermarli mentre viaggiavano sull'Autosole, si pensa, intenzionati a varcare il confine con la Francia. Due dei rapitori, Anton Bretoni e Mauro

Vinci, sono stati uccisi durante la sparatoria con le forze dell'ordine. L'altro complice, le cui generalità ancora rimangono ignote, è stato condotto in carcere.

Questa mattina, alla stazione Termini di Roma, la polizia ha bloccato un tentativo di fuga della terrorista Alessandra Pani, che è stata arrestata e condotta in caserma. La donna, legata al Bretoni, era evasa due giorni fa dal carcere romano di Regina Coeli, durante una sommossa dei detenuti. Il magistrato incaricato delle indagini ritiene che volesse unirsi al compagno per riparare all'estero.

A carico degli arrestati, la magistratura ha emesso l'accusa di costituzione di banda armata a fini sovversivi, rapina, sequestro di persona, omicidio volontario. Il commando è responsabile di numerosi crimini e gambizzazioni. La commissione antiterrorismo è sulle tracce dei complici.»

Le mancò il respiro: terroristi Mauro e Alessandra. La sua compagna di una notte era un'evasa, che si era rifugiata in un pensionato ecclesiastico, un posto insospettabile. Col senno di poi, capì che le inquietudini notturne erano fondate.

Sperò che la giustizia italiana sapesse esercitare la clemenza verso quella donna che in grembo portava la vita, nonostante si fosse nutrita di principi sbagliati e avesse commesso reati verso lo stato e le persone.

Mauro era l'attivista che si era rifugiato da lei insieme con Max, la foto segnaletica era inequivocabile: la chioma bruna incolta, le sopracciglia folte, i lineamenti marcati.

Era stato ucciso, finito, inesistente.

Apprendere la notizia della sua morte in quel modo crudo e impersonale la turbò molto e sconfessò le sue certezze. I terroristi non erano alieni misteriosi. Mauro era uno fra i tanti che si era schierato dalla parte sbagliata.

Era inaccettabile, ma gli rimaneva l'identità di persona, studente, fidanzato, fratello, figlio, difficile deumanizzarlo, poiché aveva conosciuto la sua natura umana. Scoprire che i notiziari parlavano di lui, come della belva, la destabilizzò. Vide le sue due facce: una positiva e idealista, l'altra oscura, crudele e paranoide che lo spingeva ad abbattere i simboli della società civile e i fratelli poliziotti, i quali erano mariti, figli, padri e servitori della patria. Pensò che era inconcepibile morire adolescenti per colpa di un ideale etico-politico controverso, destinato a fallire sul piano istituzionale, ma dotato di una stimolante funzione critica nei riguardi dell'azione politica e delle istituzioni vigenti.

Nel processo di rielaborazione, si addolorò per la sua generazione che lottava invano. S'angosciò per chi sceglieva la violenza, per gli studenti uccisi nelle manifestazioni, per i poliziotti che morivano al servizio del popolo, eletti eroi ancora prima di essere uomini.

"Uno stato forte sa essere equo e umano anche nei confronti di chi ha commesso dei crimini", ammise. Più che altro, quella era l'attesa e la fiducia in una nazione civile, rispettosa dei diritti umani e non lesivo della dignità della persona. Provò compassione per Alessandra, che aveva conosciuto in circostanze fortuite e mai più avrebbe rivisto; si augurò che la democrazia mostrasse l'indulgenza dei forti, e la magistratura giudicasse i reati secondo la giustizia e la pietas dei giusti.

La scoperta la lasciò in una condizione d'imperturbabile atarassia: era abituata a tutto, conscia che l'individuo può condurre la propria vita su un doppio binario. Quella sera apprese che la compagna con la faccia angelica custodiva terribili segreti, e che il convento nascondeva un'evasa ricercata dalla polizia internazionale. Che cos'altro ancora poteva capitarle nella vita oltre tutto quello che la sua anima aveva patito, sospirato, agognato e appreso, quell'anno?

La moretta schiuse le ciglia al brusio che proveniva da fuori, dove s'intrattenevano i parenti e gli ammalati: era l'ora delle visite. A un tratto, un lampo le passò nello sguardo, rifletté, s'incupì. Coprì con il lenzuolo il braccio in cui era infilata la cannula e, attenta a non farsi notare, la estrasse dalla vena, si alzò, s'avvicinò all'armadietto, prese i vestiti, le scarpe e la borsetta, e si chiuse nel bagno. Si vestì in fretta e sgusciò fuori.

MARINA ROMANI

Il campanello squillò, Giulia sobbalzò. Chi poteva essere a quell'ora serale? posò la rivista e andò al citofono.

«Chi è?»

«Sono Marina, posso salire?»

«Toh, guarda chi si fa viva, vieni», aprì l'uscio e attese.

Nella tromba delle scale vide comparire una testolina bruna bendata, si chiese chi fosse, mai l'aveva vista nel palazzo. Appena fu sul ballatoio, si fermò e accennò un saluto. Notò qualcosa di familiare in lei e ricambiò il gesto per pura cortesia.

L'altra le si avvicinò. «Ciao, Giulia», la voce suonò nota.

«Ci conosciamo?»

«Sono io.»

Sbarrò le palpebre e la fissò. «Come ti sei conciata, magra da far paura, mora, i capelli corti. Se ti avessi incontrata fuori mai ti avrei riconosciuto, sei ferita?»

«Ho picchiato la testa.»

Entrarono in cucina, Marina pose la borsa sul ripiano del tavolo, tirò indietro una sedia e sedé. Si accomodò anche Sama.

«Raccontami tutto», esordì. «Come ti sei ferita?»

«Ho avuto un collasso in autobus e ho picchiato il cranio nel sedile.»

«Quando?»

«Stamane.»

«Chi ti ha medicato?»

«I medici del Pronto Soccorso.»

«Stai bene?»

Annuì. Giulia tolse dal frigorifero una bottiglia di Coca-cola, prese due bicchieri dalla vetrina e li riempì, ne allungò uno all'amica, dall'altro bevve una sorsata, poi scosse il capo.«Dov'eri finita? sei sparita da mesi, senza un messaggio», la rimbrottò.

«Sono stata con il mio fidanzato», sorseggiò la bibita.

«Marita ha detto che ti sposavi.»

«Abbiamo rimandato», fece roteare il liquido scuro nel vetro trasparente e mise il recipiente sul centrino di sughero.

«Ah, ho dovuto fare tutto da sola, potevi avvisare, ci siamo preoccupate», continuò a redarguirla.

«Mi dispiace», abbassò lo sguardo.

«Nascondi qualcosa», la soppesò fra le ciglia a fessura.

Chinò il capo, si toccò la ferita dolente, le tempie palpitanti. «Ti sbagli, sono rimasta con lui, stamattina è partito», sollevò le pupille umide sulla sua interlocutrice, che assentì. «Appena sarò guarita lo raggiungerò.»

Sama tacque e tese il mento verso di lei.

«Non voglio tornare dopo essermene andata sbattendo la porta, detesto chiedere scusa», confessò.

«Quindi che cosa pensi di fare?» la scrutò diffidente.

«Ti chiedo d'ospitarmi», il labbro inferiore si corrugò.

L'altra ebbe un moto di dissenso. «Non ho posto.»

«Potrei stare da Marita», suggerì.

«Alloggia dalle suore.»

Sospirò, aveva freddo, ma era madida di sudore. «Capisco, fammi restare, dormo sul pavimento, mi basta una coperta.» «Solo una notte, altrimenti le inquiline protestano.»

Riprese animo. «Grazie, posso pagare le spese.»

Sama si risentì. «Che scema, si scocciano d'avere estranee.»

«Capisco, domattina mi dileguerò.»

«Oggi, siamo tutti sconvolti», ammise Giulia, sorbendo un altro goccio.

«Perché?»

Si accarezzò le mandibole, le palme schiuse. «Un amico attivista è morto in una sparatoria, ignoravo fosse così invischiato.»

«Chi?» trasalì e sbiancò.

«Uno dei rapitori del giudice Fonti», notò l'epidermide cinerea.

«Stai bene?», chiese corrucciata.

«Il nome?», insistè, la voce tremula.

«Mauro.» Appena pronunciò il nome, le mani dell'amica furono scosse da fremiti sottili. Sama s'accigliò. «Max l'aveva ospitato, poi sparì, e ora la notizia.» I sussulti si diffusero. «Ignoravamo che... ma tu stai male» s'allarmò, vedendola cerea, ansimante, la cute dissanguata.

All'improvviso Marina s'accasciò sul tavolo come un piumino vuoto. Giulia si levò in piedi di scatto e la sostenne. «Vieni, stenditi sul divano, l'abbracciò e la trascinò nel tinello, l'aiutò ad allungarsi e le pose un cuscino sotto le caviglie.»«Lascia stare, dimmi il cognome», ripetè, le labbra viola, un barlume di attesa nelle iridi smorte.

«Vinci», la vide sconvolta: chiuse le palpebre; tentò di parlarle, ma nemmeno un suono uscì da lei, un singhiozzo afono le morì in gola, strozzandola, e perse i sensi.

«Marina», la chiamò, scuotendola. Le toccò il viso, era freddo; lo scosse, ondeggiò. Verificò la frequenza cardiaca, appoggiando l'indice e l'anulare sul collo al lato della trachea, e sentì i battiti deboli. Corse a prendere un bicchiere d'acqua, le bagnò le tempie e il collo. L'amica non rinvenne, allora incrociò le palme aperte sul petto e spinse forte: uno, due, tre, pausa, e riprese il massaggiò cardiaco, continuando a chiamarla. Dopo trenta secondi, che le parvero un'eternità, emise un rantolo, simbolo di dolore, agitò le braccia in un moto convulso, e fissò l'orba fatalità dinanzi a sé.

«Mi vedi?», incalzò Sama, ma lei continuò a guardare il chiarore sospeso, le pupille cieche. L'animo tenace, le chiese se voleva bere. Annuì, le accostò il calice alla bocca, sorbì alcune stille, cercò di deglutire, ma un nodo in gola provocò una tosse stizzosa, l'allontanò con la mano e accennò dei piccoli cenni di rifiuto, tremori grossolani e ritmici l'agitavano.

«Ti è già capitato di avere una sincope?»

Sospirò, accentuò i segni di diniego, una palpebra incominciò a contrarsi a ritmo involontario e improvviso.

«Come va?»

«Non sento le gambe», un tic rapido strizzava le ciglia.

«Tra poco starai bene.»

Le mani sbatterono e le braccia fluttuarono sospinte da un'irrequietezza abnorme.

«Hai mangiato?»

Rispose che era digiuna, ma non aveva appetito. Giulia non le badò, e le preparò una camomilla molto zuccherata e due fette di pane e marmellata. La costrinse a mangiare, nonostante le proteste. «Hai bisogno di zuccheri.»

Ingollò il cibo controvoglia con abbondanti sorsate. Appena si riprese, Sama volle sapere se conosceva il Vinci. Accennò un dissenso, chiuse le rime cigliari e crollò in un sonno angoscioso. L'amica la svestì e la coprì con un plaid leggero. Rinviò all'indomani le domande impegnative, spense la luce e si coricò.

Si alzò, l'intento di fare colazione e uscire presto. Si vestì con cura. Prese una manciata di gettoni: voleva sentire le amiche per confermare la loro partecipazione alla sua festa di laurea coi rispettivi fidanzati. Davanti al refettorio, c'era un apparecchio telefonico che faceva al caso suo.

Le servivono uno spuntino frugale: caffellatte e biscottini, una mini confezione di burro e una di marmellata alla fragola. Spalmò un velo burroso su una fetta di pane fragrante e spessa, sopra vi mise la confettura, uno strato sottile e vermiglio. L'addentò, assaporò il gradevole gusto del pane appena sfornato e l'acre dolcezza della gelatina, sorseggiò il latte macchiato e si sentì appagata.

La sua soddisfazione comprendeva le regioni spirituali, il palato, la mente e i ricordi. Ripercorse gli anni universitari, ce l'aveva fatta: i momenti critici c'erano stati, eccome: esami passati a costo di pene e fatica; appelli ripetuti; crisi esistenziali risolte fra mille dubbi e altrettante sofferenze psichiche. Mai si era arresa, adesso provava un senso di fiduciosa leggerezza nelle proprie capacità. L'autostima e la disinvoltura erano basi solide su cui edificare il futuro.

Si considerava simile a una cattedrale, le cui fondamenta erano la tenacia, i muri la fiducia, le arcate la costanza. Le vetrate risplendevano di colori pacifisti, ideali elevati, impegno. Il tetto, impermeabile alle intemperie, era di duttili coppi e di tegole impastate con pazienza e coraggio. Si alzò da tavola con una sensazione di levità, si accostò all'apparecchio telefonico, mise il gettone rigato nella feritoia e compose il numero di Giulia. Quasi non riconobbe la sua voce affranta. «Stai bene?»

L'amica le confessò che era sconvolta per la morte di Mauro. «Sembra impossibile, un terrorista, lui?», dubitò Marita in un sospiro. Sama accolse la telefonata come un evento liberatorio, finalmente poteva sfogarsi con qualcuno. Le narrò l'arrivo improvviso di Marina e aggiunse che era in pena per le sue condizioni di salute. «È arrivata ieri sera, mutati l'aspetto e l'umore. È irriconoscibile: capelli cortissimi e neri, ferita, sciupata, sembra sopravvissuta a un lager», affermò dispiaciuta. Rita eruppe in esclamazioni di stupore, Sama le riferì che aveva avuto una sincope, il desiderio di sentire il suo parere sul comportamento da tenere. «È accaduto dopo che le ho parlato di Mauro.»

«Sarà un caso, non si conoscevano», suppose Marita.

«Non ho chiesto.»

«Ehm, come ha motivato la ferita, l'aspetto, le circostanze della sparizione?»

Spiegò che aveva preferito rinviare le domande stressanti poiché la vedeva sofferente. «Si è addormentata di colpo, dorme ancora. Ha bisogno di recuperare le energie, le parlerò appena starà meglio.»

«L'ho sempre trovata ambigua, troppi misteri.»

«Mi ha chiesto di ospitarla, rifiuta di tornare dai suoi.»

«E tu?»

«Le ho detto che non c'è posto, deve andarsene, tra l'altro stasera torno a casa.»

«La mandi via malconcia? Falla restare fino al tuo ritorno», propose Mari.

«Mah, sento le altre. A proposito, si libera una camera in luglio. Se vuoi prenderla, sbrigati a chiamare la proprietaria.»

Le diede il numero, Marita la ringraziò, la promessa di vedersi presto.

Marina dormì un sonno pieno di incubi. Il demone dalle ali d'acciaio la ghermiva coi suoi artigli affilati, la sollevava nel cielo, sfilava gli uncini dalla sua carne e la precipitava nel vuoto. Cadeva, fluttuava nell'aria e, infine, si sfracellava sulle barre metalliche di un autobus azzurro. L'acciaio s'infilava nelle carni e l'avvolgeva nelle sue spire, stritolandola. Si svegliò madida di sudore. La materia grigia doleva, pulsava, le braccia si dimenavano in un moto convulso, le gambe inesistenti erano lontane da lei.

Il sogno s'impossessò di nuovo della sua anima, vide il fantasma alato che ghermiva l'automobile su cui viaggiavano i compagni, la trasportava su un albero e, appollaiato sul ramo più elevato, la distruggeva. Estraeva i corpi, li smembrava e li divorava con il suo becco adunco. Gettava gli scheletri ai piedi del tronco, là dov'era lei. La scenografia onirica le mostrò il suolo intriso di sangue, cosparso di ossa bianche, capelli, unghie e bulbi oculari. Un globo scuro le rotolò accanto, le mormorò che l'amava, lo prese e lo conservò nella palma umida.

Si svegliò, le gote intrise di pianto, Mauro era morto con Anton. Alessandra e il Ricciolino erano in prigione. Tutto era finito in tragedia, i sogni spenti, desiderò scomparire, raggiungere il suo uomo. Ecco quello era il suo piano.

Giulia parlava a telefono con qualcuno, la voce bassa. Non udiva quel che diceva, ma erano state le sue modulazioni calme a sottrarla al mostro alato.

Seppe come agire.

Giulia osservò il viso emaciato dell'amica e ne colse il travaglio. Le ragioni dei patimenti le erano ignote. Suppose una sofferenza psicologica derivata dal senso di colpa per essersi distaccata dai genitori. Sapeva che il principio di colpa poteva ferire e devastare una psiche turbata.

Il malessere che leggeva nelle pieghette cutanee era da attribuirsi al conflitto generazionale e ideologico, ne fu certa. Era suo dovere di terapista aiutarla a capire e, se possibile, convincerla a ritornare, come il figliol prodigo, e a riconciliarsi con Madre e Padre.

Indossando un paio di babbucce di cotone, era scivolata accanto al divano, i passi ovattati, per non destarla, fissava silenziosa i suoi lineamenti aspri da donna ferita. Le curve delle sopracciglia erano ali di rondine, il naso affilato guardava le increspature esangui fra le gote scavate.

Marina sentì la sua presenza, schiuse le ciglia e la salutò.

«Hai dormito?»

Rispose che aveva avuto un sonno agitato da incubi che aveva dimenticato. Si sollevò, puntando i gomiti. «Mi pulsa il cervello», portò i polpastrelli alle tempie.

Giulia si agitò e le suggerì di rimanere distesa.

Si immobilizzò. «Devo andare in bagno», disse dopo alcuni istanti.

«Ti accompagno», la prese sotto le ascelle, l'abbracciò e la sollevò. Marina gettò indietro la coperta e provò a ruotare gli arti inferiori, che rimasero incollati al materasso.

Alzò lo sguardo. «Non collaborano.»

Sama afferrò le caviglie, le sollevò e fece ruotare il bacino, poi abbassò le piante dei piedi sul pavimento, le massaggiò i polpacci, i ginocchi, le cosce per riattivare la circolazione. «Prova ad alzarti, ti tengo.»

Lo sforzo di sollevarsi fu infruttuoso, malgrado il sostegno, Sama avvicinò una sedia e l'aiutò a spostarsi dal sofà alla seduta, mentre lei puntava le braccia. La manovra funzionò; riuscì a trascinarla alla toilette, l'assisté durante l'igiene e la vestizione. Appena ebbero finito, la spinse in cucina. Preparò la moka e mise in tavola dei biscotti e delle merendine che l'amica guardò con indifferenza. «Devi sforzarti di mangiare», ingiunse Giulia. «Ti preparo il caffellatte.»

Ella annuì, prese una brioche.

Mentre mangiavano, Sama toccò i punti nevralgici. «Ti è già capitato di rimanere bloccata?»

Ella fece dei cenni di diniego.

«Pensi sia una conseguenza del trauma?»

«Può darsi», confermò incerta.

«Dovresti ricoverarti, chiamo l'ambulanza?»

«Ti prego, lascia perdere, passerà.»

«Se non guarisci?» ipotizzò.

Tacque, Giulia le tenne un bel discorsetto, ci aveva pensato la notte, prima d'addormentarsi.

Sarebbe partita quella sera per il paese, l'indomani, domenica, si sposava una cugina: non poteva lasciarla a se stessa, priva di cure e in tale stato. Temeva un aggravamento, accennò a ematomi cerebrali che, comprimendo i centri motori, potevano causare effetti imprevedibili. La sua condizione era grave ed esigeva interventi adeguati per scongiurare il rischio di una paralisi permanente. Non capiva perché non l'avessero trattenuta in osservazione. Poi le pose una scelta obbligata. «O telefoni ai tuoi genitori, ché ti vengano a prendere, oppure ti porto in ospedale per gli esami necessari, non ti lascio sola», minacciò.

L'ascoltò, sorseggiando il latte. Infine, dissentì. «Tornare a casa è impossibile, me ne andrò.»

Sama la scrutò, l'aria severa. Pensò che il colpo avesse leso anche il raziocinio. «Dove? Ti rendi conto di come stai? Chiamo io i tuoi familiari, sai che ho il numero di casa», le rammentò.

Chinò il capo, lacrime silenziose colarono sulle gote, se le asciugò con un tovagliolo di carta, singhiozzando. La lasciò sfogare e le tese la mano, preferì tacere e ascoltare il suo dolore straziante, di cui ignorava le cause. Piano piano il pianto si quietò, promise che avrebbe chiamato i familiari, ma più tardi, aveva bisogno di tempo per preparare la psiche, e Giulia glielo concesse.

Appena finirono la colazione, Sama la trascinò in camera sua, lì avrebbe potuto riposare indisturbata, lontana dalle indiscrete. La costrinse a distendersi e la protesse con una coperta di lana soffice e leggera. Marina sospirò, sentendosi rinfrancata. Giulia pose sul comodino alcune riviste nel caso volesse leggere. Lei la ringraziò, ma lasciasse perdere i giornali, ché il male la stordiva e le annebbiava la vista.

Quella mattina, Giulia doveva recarsi al consultorio. Il comune aveva concesso il permesso di utilizzare i locali che la delegazione delle femministe aveva richiesto al sindaco. Il municipio aveva concesso una piccola sovvenzione, i membri del comitato si erano autotassati, pertanto avevano raccolto un bel gruzzolo con cui avevano pagato i materiali. Rimaneva una discreta somma per acquistare gli arredi. Un gruppetto di volontari si era adoperato a sistemare i pavimenti sconnessi, i sanitari, gli impianti elettrici e termici.

Quel giorno stavano tinteggiando, lei voleva assistere ai lavori e portare agli uomini dei panini e qualche birra fresca per la colazione. Dopo doveva andare da un rigattiere a scegliere gli arredamenti. Sperava di trovare alcuni tavolini, sedie, banchi, una lavagna e qualche armadietto in condizioni discrete.

Gli uomini avrebbero provveduto a sistemarli e riverniciarli. Informò l'amica che sarebbe rientrata a orario di pranzo con qualcosa di buono da mangiare. Si vestì, prima d'uscire le raccomandò di riposare. Se avesse avuto dei malori o la nausea poteva chiamare un'amica che studiava. Era stata avvertita della sua condizione e, di tanto in tanto, le avrebbe chiesto come stava. Assentì, un velo rugiadoso le offuscò le iridi.

Lo schiocco nella serratura le procurò un senso di sollievo. Poteva pensare e soffrire senza essere osservata. Represse la voglia di urlare, non voleva terrorizzare la studentessa.

Un pianto inarrestabile e amaro la stordì, si assopì di nuovo, nel torpore senza pace, vide i volti angustiati di Madre e Padre.

PADRI E FIGLI

I Romani si domandavano se fosse ancora viva, ora che il suo uomo era stato ucciso. Le ultime notizie li avevano devastati: la morte di Mauro, il terrorismo, la sua scomparsa. Mancava da quattro mesi e, se si eccettuavano un paio di telefonate di circostanza, non s'era più fatta sentire.

Avevano sempre dubitato del Vinci, poiché intuivano che era estremista e combattivo, ma si attaccavano a un barlume di speranza. Ora ogni speme era crollata, e, spenta ogni fiammella d'illusione, rimaneva la tragica e misera realtà. Forse si era rifugiata in un covo sicuro, dove nessuno l'avrebbe trovata, e là si sarebbe lasciata morire di fame.

Talvolta la piangevano morta, temevano che il suo cadavere venisse rinvenuto in qualche luogo impervio. Poi prevaleva la speranza che fosse ancora in vita e si domandavano se si era macchiata di crimini. Non aveva ucciso, era un magnifico autoinganno. Perché avrebbe dovuto farlo?

Rivangavano il passato alla ricerca di torti subiti che avessero potuto deviarla dai principi morali. Esaminavano i conflitti che c'erano stati tra loro e si domandavano se erano tali da farla insorgere con crudeltà. In quale perdizione dell'anima aveva inizio la ribellione? Perché uccidere il padre? Quali principi potevano giustificare l'efferatezza? Quale demone le aveva rapito il senno e tolto la pietà? Chissà se la Digos era sulle sue tracce?

In seguito ad accurate indagini sul caso, avevano scoperto che la cellula eversiva era composta da più terroristi, oltre i quattro di cui ormai si conoscevano le generalità.

Nell'ambiente giornalistico circolavano illazioni circa gli altri affiliati, i fiancheggiatori e i mandanti, ma erano voci prive di fondamenta. Erano stati freddati gli esecutori materiali, rimanevano poco chiare le implicazioni del cosiddetto Riccetto e della Paci, che era stata arrestata nel mese di marzo per reati analoghi.

I coniugi vivevano nell'attesa di una visita da parte della Digos o una chiamata di Marina. Difficile trovare pace in tale inferno. Snervante la finzione coi colleghi del giornale. I comunicati stampa dell'Ansa e delle altre agenzie erano un pugno nella pancia. Setacciarono le veline in cerca d'indizi. Si rivolsero ai loro informatori malavitosi, ma invano. Padre chiamò gli ospedali, ma lei non aveva lasciato tracce. Madre spulciò nei cassetti, cosa aberrante, che mai s'era sognata di fare prima d'allora. Nello scrittoio trovò il passaporto e la carta d'identità. Dunque, girava senza documenti, le parve un segno. Forse aveva deciso di espatriare assumendo un'altra identità.

Raccolsero i dati reali e dedussero che poteva essere espatriata, in tal caso mai avrebbe telefonato; forse si sarebbe rifatta una vita che escludeva loro. Era ingiusto, l'amore che nutrivano per lei gli dava il diritto di sapere.

Marina cercò una soluzione: fuggire era arduo e rimanere da Giulia pericoloso, poiché l'aveva insospettita; tornare era ancora possibile, ma telefonare era un gesto folle. Se gli investigatori conoscevano la sua identità, presto li avrebbe avuti alle calcagna. Prese la sua decisione e l'attuò.

Appena Giulia rincasò, le disse che aveva deciso di tornare a casa. La mettesse su un taxi, al resto avrebbe pensato lei. Tanta risolutezza la sorprese, ma fu d'accordo, a patto che mangiasse un boccone prima d'uscire. Marina rifiutò, aveva fretta di raggiungere i genitori, che rincasavano a quell'ora.

Sama espresse il desiderio di accompagnarla, ma lei respinse il proposito. Era una questione delicata e personale che preferiva gestire da sola. Ritornata, le vicende si sarebbero dipanate senza intoppi.

«Se i tuoi fossero fuori?»

«Li aspetterò nella hall.»

L'amica l'assecondò. Nonostante fosse leggera, una nuvola

svuotata, in quattro faticarono a trascinarla al pianterreno e a sostenerla per evitare le cadute. Il tassì era pronto, l'aiutarono a salire sul sedile posteriore, Sama le raccomandò cautela e promise che le avrebbe telefonato presto.

«Meglio di no, ti farò chiamare da mio padre, avrai notizie quanto prima», assicurò. Giulia le credette e la lasciò partire.

Via facendo informò l'autista della propria condizione, giunta a destinazione, gli chiese d'avvisare il custode, che s'affrettò a comunicare ai Romani che la signorina li aspettava dabbasso. Attendevano quel momento da mesi. Senza esitare, si precipitarono sul disimpegno, richiamarono nell'ascensore, il respiro in tumulto.

Durante la breve attesa, annusò l'aria familiare, le strade erano semideserte, rari i passanti distratti e frettolosi.

Appena li vide sbucare nell'ampia vetrata, si sentì in salvo, la tensione svanì. «Papà, prendimi in braccio, sono paralizzata», quasi gridò appena gli fu vicino.

L'aiutò a uscire dall'abitacolo. La prese in braccio e la condusse dentro, la sentì troppo leggera: un fuscello trasportato dalla corrente.

«Bentornata, signorina», esordì il portiere, precipitandosi a chiamare l'ascensore.

«Grazie», si strinse al collo del padre. La madre pagò la corsa e li raggiunse. Mentre salivano, la scrutavano increduli e felici; appoggiata al muro, la sostenevano e non si saziavano di guardarla. Il cuore materno scoppiava di gioia: era viva, era tornata, c'era speranza di ritrovarsi. Si chiese perché si fosse deturpata tagliandosi i capelli e tingendoli di scuro. Il castano accentuava il pallore e le dava un'aria malsana. Durò un momento, poi tornò a gioire per averla riavuta. Al terzo piano scesero. Lei avvinghiata al babbo; la mamma dinanzi a loro si precipitò ad aprire l'uscio.

«Dove ti porto?»

«In camera mia.»

La mise sul lettino, la madre sistemò il capezzale, lei si allungò, poggiò la nuca sui cuscini, e ritrovò la penombra riposante.

Strinse le palpebre e sospirò. Le pareti e gli oggetti odoravano di patchouli. Sentì una stanchezza infinita: secoli erano passati sulla sua pelle e l'avevano deturpata.

Ristette le ciglia serrate: voleva porre una barriera fra sé e loro, che la guardavano immobili e silenziosi, era prematuro rispondere alle domande, il tempo dei chiarimenti poteva attendere, era il momento dell'accoglienza e del nutrimento. Cibo e affetto dovevano circolare in quel momento. La figlia ritrovata meritava un lauto banchetto d'amore.

«Come stai?», «che cosa ti è capitato?», «sei ferita?», «sei caduta?», «hai un femore rotto?», domandarono. Lei negò la comunicazione, l'assoluta indifferenza, tranne le risposte insignificanti: «Sto bene», «sono svenuta», «ho picchiato il capo», «non ho fratture», spiegò senza guardarli: la pena che leggeva nei loro visi la uccideva. Li vide fragili e li detestò.

Erano i suoi genitori; non potevano rimanere impassibili e li amò. L'amore filiale vinse sul risentimento e il senso d'imbarazzo. Erano persone che avevano appreso a trarre vantaggio dalla rettitudine. Pensò che le cose sarebbero andate meglio, se avessero rispettato i suoi silenzi e le omissioni. Le parlarono con ostentata tranquillità: volevano invogliarla a confidarsi. Qualsiasi cosa celasse dovevano saperlo per proteggerla, ma occorreva pazienza e una briciola di serenità.

«Marina, mangi di là con noi?» Franca si affacciò alla soglia. L'avevano lasciata riposare, mentre lei cucinava e lui apparecchiava la tavola, congetturando le ipotesi più disparate sulla sua salute.

«Sì, volentieri», le era tornato l'appetito, sebbene il dolore le lacerasse il ventre. Si torceva d'afflizione, se immaginava il suo Mauro crivellato di colpi. Chissà se ha sofferto prima di morire? se ha pensato a me, si arrovellava. Doveva averla immaginata codarda, non vedendola arrivare. Forse, i compagni avevano ipotizzato il tradimento. Adesso, ch'era tutto finito, poco contavano i giudizi. Si rifiutava di ascoltare i telegiornali e leggere i quotidiani, prefigurandosi il panico dinanzi alle immagini del suo ragazzo e di Anton ricoperti da un lenzuolo bianco. Era scissa tra la voglia di morire e l'istinto vitale.

Umberto schiuse l'uscio, lei udì il cigolio dei cardini e il fruscio dei vestiti di cotone, lo fissò.

Lui le sorrise, il labbro superiore sottile teso su quello inferiore pieno e carnoso, una fossetta si formò sul mento deciso, le palpebre si accostarono. La strinse a sé e la portò in cucina.

Franca dispose la sedia, l'accostò al tavolo, guardandola.

Tra loro un'infinità di quesiti.

"Perché è paralizzata?", "Ha a che fare con il trauma cranico?", "C'entrano i mali dell'anima?" Avevano convenuto d'occuparsi del corpo, le componenti psichiche potevano attendere, poco importavano i giorni, ora che tutto era successo, tutto doveva essere sanato.

Franca servì la minestrina. «Riesci a ingoiare?» esordì scorgendo la sua esitazione.

Assentì. «È saporita.»

La madre fremette, indecisa fra il pianto e il riso per la sua presenza lì, malgrado la ferita e la paralisi.

«Lei resta con te, io vado da Brunelli e al giornale», le riempì il calice. Bevve un sorso, gli chiese di telefonare a Giulia, l'amica che l'aveva ospitata. Lui prese nota del numero e la scrutò interrogativo.

«Lei è a posto, chiamala dalla redazione», mormorò.

Egli annuì.

Mangiarono il pollo fritto, l'insalata e la frutta, e bevvero un decaffeinato nel clima cortese e formale del loro romanzo intimo. Erano quelle le armi di famiglia.

Il medico arrivò alle quattro. Era un uomo di mezz'età, brizzolato, alto e robusto. Aveva un viso squadrato, il naso greco gibboso, la bocca larga. Quel che gli aveva detto Umberto lo aveva allarmato. Prima di visitarla, le fece togliere il pigiama di mussola rosa, la madre aveva preteso che lo indossasse, dopo averle tamponato la pelle con acqua calda e lozione di lavanda.

Auscultò il battito cardiaco, valutò la respirazione e palpò l'addome. Misurò i riflessi, picchiettando il martelletto prima su un ginocchio, poi sull'altro. La seppur minima reazione lo soddisfece. Infine staccò il bendaggio ed esaminò la ferita. «Hai un brutto taglio e un livido esteso, presumo un versamento endocranico che spiegherebbe la paresi», esaminò la retina, il fondo oculare, i condotti uditivi e la gola. «È necessaria una TAC.»

«Non voglio ricoverarmi», obiettò.

«Ti ho detto che devi? ti prescrivo gli esami ambulatoriali, decideremo il da farsi, secondo i risultati. Puoi rivestirti.» Prima di accomiatarsi, seguì Franca nel tinello, sedé e compilò le ricette. Diede precise istruzioni su come disinfettare e bendare la piaga. Le disse di preparare la borsa del ghiaccio e di accostarla alla fronte, avendo cura di avvolgerla in un canovaccio di lino, ché il freddo eccessivo era nocente.

Appena il dottore uscì, tornò dalla figlia che nel frattempo aveva indossato la giacca del pigiama, ma stentava a infilarsi i calzoni. L'aiutò, sfoggiando una calma che non provava.

«Esco a prendere le garze e la pomata, ti serve qualcosa?»

Accennò un diniego, le rimboccò le coperte. In cucina riempì le formelle e le infilò nel freezer. Andò in bagno, pettinò i capelli chiari, che incorniciavano il viso minuto, stese un velo di cipria color pesca sulle guance smunte, sul collo delicato, tamponò il naso aquilino con la spugnetta e mise un filo di rossetto perlato, avendo cura d'allargare i contorni sottili. Lo specchio le rimandò l'immagine di una donna provata.

Prese la borsetta dall'attaccapanni e uscì. Attraversò l'atrio di fretta, diede un'occhiata all'abitacolo del portinaio. Era vuoto e ne fu contenta: la voglia di rispondere alle sue domande era pari a zero.

S'incamminò verso la vicina farmacia. Ne uscì, spingendo la carrozzella che aveva noleggiato, proseguì fino a una cabina telefonica, chiamò Umberto e lo ragguagliò sugli esiti della visita. Poi tornò sui suoi passi.

Intravide il portiere che innaffiava le aiuole nel cortile interno del palazzo, il tubo verde spruzzava una fitta pioggerellina sui cespugli di rose, sui lupini e le dalie. Si sbrigò a montare in ascensore. Tirò un respiro di sollievo, spinse il pulsante e s'appoggiò alla struttura metallica.

Un'improvvisa stanchezza la vinse: la tensione, che aveva accumulato in quattro mesi, le cadde addosso come una tempesta di grandine. Contratti in una morsa, gli arti e i muscoli dolevano, quasi una tenaglia li imprigionasse, stritolandoli. Al piano, scese trascinandosi, spinse dentro la sedia a rotelle, tolse dalla borsetta le garze sterili e l'unguento. Sfilò le scarpe, mise un paio di babbucce ed entrò nella camera, i prodotti per la medicazione tra le mani.

Lei dormiva, la ammirò: aveva un'espressione indifesa, ma agitava le braccia, si divincolava da una stretta angosciosa, mormorando sillabe prive di senso. Capì che soffriva nell'incoscienza del sonno.

Chissà se un giorno si sarebbe fidata di lei tanto da confidarle che aveva desiderato un mondo migliore in cui vivere e che aveva agito per costruirlo. Le avrebbe detto che il suo desiderio era possibile e consentito, ma... «Come pensi di reinventare il futuro, abitando uno spazio statico?» questa era la domanda da porle.

Sapeva, giacché spesso Marina aveva espresso la propria ideologia. Era convinta che i singoli individui potessero organizzarsi in una "società dinamica, come un muro di pietre libere dal cemento, dove ogni elemento si colloca per sé stesso e tuttavia in rapporto agli altri: relazioni fluttuanti, punti mobili e linee sinuose." Credeva alla concezione "immanentista" della democrazia, basata sull'essere e sulle possibilità degli individui e sulla parola libera, e non su un contratto e una verità di stato. Libero, fluttuante, fluido, ripetitivo era il suo desiderio di sviluppare i progetti che aveva elaborato l'essere, la nebulosa dell'altro.

Franca conosceva la sua ideologia e la filosofia che la sosteneva, ma vedeva che molti, affascinati dalle nuove teorie, facevano scelte estreme, riproponendo la repressione che la società capitalista esercitava su di loro.

La sua Marina aveva creduto a un'utopia feroce e arcaica come il mito di Edipo, il cui padre, Laio, re di Tebe, lo aveva esposto, neonato, alle belve, facendogli fare dei fori nelle caviglie. L'eroe, divenuto adulto, uccideva il padre e sposava Giocasta, ignorando che l'aveva generato. Scoperto il vero, la donna si suicidava, ed egli s'accecava con gli spilloni della madre-moglie per vivere come un mendico, accompagnato dalle figlie sino alla morte.

Quale sorte sarebbe toccata alla sua creatura? la stessa di Edipo re o quella di Antigone, la figlia, sepolta viva per aver osato dare degna sepoltura al fratello Polinice, considerato un traditore della patria?

La mente della donna vagava nella mitologia greca e vi cercava spiegazioni e risposte. Il dramma socio-familiare era pressoché immutato e conteneva responsi. Padri infanticidi, figli parricidi e incestuosi, madri suicide, figlie eroiche, capaci di affrontare volontariamente la condanna a morte, causando il suicidio di Emone e dei suoi genitori, erano gli eterni attori nell'officina della vita.

La figlia trasalì, posò le bende e l'antibiotico sul comodino. «Hai riposato?»

Assentì, portandosi una mano alla testa.

«Duole?»

La figlia annuì.

«Ti cambio la medicazione, poi preparo la borsa del ghiaccio, dev'essere pronto», convenne.

Abbassò le palpebre, Franca si accorse che i lividi si stavano allargando alle arcate sopracciliari e verso le tempie, si affrettò a rimuovere la medicazione, pulì la ferita aperta e vi spalmò sopra un film d'unguento a base d'argento proteinato. Si abbandonò al godimento della vicinanza.«Grazie.»

«Non devi ringraziarmi», accarezzò le guance e la baciò. Si ritrasse e si voltò per celare le lacrime che colmavano il ciglio.

Uscì dalla camera, ritornò trafelata, la sacca del ghiaccio legata in uno strofinaccio bianco.

Quando l'accostò alla tempia, il midollo spinale ebbe un brivido.

«Ehm, è piacevole.»

«Ti faccio una camomilla?»

«No, grazie.»

«Parliamo un poco», propose.

«Voglio dormire», replicò con crudezza.

La madre si avvilì. «Vado a cucinare, che cosa preferisci?»«Quello che vuoi, per me è lo stesso.»

«Ho preso una carrozzina, così puoi spostarti.»

«Ah.»

Franca uscì dalla camera, lei spalancò le palpebre. Non desiderava parlarle, spiegare, esternare il dolore. Preferiva chiudere la pena, la rabbia e l'ostilità nel tabernacolo dell'anima. Mai avrebbe raccontato le sue giornate di segregazione, il timore d'essere scoperta, uccisa o, peggio, arrestata. Erano segreti che Madre e Padre dovevano ignorare.

Perciò si mostrava distante e scontrosa, rifiutava il colloquio. Si negava se intuiva che i genitori volevano parlare di desideri irrealizzati, bisogni irrisolti, paure e morte.

Umberto chiamò Giulia, come promesso. Gli parve utile approfittare del suo ruolo genitoriale per parlare con un'amica della figlia, una sconosciuta che poteva essere una terrorista, o una fidata. Ella mostrò un sincero e schietto interesse per la salute della compagna, lui volle saper i particolari della vicenda, e se erano insieme al momento della sincope, e prima.

Sama riferì che per mesi non l'aveva né vista, né sentita. Era giunta a sera, ignorava i fatti antecedenti. Aveva appurato da lei stessa quel poco che sapeva: si era svegliata in ospedale, i medici le avevano medicato la ferita al cranio, e null'altro. Perciò si dilungò sul malore che l'aveva colta a casa sua, di cui si sentiva responsabile, e manifestò grandi timori per il conseguente rilassamento muscolare.

Umberto assicurò che il medico le aveva prescritto una serie di indagini, indi si salutarono con la promessa che l'avrebbe chiamata per aggiornarla sulla prognosi.

SORELLANZA

Appena seppe che c'era un vanodisponibile, telefonò alla proprietaria. Si presentò come amica di Giulia, e le disse che era interessata alla camera, conosceva l'appartamento le piacevano gli ambienti e la stanza di Giulia, mai era entrata nelle altre camere, ma si dichiarò disposta a contrattare sulla fiducia.

La donna s'inalberò. «Rigazzì, si po' 'n te pijace? Va la vede subbito, po' me dici», pretese che andasse a controllare coi propri occhi, lo stesso giorno. Stabilirono il canone mensile e l'importo della caparra. La signora le raccomandò di recarsi da lei l'indomani a depositare la cauzione, se il locale era di suo gusto. Stava allettata, poteva lasciare la somma e i dati anagrafici in busta chiusa alla domestica. Le avrebbe preparato una scrittura privata a garanzia del contratto. Passasse pure senza preavviso, fra le dieci e mezzogiorno, se non avesse avuto riprova, si sentiva libera di affittare a un'altra.

Martedì 28

Giunse da Sama nel primo pomeriggio, l'accolse una tipetta alta, le belle gote paffute, che rientravano in piccole fossette se sorrideva. Cordiale e sbèrlòcca, si presentò come l'intermediaria, rise e la subissò di domande.

«Sei amica di Giulia?», «Ti ho già visto qui?», «A quale facoltà sei iscritta?», «che anno?», «qual è l'argomento della tesi?» e via dicendo. In pochi minuti, le raccontò un compendio della sua vita. Era l'inquilina più anziana, viveva lì da sette anni, era laureata in Lettere Classiche e faceva supplenze temporanee nelle scuole romane. La introdusse, si scusò per il disordine, subito volle sapere se le piaceva l'ambiente, suggerì che poteva modificare la disposizione dei mobili: un armadio a tre ante di legno lucido, stile anni sessanta, un letto, una poltroncina di raso verde mare, un comò a tre cassetti, una sedia, un tavolino coi piedi sottili rivestiti di metallo, sormontato da alcune mensole. Mara apprezzò le pareti candide e la collocazione degli arredi.

«Allora chiamo la signora e confermo che la prendi?»

«Sì, domani passerò a lasciare la caparra.»

Si salutarono. Marita bussò alla camera di Giulia. La trovò indaffarata a compilare un annuncio in cui si offriva come insegnante privata. Aveva già preparato un curriculum da allegare ad alcune domande di lavoro che aveva in mente d'inviare a vari enti, scuole e associazioni, sulla scrivania buste, francobolli e la distinta di spedizione. Appena si fu accomodata, le confidò che aveva bisogno di lavorare per mantenersi. Ora, che aveva completato il percorso di specializzazione, le pareva vergognoso vivere a spese dei genitori. Dunque, o si occupava, o tornava al paese.

I familiari possedevano un bilocale, che poteva fungere da studio di consulenza, ma questo significava rinunciare al consultorio che desiderava con tanta forza.

Le rammentò che avrebbe potuto seguirne le sorti anche dal paesello, ma lei opinò che era diverso. «Mi aiuti a scrivere gli indirizzi ricopiandoli dall'elenco, così finisco prima?» le chiese.

Voleva passare da una copisteria a far ciclostilare il curricolo e il manifestino per lasciarne una copia nei luoghi affollati, nelle bacheche, in qualche libro-cartoleria e nella biblioteca rionale.

Riportò le novità sul conto di Marina: stava facendo gli esami diagnostici, il fisico si riprendeva un poco ogni giorno, ma l'umore era instabile, serviva tempo per riacquistare la pace e la motilità. Rita ignorava la gravità dell'amica e volle sapere. «La senti spesso?»

«Mai, chiama Umberto, il papà; dice che si rifiuta di parlare con chicchessia.»

«Ah, c'era da aspettarselo», commentò Marita.

«È una tenace», Giulia tenne per sé i dubbi sulla vicenda,

mancando le certezze, preferì accantonare il discorso.

Scrissero gli indirizzi, incollarono le affrancature, uscirono e si recarono a piedi dal copista che aveva i prezzi più bassi. Lasciarono il materiale: erano oberati di lavoro e potevano consegnarlo l'indomani.

Entrarono in una cartoleria per acquistare alcune risme di fogli, quaderni, penne, gessi, pastelli, punesse e nastro autoadesivo per i bambini del doposcuola. I sacchetti della spesa appesi al braccio, Sama volle entrare in un bar a bere qualcosa, trascinò dentro anche Marita, dando per scontato che avesse sete. Sedettero all'unico tavolino libero vicino alla vetrata, un cameriere s'affaccendava tra un cliente e l'altro.

Si guardarono intorno e fra gli altri avventori scorsero Gianni e Andrea, seduti in fondo alla saletta. Quest'ultimo dava loro le spalle in una postura statica. L'amico era teso, lo fissava, poi si distoglieva irritato. Quando le vide, parve rincuorarsi, le salutò con un cenno della mano e le invitò a raggiungerli. Mari acconsentì col medesimo linguaggio.

«Andiamo?» si unirono a loro, Gianni domandò se era pronta al gran giorno.

Annuì. «Vorrei fosse già domani», aggiunse sospirando.

Chiese che cos'avevano comprato, Giulia aprì le borse e mostrò gli acquisti. «Materiali per la scuola», esclamò fiera.

«Complimenti, ce l'hai fatta», sorrisero, Andrea rimase imbronciato. Ordinarono birra e Coca-cola.

«Tu quando discuti la tesi?», s'informò Marita.

Rispose che l'avrebbe presentata la settimana successiva. L'amico sollevò le arcate sopracciliari e storse la bocca, Sama fu certa che c'era stato un alterco fra loro, e che Gianni aveva tentato di ricomporlo, invitandole, ma la manovra diversiva era fallita miseramente, Andrea pareva offeso a morte, chiuso in un inspiegabile mutismo.

«Che cos'hai?» sperò di aiutarlo a dirimere la questione.«Niente», si voltò dall'altro lato.

«Come ti senti?»

«Mi pulsa la testa», sollevò il mento puntuto.

Gianni sorbì un sorso dal boccale, che il cameriere aveva appena portato, e lo fissò. «È arrabbiato con me», ammiccò.

L'altro deglutì. «La verità è che mi manchi di rispetto», Gianni aprì le palme. «Ti sbagli, tengo a te», scosse il capo.«Allora perché fai il cretino?»

«Te l'ho già spiegato. Non ci ho provato.»

«Ah, no?»

«No.»

Mari guardava ora l'uno ora l'altro. «Chi vi capisce è bravo.» Andrea ingollò una sorsata, Gianni raccontò che avevano partecipato a un collettivo, aveva preparato un tatzebao con una ragazza, e apriti cielo!

«Se ti fossi visto, capiresti», l'obiezione buia.

«Ma va, esagerato», minimizzò il compagno.

«Se lo facessi io?» ribadì.

«Non direi nulla», increspò il labbro. Andrea fece spallucce e finì la birra. «Dai, fattela passare», lo esortò Gianni.

«Dagli un poco di tempo», intervenne Marita che non ne poteva più della crisi di gelosia e spostò il dialogo sulla sua festa di laurea cui erano tutti invitati.

Rita e Giulia mai avevano avuto un litigio serio in passato, e ormai si stimavano a tal punto da potersi dire qualsiasi cosa con schiettezza, essere in disaccordo, criticare l'una le scelte dell'altra, ignorarsi o rimanere mute. Il silenzio era la conquista della vera amicizia e della reciproca benevolenza.

«È una fortuna che abbia telefonato, tu», le ripeteva Giulia, riferendosi all'annuncio, seguitando a elencare le sue virtù. «Sei una delle poche ragazze serie che conosco», lei si schermiva. «Usi il cervello, ma poni ardore in ciò che fai», le chiedeva degli esempi concreti, poiché misconosceva i tratti caratteriali che l'amica le attribuiva.

Sama spiegava. «Sai ciò che vuoi e miri dritto a bersaglio.» Riconosceva in sé tale determinazione, ma la considerava circoscritta alla sfera privata. Al contrario, l'amica aveva ideali elevati, interessi umanitari e progetti a favore delle categorie svantaggiate. Fra loro era una gara a suon di complimenti.

Tornarono a casa felici e rilassate con una scorta di dolcetti. Sedettero sul letto, scartando cioccolatini profumati di cherry, cacao, zucchero, nocciole e ciliegie. Giulia reiterò la sua visione politica. «Qual è la sostanziale differenza tra le classi?» domandò, schiudendo le palme.

«Il censo, il reddito, il potere», suppose Marita.

Disapprovò. «Prima viene la cultura. I ceti bassi non hanno accesso ai saperi e questo li condanna a svolgere i lavori più umili. Perciò mi batto per l'insegnamento agli allievi in difficoltà e per la diffusione dei saperi alle donne anziane.» Allargò il discorso alla famiglia e alle disparità fra i sessi.

«Mio fratello è partito soldato dopo il diploma e ha più diritti di me che sono maggiore di cinque anni.»

Ella era figlia unica in un clan matriarcale, le mancava il metro di paragone. Infatti ignorava le diseguaglianze e le sperequazioni di genere, tranne soffrirne se ne diveniva vittima fuori dalla famiglia. Però le dava noia che Fede la trattasse come una bambina, ogniqualvolta tornava a casa. Nella capitale si sentiva adulta, padrona delle proprie azioni, invece a Fievo le toccava scontrarsi coi pregiudizi materni. Pensava che se un'altra donna, nel suo caso, la madre non le riconosceva i meriti e i diritti, nessun altro l'avrebbe considerata e rispettata. Scompariva dinanzi alle impietose critiche di Fedele. Si sentiva sempre figlia e mai persona compiuta. Le spiegò che la mamma era troppo severa, continuava a imporle divieti, come fosse una tredicenne. Più di tutto la infastidivano le restrizioni sulle amicizie e le uscite ad Aquinto, le motivazioni riconducibili a inutili ovvietà. «Che dice la gente?»

Giulia raccontò che godeva di una buona indipendenza, ma opinò che i figli vedessero i progenitori come individui e viceversa. «È questione di ruoli: mamma e papà fanno i genitori, gli zii recitano da zii, noi siamo i figli.»

Rita assentì di piacere, gustando la ciliegia liquorosa dentro il Mon Chéri, Giulia si distese sul letto, i bei capelli folti e soffici allargati sul cuscino, le rime cigliari strette. Rimasero in silenzio a lungo, una pensava alle intemperanze materne, l'altra alle donne e ai bambini di borgata.

«Che bello averti per amica», mormorò. Sama non si mosse. Capì che s'era assopita, la guardò: le lunghe ciglia nere disegnavano una linea curva sottile e fremevano come le piume dei pappi. Si soffermò ad ammirare la perfezione dell'ovale, la carnagione terrosa, il piccolo naso dalle narici delicate sulla bocca rotonda, ben delineata pur senza rossetto, il mento sfuggente.

L'amava, le aveva insegnato la sorellanza, la bellezza di parlare con le donne, l'impegno comune per costruire un mondo solidale, coeso e riconciliato. Si distese anche lei e pensò all'autonomia, e alle esperienze, e al lavoro, e all'arte, e a un'infinità di

occupazioni fuori dalla famiglia borghese, e si addormentò serena.

DOPPIO TRAUMA

I Romani trascorsero giorni penosi, gravati dal peso del doppio trauma di Marina. La notte, quand'ella dormiva o fingeva, si davano convegno, scambiavano opinioni e concertavano azioni. Si prodigarono per alleggerire l'atmosfera dolorosa, sempre chiedendosi se fosse il caso di affrontare con schiettezza le sue implicazioni nei reati terroristici. Tentarono invano, aveva innalzato un tabù. Umberto vedeva nel suo atteggiamento una volontà inconscia di porre un divieto sacrale su quella parte della sua vita.

Franca era persuasa avesse represso i ricordi inaccettabili e i desideri tremendi e che la rimozione le macerasse l'anima, sino a causarle la paralisi. Qualunque fenomeno agisse nella sua psiche si sentivano in dovere di proteggerla.

«Se fosse un'assassina?» domandava il marito.

Lei negava, era incapace d'usare le armi.

«Se avesse appreso?» opinava.

La moglie rifiutava una simile probabilità, invece lui si sforzava di rimanere concreto; analizzava le sue azioni e, da qualsivoglia punto di vista le guardasse, giungeva sempre alla medesima conclusione di colpevolezza. La fuga da casa rispondeva alla scelta consapevole e volontaria di prendere parte attiva all'azione. Forse non era un'omicida, ma aveva partecipato al sequestro del magistrato.

Franca era consapevole: l'innocenza della sua bambina era macchiata, il vissuto pesante aveva segnato in maniera inesorabile la sua coscienza agli albori. Nelle loro menti si agitava un caos di ipotesi e di dubbi nebulosi. L'unico rammarico: non essere riusciti a evitare il dramma a quella ragazzina impulsiva e irrazionale. Le scintille erano divampate in fuochi devastanti, l'estremismo paranoide aveva vinto.

Ella aveva sottovalutato i rischi fisici e morali impliciti nell'azione. Ora i sensi di colpa, la disistima e la rabbia per le attese irrealizzate e l'efferatezza con cui il suo compagno era stato freddato l'annichilivano. Provava un rancore sordo verso lo stato, che trucidava i figli smantellatori, ed era ben determinata a tacere la sua pena e il lutto strazianti. Appartenevano a lei solamente, infelice, scissa, gonfia d'odio per se stessa, che era sopravvissuta a lui.

Ammirava la magnanimità del suo uomo, poiché aveva sacrificato la vita nel tentativo di schiacciare il nemico. Mauro e Anton erano gli eroi ai quali avrebbe votato l'esistenza. Pensava che doveva guarire per continuare la loro guerra: eliminare i dirigenti, i funzionari, i militari, i poliziotti, i politici, gli industriali e i magistrati conniventi. Quella le pareva l'unica azione equa in un contesto ingiusto.

Vagheggiava d'abolire lo Stato e le disparità e, se gli obiettivi erano ardui, desiderava almeno infliggere il massimo danno ai nemici, poco importava il prezzo da pagare.

Viveva un rapporto disarmonico con la società e per difendere la sua posizione, sia pure inconsciamente, poneva le colpe fuori di sé. Il mondo le pareva putrido da qualsiasi angolazione lo osservasse. Odiava gli uomini in divisa, ché rappresentavano l'autorità e usavano le P10 se venivano attaccati. Detestava chi distorceva il suo credo.

Trascorreva le giornate tra il letto e la poltrona davanti alla televisione, seguiva i notiziari per conoscere gli sviluppi dell'inchiesta.

Se udiva uno scampanellio alla soglia, sobbalzava nel timore che fossero gli agenti della Digos. La madre rispondeva al citofono, scopriva chi era, e si quietava. Quand'era sola, si nascondeva sotto le lenzuola, e si tappava le orecchie per non sentire gli squilli incalzanti.

Aveva deciso che una volta guarita se ne sarebbe andata e avrebbe disperso le sue tracce per sempre. Farneticava di ricongiungersi ai compagni liberi e riprendere il conflitto.

Mal tollerava le ingerenze dei familiari, le premure e l'inquietudine che scorgeva nei loro sguardi apprensivi.

A sua insaputa, i genitori decisero di portarla a Milano da un luminare che dirigeva una clinica privata munita di apparecchiature diagnostiche avanzate.

Padre prenotò telefonicamente. La visita fu fissata il lunedì undici luglio alle quattordici. Stabilirono di viaggiare in automobile, il mezzo più comodo e sicuro, sull'autostrada del Sole e di partire la domenica pomeriggio in modo da giungere a sera in tempo per la cena. Scelsero un albergo vicino al centro medico. A cose fatte le comunicarono la notizia. In un primo momento, s'inquietò, ché non l'avevano tenuta in considerazione ma, allorché il babbo le lasciò intendere ch'era una maniera di proteggere il suo privato, capì anche il taciuto per effetto dell'accordo silente che s'era instaurato fra loro.

Lunedì, 4 luglio

Margherita annotò. Ho discusso la tesi di laurea. Sono Dottoressa in Psicologia. Soggiornerò a Fievo fino a ottobre.

Mentre lei dibatteva la tesi a La Sapienza, Imma urlava per i dolori del parto, in ospedale. La sera, mise al mondo un bel maschietto. Sal volle chiamarlo Tiziano, e lei ne fu entusiasta.

Martedì 5

«Il quotidiano *Lotta Continua* ha pubblicato un appello avverso alla repressione in Italia firmato da molti intellettuali tra cui Jean-Paul Sartre, Michel Foucault, Gilles Deleuze, Felix Guattari, Roland Barthes e Maria Antonietta Macciocchi.»

I Romani partirono nel pomeriggio.

Marina si sistemò sul sedile posteriore. La carrozzina fu infilata nel bagagliaio con qualche difficoltà.

Franca sedette accanto al marito. Durante il viaggio parlarono poco. Franca cercava di prefigurarsi l'incontro e, persino, la diagnosi, ammesso che ce ne sarebbe stata una certa. Umberto si domandava se il primario avrebbe stabilito un ricovero. Marina mise le cuffie e si isolò nella sua musica, confidando che si chiarissero le cause della paralisi, e si trovasse una terapia efficace a guarirla in breve tempo.

Giunsero intorno alle sette di sera.

Avevano prenotato una camera per disabili, specificando che fosse ampia e attrezzata, in effetti lo era. Il letto matrimoniale aveva una coperta di raso color bronzo e il lettino aggiunto esibiva un copriletto coordinato. I due comodini ospitavano piccole lampade da notte, la base d'ottone e i paralumi bianchi a corolla. Un armadio dotato di appendiabiti, cassettiera e cassaforte era addossato alla parete accanto a una scrivania su cui troneggiava uno specchio con una mastodontica cornice dorata. La toilette era abbastanza vasta da consentire gli spostamenti della sedia a rotelle.

Sistemati i bagagli, Padre lavò via la stanchezza sotto la doccia, Franca e Marina si rinfrescarono. Scesero a cena nella sala decorata da stucchi aurei. Ordinarono un risotto allo zafferano, cotoletta, patatine e insalata. La cena fu silenziosa e malinconica. Nessuno aveva voglia di parlare e svelarsi. I genitori temevano una diagnosi infausta; la figlia era immersa in un mutismo ora rancoroso, ora rassegnato.

Per completare il pasto, lui volle una degustazione di formaggi molli, gli portarono un tris di stracchino, mascarpone e gorgonzola, accompagnato da fettine di pane tostato, avvolte in un tovagliolo bianco, posto dentro un cestino di vimini paglierino.

Le signore preferirono una macedonia di frutta.

Dopo cena, visitarono il vicino Parco Sempione. Entrarono, passando accanto all'Arco della Pace, e procedettero verso il Castello Sforzesco, che si scorgeva in lontananza. Giunti nei pressi dell'Arena, Umberto indicò la fontana dell'acqua marcia, di forma ottagonale, le polle laterali odorose d'acre zolfo. In passato era stata considerata miracolosa per la salute, grazie alle proprietà delle acque sulfuree che parevano avere effetti benefici sulle vie urinarie e biliari e sulle funzione digestive e respiratorie, e sulla circolazione sanguigna.

Si diressero al laghetto recintato, in cui nuotavano i germani reali, e lo costeggiarono. Nel punto più stretto valicarono il ponte in ghisa delle sirenette, ex attraversamento pedonale sul Naviglio che, in seguito alla chiusura dei canali, era stato spostato nel parco.

Notò gli spacciatori appostati negli angoli più bui, nascosti dietro i cespugli di osmanto, viburno, camelie o rododendri e non gli sfuggirono le siringhe infisse sui fusti degli agrifogli, dei cedri o dei faggi e degli ontani.

Riposarono su una panchina, prima di prendere la via del ritorno. Marina si sentì rasserenata e riuscì a spiccicare qualche parola. «C'è un'aria piacevole che ripaga le ore al chiuso.»

«Speriamo tu possa tornare a camminare», augurò il padre.

La madre sospirò, lei si rattrappì su se stessa e mise il broncio. Infine, decisero di ritornare in albergo giacché s'approssimava l'orario di chiusura. L'indomani li accolse un'infermiera, una rossa longilinea, la guardata cerulea. Spinse la carrozzina in un tunnel rivestito di linoleum color ghiaccio, li introdusse nello studio del primario, il dottor Carri, un professore di mezz'età, statuario e corpulento, che li accolse sulla soglia, strinse loro la mano, poi rivolse le sue attenzioni a Marina. «Che cosa le è capitato, signorina?» domandò in modo professionale e attento. Lo fissò, senza rispondere. Il padre si affrettò a spiegare che aveva riportato un trauma cranico e un'inspiegabile paresi. «Ah, vedremo», il luminare era perplesso.

Quando si furono accomodati, anch'egli sedette dietro la scrivania. «Avete esami?»

Franca tolse dalla borsetta un plico e glielo porse.

Lesse le diagnosi, guardò i valori ematici, studiò le immagini, poi volle che Marina raccontasse i ricordi imminenti.

Ella narrò le cose più futili che le venivano in mente, tranne la verità, appena finì il resoconto sapientemente menzognero, Franca aggiunse che, oltre la lesione fisica, aveva subìto un trauma ben più grave. «Ha perso il fidanzato in un incidente stradale», raccontò, lasciando intendere una correlazione.

Il primario annuì. «Ipotizza che la perdita della motilità abbia un'origine psicosomatica?» suppose.

Essa tentennò. «Direi che considero anche l'aspetto emotivo», spiegò.

Assentì. «Però non possiamo escludere la natura fisica o concause. Devo visitarla, in seguito la sottoporrò a indagini», anticipò il luminare, premendo un tasto del citofono interno. La rossa ricomparve. «Mi ha chiamata?»

«Mi aiuti a stendere la paziente sul lettino.»

La visitò in maniera accurata, senza fare trapelare i dubbi. Quand'ebbe finito, la rassicurò: sembrava tutto a posto, ulteriori esami avrebbero rivelato qualcosa di più. Li congedò, dicendo di ritornare l'indomani per il ricovero. «Quanti giorni prevede?» volle sapere il Romani.

«Dipende dai risultati dei test.»

Si accomiatarono e andarono in albergo, ché l'ora di pranzo s'avvicinava.

Franca desiderava fare acquisti, perciò rinunciarono al riposo postprandiale e trascorsero il pomeriggio in centro.

Dinanzi alle vetrine in via Montenapoleone, la madre le propose di provare qualche abito nuovo, ma lei rifiutò con sufficienza, aveva tutto ciò che le serviva e anche di più.

In via della Spiga, il padre la invogliò ad acquistare un paio di pantaloni all'ultima moda e un golfino coordinato che facevano bella mostra in una boutique. «I calzoni sono comodi», commentò, sperando di persuaderla.

Ella odiava il paternalismo e i sorrisi ipocriti, mise il muso e si chiuse in un silenzio ostinato. La mamma rinunciò allo shopping e il padre s'impensierì, chiedendosi quale chiave aprisse il suo scrigno segreto? esistevano lemmi capaci di scalfire la corazza plumbea che l'avvolgeva? c'era un gesto in grado di allentare la tensione? La rabbia verso le premure genitoriali la trafisse, come una scheggia che lei fuse in un rogo rovente e silenzioso. Quant'erano orribili quei due, che la trattavano come una ragazzina viziata, e com'erano insulsi e falsi i visi sereni, sopra l'ansia che li attanagliava. "Sorridereste ancora, se vi dicessi che ho minacciato l'ostaggio con la pistola di Mauro e gli avrei riempito il cranio di pallottole, se avesse tentato la fuga? se sapeste che ho progettato di rapire la sua insulsa omonima buonista e insignificante? peccato non sia sua figlia."

Ammise che erano giorni angoscianti e spaventosi. Le era capitata una sorte terribile e loro agivano come se i tempi fossero lievi e sereni. Certo, bisognava andare avanti: alzarsi, lavarsi i denti, pettinarsi, mangiare, vestirsi, un giorno dopo l'altro. Maledizione, tutto era diverso.

Gli agenti le avevano amputato gli arti e strappato l'anima. "Potrò sopravvivere dimezzata?"

Il martedì dodici luglio fu ricoverata.

Il papà ripartì nel primo pomeriggio. Giunse a casa intorno alle nove. Fece una doccia fresca e cenò in pigiama con un'insalata caprese e del prosciutto crudo, melone e alcune albicocche.

Franca rimase in clinica fino all'orario di chiusura. Tornò in albergo con la metropolitana. Cenò prima di salire in camera. Prese una crema di zucca, un filetto di sogliola, un misto di verdure grigliate e una macedonia di frutta fresca. C'erano pochi clienti e un discreto silenzio interrotto dai suoni delle posate sulle porcellane o da vocii indistinti che le giungevano a sprazzi. La cena solitaria le parve insolita, poiché mangiava sempre con Umberto, mai era rimasta sola dacché Marina era tornata. Si sentì un albero sbattuto dal vento. La tempesta dilaniava i rami e strappava le foglie, il tronco era rimasto saldo e ben radicato a terra, ma la chioma, la chioma doveva riassestarsi. I carichi, simili a foglie caduche, erano in balia del turbine. Chiuse il pranzo con un decaffeinato. Lo volle molto dolce: mise due bustine di zucchero e mescolò finché sentì che i granelli erano sciolti. Sorbì piano il dolce-amaro scottante, chiedendosi se lui era giunto a destinazione desiderava sentire la sua voce rassicurante.

Nella hall c'era una cabina telefonica, ebbe l'istinto di alzarsi, ma rinunciò: avrebbe chiamato dalla camera, era più confortevole, inoltre moriva di stanchezza.

Lui guardava annoiato una trasmissione televisiva, quando giunse la sua telefonata. Gli disse che aveva cenato e crollava di sonno, poi volle sapere di lui. «Mi stavo coricando», soggiunse. Chiese notizie della figlia, lei confermò che era arrabbiata col mondo, ma pareva decisa a curarsi.

«Questo è l'unico elemento positivo», commentò lui. «Avete parlato di Mauro?»

«No, si chiude a riccio se lo nomino.»

Pensò che il lutto era troppo recente, bisognava darle tempo. Lei convenne. Si salutarono con motti affettuosi e sinceri, l'intento d'offrire supporto all'altro.

Posò la cornetta sulla base, prese il libro che aveva iniziato a leggere, prima che Marina tornasse, e andò in camera. Poggiò il volume sul comodino. Si distese nel letto e lo riprese. Rimase immobile un tempo indefinito, *L'età della ragione* di Jean Paul Sartre chiuso fra le mani, la lampada notturna accesa, i disegni degli oggetti proiettati sulla lamia.

La mente lucida percepì la disperazione che gli derivava dall'aver abbandonato le difese e l'autoinganno, vide l'aridità morale e intellettuale e l'assoluta assenza di significato nella propria esistenza. Il tentativo di redimere Marina era stato un fallimento totale. Intuì che la militanza politica, i desideri e i sogni le avevano procurato l'illusione di un completo affrancamento dal giogo economico-politico. Infine avrebbe compreso l'arbitrarietà dei suoi ideali? sarebbe stata capace di vivere la pochezza di una vita qualunque? era vicina all'età della ragione, quella in cui si entra, dopo aver colto l'infondatezza di ogni modello o ideologia, oppure avrebbe continuato a ingannare se stessa, nascondendosi la verità?

Strinse le ciglia e le sentì bruciare. Le ombre si velarono. Si passò le dita tra i capelli corti, sentì la stempiatura che s'allargava. Aprì il volume, tolse il pezzullo, che aveva usato come segna-pagina, e tentò di concentrarsi, ma non ci riuscì.

La copertina dischiusa sul petto, le palpebre tese e le iridi fisse su un punto imprecisato, rimase fermo finché il sonno lo vinse.

Umberto le era parso provato. L'aveva sentito sfibrato, un guscio senza energia, in attesa dell'oblio.

Attraversò un buio tumultuoso, la solitudine insinuò i dubbi e alimentò il livore. Dal giorno in cui i vili le avevano trucidato il compagno, era la prima volta che trascorreva una notte solitaria. L'oscurità livida aveva un odore rancido di marciume putrefatto. Sapeva di morte. Mauro se n'era andato da diciotto giorni, ma lei lo sentiva vivo e prossimo. Le era proibito deporre la pietra tombale sul sepolcro, poiché le mancava la vista del suo corpo martoriato dai proiettili e le era stato impossibile partecipare ai funerali. Ignorava persino se erano stati celebrati. Chissà se avevano restituito alla famiglia le spoglie del suo martire?

Un pomeriggio, ch'era da sola, si era spinta fino al bar sotto casa, dove c'era una cabina pubblica e aveva telefonato ai Vinci per porgere le condoglianze e sentirsi vicina a loro, avvolta e confortata dal medesimo dolore. Aveva risposto la madre, aveva più confidenza con lei che con qualsiasi altro membro della famiglia. C'era stato un colloquio formale; la donna l'aveva raggelata con un'allusione alle cattive influenze di certe compagnie. Si era sentita pungere, intuendo che la poneva tra coloro i quali avevano trascinato Mauro nell'ideologia della violenza e fra le braccia della morte.

La convinzione erronea l'aveva stordita e a malincuore si era congedata. S'era detta che i suoi pensavano la stessa cosa di Mauro, soggiogati dal bisogno di assolverla. Nulla di strano, dunque, che la madre disperata si fosse aggrappata alla presunta innocenza, come se un figlio influenzabile fosse preferibile a uno deciso, che aveva agito in base al libero arbitrio.

Capì che il dolore le avrebbe divise per sempre. Era negato l'abbraccio nell'amore. S'irrigidì, se possibile, divenne più coriacea e insensibile. Si rassegnò a soffrire in un silenzio assordante e distante.

L'isolamento era assediato da Umberto e Franca, presenze silenziose e discrete, che a tratti le davano l'impressione d'aver dimenticato chi fosse, scorgendo in lei la figlia senz'altri appellativi. Avevano chiuso gli occhi dinanzi alla parte di lei connivente con il terrore. Si prendevano cura di lei, rispettavano il suo dolore e i silenzi in attesa che si aprisse al dialogo.

L'accerchiamento di Padre & Madre era privo di persecuzioni e tormenti palesi, pertanto più detestabile. Avrebbe preferito l'oblio, la negazione dell'esistenza. Si ripromise di collaborare al processo di guarigione allo scopo di eclissarsi fra i compagni che si erano rifugiati all'estero. S'addormentò sulla scia di questa fuga salvifica e sognò Mauro che le andava incontro vivo, sanguinante, l'epidermide violacea, le mani grondanti plasma. Gridò. L'urlo la svegliò. Schiuse le palpebre. Fuori albeggiava. La caligine velava l'aria, sbiadiva gli alberi e i palazzi in lontananza. Strinse le ciglia, le lacrime scivolarono sulle gote. Quando la caposala comparve, s'affrettò a nascondersi dietro il lenzuolo, le domandò se aveva riposato, mentì. La donna la informò che le operatrici sanitarie si sarebbero occupate dell'igiene e le avrebbero portato la colazione. «Stamani farà le indagini e i test. Nel pomeriggio ha il colloquio con lo psichiatra», aggiunse.

Franca varcò la soglia del reparto, un'infermiera le disse che la figlia era nel settore diagnostico. La ringraziò e si accinse ad attenderla in camera, sedette vicino al balcone e guardò il paesaggio malinconico, gonfio d'afa.

Marina ritornò subito, la madre volle sapere il tipo di esami che aveva eseguito. Bofonchiò che lo ignorava, le avevano attaccato ventose ed elettrodi, e si era ritrovata dentro tubi e macchinari.

Dopo pranzo, un'infermiera la prelevò per condurla dallo psichiatra. La madre espresse il desiderio di presenziare, ma la signorina la informò che il primo colloquio escludeva la presenza dei parenti. Marina iniziò la seduta con il batticuore e un senso d'oppressione allo sterno. Il terapeuta le disse di distendersi sulla poltrona, di rilassarsi e parlare.

«Mi racconti ciò che le preme», le suggerì. Lei s'irrigidì, e lui s'aggrottò. «Parli a ruota libera della prima cosa che le viene in mente. Sono qui per aiutarla», la rassicurò.

Poggiò il busto allo schienale e pose le mani sul ventre in una posa rilassata. Ella sospirò e svuotò la mente dai ricordi pesanti e immoti, mine vaganti nel cervello. Iniziò con il nome, aggiunse il cognome, la parte determinante di sé. Si sentì una Romani e provò un senso d'appartenenza. Seguirono l'età, gli studi, le amicizie e Mauro. Al ricordo, un flash accecante colpì ogni cellula neurale. Eruppe in un pianto rabbioso, violento come lava incandescente del cratere.

Lo psichiatra la fissò, serio, le dita incrociate sull'addome. Lasciò che desse libero sfogo alla sua pena e, appena la vide più ricettiva, le parlò. «Entreremo nella camera buia, lei ha una squadra di supporto, mai sarà da sola dinanzi al suo lutto», la rincuorò.

Marina si asciugò le lacrime con un fazzoletto e replicò che il dolore le aveva squarciato l'anima, devastandola. Nessuno poteva curare la ferita o alleggerire il peso della sofferenza o donarle l'oblio.

Il dottore assentì. «Però potrò darle un po' di sollievo, una goccia di balsamo.»

Scosse il capo sconfortata; egli aggiunse che non doveva arrendersi, la posta in gioco era la guarigione. Se non fosse stata accertata alcuna patologia con le metodiche di indagine strumentale, la paralisi poteva essere contemplata come un disturbo di conversione, in quanto presentava un deficit nelle funzioni motorie volontarie in assenza di una condizione neurologica che ne giustificasse la presenza.

Volle ulteriori spiegazioni sul significato e le implicazioni di tale disturbo. «Si tratta di una paralisi psicogena che, pur derivando da cause psichiche, ha sintomi fisici, nel suo caso l'ansia somatizzata potrebbe aver compromesso alcune funzioni motorie senza che possano essere accertati i danni concreti. Quindi, se i test escluderanno una lesione fisica, ci orienteremo sulla psicoanalisi e la fisioterapia», terminò.

Marina annuì, ma non si sentì né sicura, né confortata. Avvertì uno spazio bianco nell'anima, un ectoplasma amorfo, una nuvola di fosfuro d'idrogeno che la separava dall'abisso.

Le indagini diedero esito negativo.

Il primario stabilì una terapia intensiva: tre mesi di psicoanalisi, fisioterapia e ginnastica passiva. Ella portò avanti l'analisi decisa a mentire e ad alimentare il senso di colpa per non essere morta con lui.

Le prime sedute furono un martirio, si lasciò andare a pianti furibondi e liberatori. Seguirono visite meno devastanti durante le quali pesò i vocaboli. Lo psichiatra intuì le omissioni nel suo racconto, ma l'assecondò poiché anche la menzogna può condurre a sbocchi positivi.

Franca partì con Umberto durante il weekend. Lo psichiatra e la fisioterapista si alternarono al fianco di Marina, i risultati insoddisfacenti, fatta eccezione per qualche moto occasionale e involontario. Se due operatori la sorreggevano, strisciava i piedi sul pavimento, se la posizionavano nel deambulatore antibrachiale si accasciava, rischiando di cadere.

Sul finire di agosto, vi furono i primi miglioramenti: si trascinava a stento nel passeggino e alle parallele, si aprì con l'analista, proteggendo le parti intime e fragili di sé.

Sono dalla sua parte, le diceva lui. Ma ella era malfidata e fingeva, controllava i gesti e le posture per evitare che le micro espressioni rivelassero le emozioni. Agiva in maniera studiata e disumana, padrona di sé. Si comportava come un robot, analitica e distaccata, temendo di smarrire il controllo e provocare involontarie fughe di parole.

Eppure la intrigava la benevolenza e la dolcezza dello psico-analista-padre. Continuò a relazionarsi con lui, pur sapendo che voleva spingerla a confidarsi. Durante le sessioni, talvolta silenti, si aprivano degli spazi bianchi, in cui i pensieri fluidi e i ricordi statici cessavano di fluire. Approfittava di quegli attimi incolori per mettere in guardia la sua essenza, intimandosi di non fidarsi. Si scindeva fra la voglia di collaborare alla propria guarigione e la smania di rifuggire l'uomo che le ispirava stima e soggezione, recente scoperta dell'autorevolezza paterna.

Via via che le sessioni procedevano, mille incertezze l'assalirono e pose in dubbio la propria verità.

Durante la cura, i dialoghi animati da una tensione crescente sfociarono in un flusso paranoico, intriso di minaccia, che la fece sentire preda, nel rapporto con il terapeuta.

Egli scopriva aspetti perversi e affascinanti nelle sue componenti psicologiche e le riconosceva l'abilità di creare una sorta di suspense sottile e tagliente, capace di toccare le sue corde profonde. Scorgeva l'essere umano, i sensi, le aspettative, le paure incise nel DNA di quella creatura smarrita e con un costante bisogno di rassicurazioni che negava. Le pareva una brava ragazza alle prese con un grave dilemma di ordine morale, come se i suoi lessemi falsi e insinceri avessero un obiettivo segreto.

La sentiva onnipotente, predisposta a scardinare l'avversario, tesa in un ineludibile anelito di freschezza. Era accecata dal supremo amore per Mauro, reso divino dalla morte. Era assuefatta all'auto-illusione amorosa che, ora più che mai, aderiva alle sue fantasie romantiche.

Voleva aiutarla a capire che egli era la proiezione mentale di un suo desiderio, un ricordo ingannevole, un simulacro che poteva annichilirla e ucciderla. Esistono tanti modi per annientarsi, le ripeteva.

Venerdì, 23 settembre

«Dal 23 al 25, Bologna ha ospitato il Convegno nazionale sulla Repressione. In seno all'assemblea del Movimento giovanile si sono create divergenze e crepe insanabili», scrisse sull'agenda.

I convenuti pacifici ebbero spazi e pasti caldi. Il raduno seguì la presa di posizione degli intellettuali francesi.

Circa centomila giovani invasero la *dotta* con l'intenzione di *fare la festa* pacifica alla repressione. Si formarono dei comitati di lavoro nelle università, nei cinema, nel palazzo comunale. Bologna divenne palcoscenico di concerti e rappresentazioni teatrali, all'interno del Palazzo dello Sport i leader politicizzati si scontravano a muso duro sul futuro del movimento, giungendo a contrasti accesi tra Autonomi ed esponenti di Lotta Continua.

Furono giorni difficili per la democrazia, poiché lo stato assunse e mantenne atteggiamenti di dura repressione.

Il congresso si concluse con un corteo e uno spettacolo di Dario Fo e Franca Rame in Piazza VIII Agosto.

Venerdì, 30 settembre
«A Roma, i neofascisti hanno ucciso Walter Rossi, studente e militante di Lotta Continua», un altro episodio funesto, scrisse.

Sabato, 1 ottobre
«A Torino ha avuto luogo una manifestazione organizzata da Lotta Continua per dichiarare la propria opposizione all'omicidio di Walter Rossi. Nei contrasti fra le opposte fazioni, lo studente Roberto Crescenzio è rimato imprigionato nel rogo dell'Angelo Azzurro, appiccato dagli autonomi», un'altra vittima di questo mondo impazzito.

EPILOGO

Ritornò a casa un giovedì di metà ottobre. A stento si reggeva in piedi. Usava il deambulatore per spostarsi. L'equilibrio psichico era un miraggio. Viveva un'attesa perenne e destabilizzante. Le giornate erano governate da impulsi illogici e casuali, malati e irrazionali.

Si percepiva marginale, una giovane donna espulsa dalla vita, mutilata, gli ideali integri. Era decisa a combattere per un ideale e ad affermare la propria determinazione, dimostrando di essere superiore agli uomini comuni e alla loro morale. Anton e Mauro si consideravano straordinari alla stregua dei rivoluzionari illuminati o dei condottieri travolgenti. Come loro, volevano cambiare la storia.

Nei sogni emergevano gli impulsi autodistruttivi. S'immergeva in vagabondaggi visionari, correndo a perdifiato in una Roma afosa e dolciastra, una capitale da incubo, popolata da gente ordinaria: derelitti privi d'ideali, emarginati con una vita di stenti, privi del benché minimo anelito di riscatto. Era costretta a scontrarsi con carnefici e vittime, cui spiegava il suo credo nel disperato tentativo d'inculcare i propri valori.

Nei peggiori incubi si vedeva insanguinata. Le mani, i vestiti, i capelli erano cosparsi di goccioline rosse che divampavano in lingue divoranti, o aggrediva un nemico immaginario, lo minacciava chiamandolo pecora e gridando. «Non hai il coraggio di uccidere per la liberazione degli oppressi, sei un piccolo borghese moralista.»

Le illusioni speranzose nel sogno volavano, colombe bianche nel turchese del cielo, lei sorrideva scintillante. Poi i piccioni mutavano, divenivano grigi e, infine, neri corvi. I corvi erano le attese deluse che la facevano singhiozzare sul cuscino.

Spesso, l'animo dilaniato, contemplava il clima irreale e oppressivo, pensava che la struttura società era carica di contraddizioni: la ricchezza di pochi conviveva con l'estrema miseria dei borgatari, gente avvilita dal sovraffollamento e dal degrado. La disoccupazione e la decadenza dei valori rendevano la situazione insostenibile, la guerriglia era l'unica soluzione, o la più giusta. I poveri erano pronti a insorgere, lei voleva stare dalla loro parte in aperta avversione a quei maledetti figli di puttana.

La società è rilevante nella genesi di un'ideologia, si ripeteva, ossessionata dalla convinzione di essere al di sopra dell'etica. Avrei ucciso davvero o era un gioco?, si domandava. Mauro, Anton, Francesca e il Ricciolino avevano sparato. A lei lo avevano impedito. Forse, desideravano proteggerla, oppure la consideravano ordinaria, una comune neofita. Trascorreva ore, guardando i programmi televisivi e leggendo, l'ansia dell'inatteso la teneva in una sospensione penosa. Un fruscio in corridoio, una sirena spiegata, lo strillo ostile del campanello erano incidenti inquietanti che collassavano l'aspettativa.

Coi genitori fingeva indifferenza e si mostrava fredda e contenuta. Devo stare attenta, calcolare persino le modulazioni. Se ora tremo, che cosa proverò quando arriveranno? anche quel giorno il sole splenderà oppure l'aria sarà intrisa di pioggia?

In un pomeriggio solitario, prese un libro dalla libreria, sedette sul divano e s'immerse nella lettura. Accese l'apparecchio televisivo in attesa di un programma gradevole. A un tratto, un intenso squillo la fece sobbalzare. Tirò a sé la carrozzina, vi salì e andò nell'ingresso, le pulsazioni squarciavano il petto. Un altro scampanellio le coagulò le vene e le tolse il fiato. L'asfissia le diede una vertigine. Inalò aria per non morire. La ingoiò a grossi bocconi e la sentì fischiare nella faringe fin dentro la trachea e i bronchi. Un sudore freddo le bagnò la cute. «Chi è?» s'informò, prima di schiudere l'uscio.

«Polizia, apra, abbiamo un avviso per la signorina Marina Romani», intimò una voce autorevole. Un fremito algido la scosse. Aspirò il cielo con tale voracità che ebbe un conato di vomito. Sentì le fauci secche e cercò di deglutire. Aprì la porta e si trovò dinanzi due agenti, un altro era un poco discosto sul pianerottolo. «Permesso», disse uno di loro. Si spostò per lasciarli passare. Appena dentro, quello che sembrava un ispettore volle sapere se era da sola, dov'erano i suoi e che cosa le era capitato.

Tutto ruotava, l'ingresso pareva restringersi intorno a lei sino a comprimerla. Si sforzò di rispondere, ma la gola arida stentava ad articolare i fonemi. Le parve d'udire che era in stato di fermo, doveva seguirli al Commissariato, impiegò poco a capire che era tutto finito: l'attesa, l'angoscia, la guerriglia. Le balenò il convincimento che, forse, poteva continuare la battaglia negli stanzoni degli interrogatori, nelle aule dei tribunali e, persino, in cella. La televisione, intanto, scandiva le note incalzanti e vittoriose di Gonna fly now eseguita da Maynard Ferguson.

Umberto Romani in un editoriale non firmato scrisse. «Questi giovani sono colpevoli di gravi reati. Meritano la pena e la detenzione. Tuttavia, hanno diritto al reinserimento o, almeno, all'oblio.»

Quando nacque il primo figlio, Salvo ampliò l'abitazione. Si rimboccò le maniche e divenne muratore. Sotto la guida di un amico, imprenditore edile di mestiere, costruì due nuove camere, una per il neonato, l'altra per il secondogenito, che già aveva stabilito di avere. Eresse i muri. Posò il tetto e i pavimenti. Stese l'intonaco e lo dipinse. Scoprì la passione per la decorazione degli interni. Ristrutturò l'intero fabbricato da solo. Imma allattava il piccolo al seno mentre cucinava. Cambiava i pannolini cantato la ninna nanna del lupo e della pecorella. Poi s'improvvisava manovale per il marito. Portava il materiale. Preparava l'amalgama. Gettava anche qualche spatolata di cemento tra un mattone e l'altro. Rifiniva a stucco le piastrelle e i decori, badando che le fughe fossero dritte e omogenee.

Per un periodo, i contadini videro la cinquecento rossa partire nell'aurora, attraversare la contrada e dirigersi verso il Calente. Tutti si chiesero che cosa andasse a fare alla buon'ora sull'argine del fiume.

«Va a caccia di un'altra diavoleria», preannunciarono le arpie della zona. Setacciava il greto alla ricerca di piccoli sassi. Sceglieva i ciottoli belli e levigati e li poneva nei secchi da muratore. Poi per qualche settimana si chiudeva dentro e decorava a mosaico un imponente caminetto che aveva innalzato nel tinello al momento del restauro. La nuova vocazione gli affibbiò il soprannome di muratore.

«Sta facendo un capolavoro», dissero le bettoniche del quartiere, le lingue avvelenate dalla mandragola vennero meno alla loro vocazione maldicente ed elogiarono il suo operato. Gli si schiuse la via del fabbricante e decoratore. Molti lo chiamavano per piccoli lavori di restauro o per la costruzione di casotti di campagna, garage, camere e camini. Divenne il re dei caminetti decorativi. Lavorava tanto, poiché aveva molti ingaggi. Guadagnava abbastanza. Poi incominciò a rifiutare le offerte. «Mi stanco. Fare il fabbricatore è faticoso. Ho deciso di accettare solamente i lavori che mi piacciono. Ormai, le spese per i ritocchi sono pagate. Ho deciso di fare il musicista», confidò a un caro amico, che lo ripeté in giro tanto che giunse finanche alle orecchie distratte di Rita.

Un giorno, attraverso la finestra, lo vide arrivare. In genere, si eclissava, poiché la infastidivano le descrizioni di note, musica, erbe, dieta, arte decorativa. Invece, voleva lei. «Margherita, scendi. Ha certe canzoni», annunciò la mamma. Lo raggiunse, le allungò alcuni fogli coi testi in inglese e la pregò di tradurglieli. Fu sul punto di dirgli che se avesse studiato le lingue straniere, invece di bigiare, sarebbe riuscito a trasporre le liriche, che erano quattro versi in croce, ma preferì la clemenza. Gliele tradusse all'istante, riconosciuti i celeberrimi brani, scelse i vocaboli adatti al ritmo rock.

Aveva rispolverato le passioni musicali e le canzoni sempreverdi di Elvis, occhieggiando al recente Dylan.

Pretendeva di cantare in italiano Jailhouse Rock, Love me tender e Blowing in the wind. Creò una band e ricominciò a fare serate e matrimoni. Era soddisfatto, Imma aspettava il secondo figlio, lui scintillava di felicità.

NOTE

1. Gabriele Martignoni - Sergio Morandini, Il diritto all'odio, Verona, Bertani, 1977: pag. 74

2. AA.VV. Sarà un risotto che vi seppellirà, Milano, Squilibri, 1977: pp. 84-85

3. AA.VV. Sarà un risotto che vi seppellirà, Milano, Squilibri, 1977: pp. 85-86

4. AA.VV. Sarà un risotto che vi seppellirà, Milano, Squilibri, 1977: pp. 90-93

5. Gabriele Martignoni - Sergio Morandini, Il diritto all'odio, Verona, Bertani, 1977: pp. 74-75

6. AA.VV. Sarà un risotto che vi seppellirà, Milano, Squilibri, 1977: pp. 95-96

7. Dal movimento giovanile al movimento di liberazione dal lavoro «A/Traverso», dicembre 1976, pag. 8

8. Idem

9. AA.VV. Agenda rossa, Roma, Savelli, 1977; pag. "14 giugno"

10. «Questa prima non s'ha da fare» VIOLA n. 1, 7 dicembre 1976

11. Piero Bernocchi, Dal '77 in poi, Roma, Erre Emme Edizioni, 1997; pag. 144

12. Idem pag. 146

13. AA.VV. Radici di una rivolta, Milano, Feltrinelli, 1977; pp. 79-80

14. Felice Froio, Il dossier della nuova contestazione, Milano, Mursia, 1977: pag. 8

15. AA.VV. I non garantiti, Roma, Savelli, luglio 1977; pag. 136

16. Tano D'Amico, in Claudio Del Bello, Una sparatoria tranquilla, Roma, Odradek, 1997; pag. 139

16. AA.VV. Radici di una rivolta, Milano, Feltrinelli, 1977; pag. 89

17.

BIOGRAFIA

Giuseppina D'Amato, docente e scrittrice per passione, è nata in Irpinia, ma vive in Franciacorta con Chiara Messina, figlia e collaboratrice, e due gatti.

Laureata all'Istituto Universitario L'Orientale di Napoli in Lingue e Civiltà Straniere, specializzata nella didattica BES, ha lavorato, dal 1979 al 2020, alle dipendenze del MIUR, come docente nelle Scuole Superiori di Primo e Secondo grado, e negli Istituti di Istruzione Superiore di Brescia.

Attualmente in quiescenza si dedicata alla poesia e alla narrativa per bambini, ragazzi e adulti.

BIBLIOGRAFIA

Dal 2016 Giuseppina D'Amato pubblica esclusivamente su Amazon KDP in formato digitale e cartaceo.

2016

Consolazione: la vita altrove di Chiara Messina, racconto breve di formazione.
Il mio tempo: un'adolescente negli anni '60, romanzo diario.
La casa di conchiglie nel deserto: imparare l'amore di Chiara Messina, racconto breve di formazione.
Le favole dentro la borsa, fiabe illustrate da Chiara Messina.
Lo sguardo di cobalto di Chiara Messina, racconto breve di formazione.
Nostalgia di Chiara Messina, racconto breve di formazione.

2017

Cronache dalla Via Lattea: Zoc come E.T., fiaba.
1977 - Il mio tempo, romanzo storico.
L'anima segreta: il giardino della poesia, silloge poetica composta in collaborazione con Chiara Messina.
La leggenda di Tre Capanne: lo Scazzamauriello, fiaba.
Quattro storie sulla speranza di Chiara Messina, quadrilogia racconti brevi.
Revontulet: la volpe di fuoco di Chiara Messina, racconto breve

di formazione.

Storia di Lin, romanzo di formazione.

2018

Come la marea, romanzo psicologico, femminile.

Dove nasce la poesia: rinascita, romanzo familiare.

1977 - Il mio tempo, romanzo politico

Il profumo della passione: otto mesi in Australia, romanzo psicologico, femminile

La viandante dentro il lapislazzuli di Chiara Messina romanzo breve fantastico

2019

I segreti di Nurica: plasma, romanzo di fantascienza

La fanciulla di neve - La storia di Angela, fiabe

La fantastica storia di tempo - Il mito di tempo, fiabe

Grazia e Vanja, la leggenda, fiaba

2020

Cento fiabe di cento parole per il lockdown, fiabe.

Cristina, ragazza strana, scrittrice cresciuta con i giocattoli impigliati nei capelli della sua Fantasia, romanzo fantastico.

La principessa infelice, fiaba

2021

Dieci fiabe di cento parole per il lockdown di Eugenio Fortunato, fiabe didattiche.

La figlia del Sole: il diario di Jasmine Burton di Giuseppina D'Amato

COLLANE

*Cento fiabe di cento parole
per il lockdown*

Dieci fiabe di cento parole di Giuseppina D'Amato vol. 1
Dieci fiabe di cento parole di Eugenio Fortunato vol. 2
Dieci fiabe di cento parole di Giuseppina D'Amato vol. 3

Consolazione

Nostalgia di Chiara Messina vol. 1
Lo sguardo di cobalto di Chiara Messina vol. 2
Consolazione: la vita altrove di Chiara Messina vol. 3
La casa conchiglie nel deserto di Chiara Messina vol. 4
Revontulet: la volpe di fuoco di Chiara Messina vol. 5
Quattro storia sulla speranza di Chiara Messina vol. 6
La viandante dentro il lapislazzuli di Chiara Messina vol. 7

Donne moderne

Storia di Lin
Dove nasce la poesia: rinascita
Come la marea
Il profumo della passione: otto mesi in Australia
La figlia del Sole: il diario di Jasmine Burton

Il mio tempo

Un'adolescente negli anni '60
1977

Le favole dentro la borsa

La fantastica storia di Tempo - Il mito di Tempo, vol. 1
Cronache dalla Via Lattea, vol. 2
La leggenda di Tre Capanne, vol. 3
La principessa infelice, vol. 4
La fanciulla di neve - La storia di Angela, vol. 5
Grazia e Vanja, la leggenda, vol. 6

Mondi futuri

I segreti di Nurica: plasma
Cristina, ragazza strana, scrittrice cresciuta con i giocattoli
impigliati nei capelli della sua Fantasia.

CONTATTA L'AUTRICE

Amo leggere i tuoi messaggi, scrivimi.
pinadamato@icloud.com

Recensisci i miei libri sulla pagina autrice Amazon.
https://www.amazon.it/GiuseppinaDAmato/e/B01GQEDIWU

Mi trovi anche qui.

Twitter https://twitter.com/pinadama

Siti web
https://giuseppinadamato.altervista.org
https://pinadama.wordpress.com

Facebook
https://www.facebook.com/damatogiuseppinascrittrice

Instagram
https://www.instagram.com/giuseppinadamato

Ascolta l'audiolibro Le favole dentro la borsa su Spreaker.
https://www.spreaker.com/show/loshowdigiuseppinadamato

Ascolta l'audiolibro Le favole dentro la borsa su YouTube.
https://www.youtube.com/channel/UCPIPaiq6KtnDgpR9lpDYEw

Ascolta l'audiolibro Le favole dentro la borsa su iTunes o Apple Podcasts.
https://podcasts.apple.com/it/podcast/lefavoledentrolaborsa/
id1239463440

Ascolta l'audiolibro Le favole dentro la borsa su Spotify Podcasts.
https://open.spotify.com/show/3TR3G2A30gfqQVDZqZbI7e

Ascolta l'audio libro La viandante dentro il lapislazzuli di Chiara Messina, letto dall'autrice, sul canale YouTube.
https://youtube.com/playlist?list=PL9toSY2-
DFrDPoCO0MMHFGi4N1J2ueO15/

Sito Google https://www.libridamato.com

BOOKS BY THIS AUTHOR

Consolazione: La Vita Altrove

Consolazione: la vita altrove di Chiara Messina.
Una novella metafisica dall'ordito filosofico destinata ai ragazzi e ai giovani lettori che s'interrogano sul più antico dei dilemmi: che cosa c'è al di là del nostro mondo? Dopo la morte, la vita continua in un'altra dimensione?

Il Mio Tempo: Un'adolescente Negli Anni '60

Il mio tempo: un'adolescente negli anni '60, romanzo storico, e di formazione, delinea l'affresco dell'Italia nel periodo del "boom economico" attraverso le vicissitudini di una ragazzina che lotta per affermare la propria identità e, spesso, si scontra con i pregiudizi degli adulti. Michela, la protagonista, confida alle pagine del diario i suoi dubbi, i timori, i segreti di famiglia, i sentimenti, i primi amori e le rivalità fra coetanei. La scrittura diviene lo strumento della memoria e un momento di riflessione che la conduce alla scoperta del suo tempo, del femminile, delle attese future, e dei propri ideali. Donne di generazioni diverse sono le affascinanti protagoniste del romanzo che si snoda fra flash-back e colpi di scena.

La Casa Di Conchiglie Nel Deserto: Imparare L'amore

La casa di conchiglie nel deserto di Chiara Messina.
Un'avventura avvincente nel deserto africano. In uno scenario

di sabbia dorata avanza una carovana di mercanti tuareg. Nel clan, una schiava liberata e il figlio del capo intessono una storia d'amore sincera e limpida. Sahkim, il più giovane della famiglia, sconvolto dalla scoperta e geloso del sentimento che lega i due innamorati, si rifugia fra le dune. La breve fuga lo conduce alla scoperta dell'amore meraviglioso e più autentico, al rispetto e all'accettazione.

Le Favole Dentro La Borsa

Fiabe della buonanotte e del buongiorno, fiabe per bambini e adulti del 2000. L'autrice ha una borsa magica, se ci fruga dentro, estrae le storie di nonna Peppina, i racconti popolari irpini, le fiabe italiane, le favole classiche, che hanno alimentato la sua fantasia di bambina, i ricordi personale, i sentimenti e i valori che, nella borsa, si sono fusi e tramutati in storie per bambini e ragazzi del terzo millennio.

Lo Sguardo Di Cobalto

Lo sguardo di cobalto di Chiara Messina.
Gli occhi color cobalto di una ragazza tormentano le notti insonni di Michael. Perchè? Che cos'era accaduto tre anni prima nel magazzino abbandonato?
Una storia di formazione che, in principio, vede il giovane implicato con una gang di teppisti drogati e delinquentucoli, e lo ritrova trasformato e maturo, ma con un atroce rimpianto nel cuore.

Nostalgia

Nostalgia di Chiara Messina.
La novella breve narra con un ritmo serrato la strana mattinata di Luca, un adolescente che sembra aver smarrito i ricordi più recenti. L'unica certezza è lo strazio che sente nell'anima, pur ignorandone l'origine e non sapendole attribuire un nome.

Pensa che sia nostalgia, quasi l'attesa di un ritorno algido che, forse, non ci sarà. Sullo sfondo, una Milano spettrale: un campus universitario, una cascina decadente, una strada, un parco in cui compaiono i suoi amici sofferenti per qualcuno o qualcosa. Che cosa sia accaduto Luca non ricorda: è un mistero da svelare. Un colpo di scena finale più intenso e doloroso di un pugno nello stomaco, da togliere il fiato, dà senso al racconto.

Cronache Dalla Via Lattea: Zoc Come E. T.

La novella fantascientifica, ambientata in una Milano del prossimo futuro, ha per protagonisti un bambino e un extraterrestre che s'incontrano in una situazione piena di pericoli generati dagli umani. Il loro avvicinamento insegna il valore dell'accoglienza. La storia divertente e da leggere tutta d'un fiato sottolinea i difetti e le debolezze "terrestri" e offre alcuni spunti di riflessione sulla questione ambientale e la salvaguardia del pianeta. L'autrice ci regala un racconto divertente, ironico e con un finale a sorpresa. Un racconto illustrato per i ragazzi di ogni età.

1977 - Il Mio Tempo

Il 1977 fu un anno terribile per l'Italia e molti studenti. Fu una data risolutiva per Margherita Fonti. La protagonista del romanzo storico politico è una laureanda in Psicologia all'Università La Sapienza di Roma. È ancora candida e pura, la sua esistenza ruota intorno allo studio, alle amicizie, e ai sentimenti, finché viene sconvolta da eventi impensabili. Tra gli scioperi in piazza, e le occupazioni degli atenei, una ragazza enigmatica e minacciosa irrompe nella sua vita. Un giorno Marita è testimone oculare di un attentato terroristico che sconvolge il suo fragile equilibrio. Le amiche femministe la coinvolgono nella lotta per l'emancipazione. Piano piano, quasi senza volere, si ritrova a manifestare a fianco degli "attivisti" e degli "indiani metropolitani" e a riflettere sul Movimento che per molti compagni rappresenta la perdita dell'innocenza. Alcuni delusi imbracciano le armi, i meno risolti scelgono la droga.

L'anima Segreta: Il Giardino Della Poesia

L'anima segreta: il giardino della poesia con Chiara Messina. L'autrice è persuasa che ogni persona abbia un sogno nascosto, un dolore sepolto, un lutto rimosso, una gioia custodita nel luogo più recondito dell'anima. Queste poesie rappresentano l'anelito alla meraviglia e allo stupore. Sono tentativi di scandagliare oltre lo scudo dell'oscurità alla ricerca della luce e di avvicinarsi all'inafferrabile mistero della vita, ricondurlo al limine della coscienza, e svelarlo con le parole.

La Leggenda Di Tre Capanne: Lo Scazzamauriello

L'autrice è cresciuta ascoltando dalla voce della nonna Giuseppina le leggende popolari irpine, qui ripropone, in una versione adatta ai tempi attuali, la leggenda dello Scazzamauriello, uno gnomo che vive nei boschi, nelle grotte, o nelle case. Nottetempo, disturba il sonno del malcapitato di turno, e lo immobilizza, ponendosi sull'addome. Chi riesce a rubargli il berretto ha un gradito dono. Un simpatico e divertente pretesto narrativo per affrontare in modo coinvolgente il tema della difesa ambientale per la salvaguardia del pianeta.

Quattro Storie Sulla Speranza

Quattro storie sulla speranza di Chiara Messina.
Una quadrilogia di racconti brevi, il cui filo conduttore è la parola "Consolazione", ovvero storie di formazione adatte ai ragazzi e consigliati anche ai genitori e agli educatori. La giovane autrice narra i diversi percorsi di cambiamento che conducono i protagonisti verso la maturità, superando i momenti critici con esperienze formative e scelte coraggiose.

Revontulet: La Volpe Di Fuoco

Revontulet: la volpe di fuoco di Chiara Messina.
Il racconto breve di formazione, ambientato in Finlandia, manda un messaggio positivo, nonostante affronti temi grevi. Narra la crisi esistenziale di Lucia, una giovane pittrice, della quale s'intuisce il travaglio interiore, un passato di dipendenza, domande irrisolte, un lutto recente e la voglia di sparire. Poi la leggenda di Revontulet - la volpe di fuoco - e lo spettacolo dell'aurora boreale giungono a salvarla e a restituirla alla terra, al cielo, e alla vita.

Storia Di Lin

Un romanzo "post realistico" attuale, il linguaggio contemporaneo, racconta il vissuto di Lin, un'adolescente cinese immigrata in una Brescia postindustriale e multiculturale. Fin dal principio, il lettore respira la solitudine e il bisogno d'affetto che la spingono ad avvicinarsi a figure compensative. Lontana da lei, un'altra donna soffre mentre lavora, è Zhang Wei, la madre. La narrazione ricostruisce il passato di Wei, carico di umiliazioni e sacrifici, fino al giorno in cui acquista un appartamento e vi si trasferisce con Lin. Però, accade l'inatteso, la situazione muta. Lin si ritrova a gestire da sola l'adolescenza, il primo amore, i problemi scolastici e di integrazione, i contrasti culturali con i coetanei di altre etnie e la rabbia crescente verso la madre. Il romanzo realistico, ricco di eventi e personaggi, appassiona il lettore sino al finale intenso e commovente.

Come La Marea

Il romanzo psicologico indaga i misteri del femminile e della relazione sentimentale, oltre i limiti spazio tempo. Natalie Lamourson, donna di successo e stimata ricercatrice universitaria, insegue il vero amore e il senso profondo della vita. Però i suoi amori vanno e vengono incostanti e senza forma, come la marea. Un sogno ricorrente la trasporta in un suggestivo maniero e in un'altra epoca. Nottetempo, una misteriosa fanciulla emerge dalle cortine del XVII secolo e la chiama a sé. Un tradimento la spinge a fuggire in Bretagna, là si stabilisce in un paese ai margini della foresta di Keroual. L'istinto la conduce a un castello diroccato, forte la sensazione che il luogo sia il fulcro del suo avvenire e la risposta ai suoi dubbi esistenziali.

Dove Nasce La Poesia: Rinascita

Cinque storie sentimentali e un funerale affrontano i temi di sempre: l'amore, la morte, la malattia, il distacco, la famiglia. Marta Parodi, tormentata e poco incline ai sentimentalismi, lascia Milano, una mattina d'inverno, diretta a Torino. Giunta a casa di Vilma, sua amica di gioventù, scopre che ella custodisce un grave segreto. La partenza, metafora dell'evoluzione interiore, la induce a intraprendere un percorso che la condurrà a una maggiore consapevolezza. I suoi ricordi svelano le ombre del passato, che condizionano il presente, e sfociano in una rancorosa nostalgia per l'amore che le è stato negato. La pena intensa le impedisce di cogliere i sentimenti di Cristiano, un affermato e affascinante neurochirurgo, che la ama in segreto da anni. Marta interagisce coi componenti della sua famiglia disfunzionale e con gli amici di sempre, dando vita a storie diverse, ognuna delle quali mostra una sfaccettatura del mistero chiamato amore. Nel libro si parla sì di malattia e morte, ma si parla soprattutto di rinascita, amore, guarigione, allegria, poesia e danza attraverso una scrittura scorrevole e ironica. Tra le righe vibra il messaggio positivo di speranza e rinascita che la scrittrice ha inteso mandare.

Il Profumo Della Passione: Otto Mesi In Australia

Il romanzo contemporaneo, psicologico, erotico e di viaggio, adotto a un pubblico adulto, tratta il tema dell'amore visto da un punto di vista femminile, e tocca la problematica della violenza di genere. Michelle La Forêt è una giovane giornalista, al termine del contratto accetta un nuovo ingaggio, ma si pente quando ne conosce i particolari: otto mesi in missione nel continente australiano con Didier Blessant, un famoso operatore di ripresa e fotografo. L'uomo maturo, già inviato di guerra, è un tipo deciso e aggressivo. Sin dall'inizio, si profila una relazione difficile e conflittuale. Michelle è soggiogata, e a nulla servono i consigli delle amiche, e l'introspezione psicologica affidata alla scrittura. L'io narrante è la stessa protagonista che, attraverso un linguaggio poetico e struggente, descrive le proprie emozioni, gli stati d'animo, i problemi psicologici e, infine, la via che conduce alla guarigione dall'amore malato, e alla stima di sé.

La Viandante Dentro Il Lapislazzuli

Miranda mai avrebbe immaginato che un quadro fosse così poco monodimensionale, quando intraprese la sua avventura con il lapislazzuli. Miranda, Leo e Concita vivono una vita urbana, dove il quotidiano sconfina oltre la cornice del reale e dove l'irreale è vero oltre la ragione. Una storia in cui ciascuna parola ha un senso preciso, autentico, unico, e un senso inverso nascosto tra le pieghe oltre la cornice del testo narrativo di questo piacevole e stimolante romanzo fantastico.

I Segreti Di Nurica: Plasma

Il romanzo di fantascienza, avvincente e ricco di tensione, è ambientato a Mydikan, sterminata capitale del Sistema Planetario Nuricano, il tempo imprecisato. La società distopica, basata sul culto della fondatrice del regno, impone norme rigide per garantire ai cittadini una vita pressoché immortale che dipende da un raro elisir. In segreto, il popolo dei famuli e le Intelligenze Artificiali si organizzano per rivendicare i propri diritti e limitare lo strapotere della casta dominante. Le loro azioni sono appoggiate dai misteriosi Limus. Nell'ombra incombono gli Schiavisti, mercanti interstellari di armi super tecnologiche e schiavi donatori. Tuttavia il pericolo maggiore è costituito dalla Società Profundis, che mira al monopolio dei beni primari, e dai Guerrieri Iperborei che ambiscono al potere politico. La futura e giovanissima regina, Zabetha I°, ancor prima dell'investitura ufficiale, dovrà gestire i conflitti e agire in modo saggio per assicurare la sopravvivenza del pianeta e della stirpe.

Cento Fiabe Di Cento Parole Per Il Lockdown

Fiabe per bambini durante il lockdown. I piccoli stentano a capire che cosa sia il Covid-19. Sanno che può contagiare i nonni, i genitori, o la sorella maggiore quel crudele tiranno che tiene in pugno milioni di vite umane. Da quando è arrivato lui, tutti vivono chiusi in casa. È bello stare in compagnia! La nonna prepara gustosi manicaretti, e gioca coi bambini, mentre i genitori lavorano online. Ogni giorno, nonna Pina tira fuori una novità per coinvolgere i nipotini e distrarli. Siede sulla poltrona, i bimbi e i ragazzini sul tappeto, propone i giochi e ne detta le regole. "Ognuno dice una parola, la prima che gli viene in mente. Poi insieme inventiamo una fiaba breve di cento parole e la illustriamo." Parte l'inventiva, inizia il divertimento.

Cristina, Ragazza Strana, Scrittrice Cresciuta Con I Giocattoli Impigliati Nei Capelli Della Sua Fantasia

Conosco Cristina, Pierre e Joe da molto tempo. Mi è difficile ridurre il concetto spazio temporale a dimensione terrestre. Per me è un'entità sconfinata, la cui espansione è incomprensibile a chi vive in un unico spazio e misura la materia in millimetri o secondi. Posso affermare di aver visto l'attimo in cui i protagonisti di questa storia straordinaria sono venuti al mondo e gli sarò accanto fino a quando vedranno la luce. Cristina è una ragazza eterea e deliziosa. Se volete immaginarla, pensatela simile a un sogno.

www.ingramcontent.com/pod-product-compliance
Lightning Source LLC
Chambersburg PA
CBHW032058280526
45784CB00012B/42